海泡

樋口有介

暑く長い夏休み、２年ぶりに小笠原へ帰省した大学生の木村洋介。難病を抱え、次第に弱っていく初恋の女性・丸山翔子に会うに忍びなく、帰りにくかったのだ。竹芝からフェリーでおよそ26時間、平和で退屈なだけが取り柄だったはずの島では、前村長の娘で中高の同級生・一宮和希がストーキングされていると噂が立ち、島一番の秀才と謳われ、医学部を目指していた藤井智之は不可思議な言葉を呟く。どこか不穏な空気が漂うなかで、二つの事件が続けざまに起こる——。常夏の島を舞台に、名手が伸びやかに描いた青春ミステリが、大幅改稿、決定版で登場。

海泡

樋口有介

創元推理文庫

SEA FOAM

by

Yusuke Higuchi

2001

海泡

1

雲は発泡スチロールのように白く、空気には太陽が匂っている。

東京の竹芝桟橋《たけしばさんばし》を出航してから二十六時間、おがさわら丸は茫洋と二見《ふたみ》港へ入っていく。舷側を小型漁船やプレジャーボートが出迎え、七月の末から一カ月、島にはささやかな活況が訪れる。

ぼくはデッキに群がる観光客のうしろから三日月山《みかづきやま》をあおぎ見る。標高が二百メートルの三日月山には夏雲がかかり、青い空が眩しく稜線を際立たせる。大村《おおむら》地区の民家は埠頭前の大通りに密集し、桟橋にはペンションや民宿のプラカードが観光客を出迎える。気温は東京と変わらないのに、排気ガスの少ない空気が光の色を鮮明にする。

おがさわら丸が汽笛を鳴らし、桟橋に接岸する。

タラップが架設され、出迎えの人混みに観光客がまぎれていく。母島《ははじま》へわたる客は桟橋右手のフェリー乗り場へ、父島《ちちじま》泊まりの客は出迎えのプラカードを目指していく。ホエールウォッチングを話題にする女子大生のグループもあれば、ただナンパが目的の男たちもいる。プラカードの名前もシルバーヴュウにグリーンビーチに田中《たなか》荘に、それぞれが目的別に色分けされている。そんな雑踏を横目に、ぼくはバッグを肩に自宅へ向かう。

「木村《きむら》くーん、こっちよ、こっち」

人混みのなかで〈たなはし荘〉と書かれたプラカードがゆれ、首にタオルを巻いた女が背伸びをするように手をふってくる。

ぼくは十歩ほどの距離をプラカードのほうへ戻る。

「久しぶりねえ、やっぱり夏休みで？」

「旬子《じゅんこ》の顔が見たくてさ」

「よーく言うわよ、私になんか気づかなかったくせに」

「美人になりすぎて声をかけるのが怖かった」

「東京で大学生なんかやってると、平気で嘘が言えるわけ」

「ただの冗談さ。おまえ、高校のときと変わらないな」

棚橋《たなはし》旬子が口をあけて拗《す》ねたように頬をふくらませ、拳でぼくをぶつ真似をする。日に灼けた丸顔に髪はおかっぱ風のショートカット、長い手足にジーンズとTシャツを着て、一見性別も分からない。

そんな旬子の笑顔を汗が金色に光らせる。

「だけど本当に久しぶりねえ。二年ぶり？」

「フェリーが苦手でさ」

「高校のときはコウちゃんちの船で、毎日海へ出てたくせに」

「漁船とフェリーはちがう。そういえば浩司《こうじ》は?」

「元気よ。もう一人前の漁師みたいな顔してる」

「浩司は高校のときから一人前の漁師みたいな顔をしていた」

「それがさあ、笑っちゃうの。マスターんところの彼女にのぼせて、毎日べったり」

「マスターのところの彼女って」

「知らなかった?」

「島へ帰るのは二年ぶりだ」

「だからね、そういうことで……」

旬子が顔をぼくに向けたまま視線を横へめぐらし、尻ポケットから白い紙をとり出す。たなはし荘のプラカード前に集まっている客は六、七人。小学生ぐらいの子供を連れた中年の夫婦に、あとはOLと学生か。旬子の家がある奥村《おくむら》地区も歩いて二十分ほどの距離だが、一応はワゴン車で出迎える。

「旬子、おれ、先に行くぞ」

「送っていくのに」

「ぶらぶら歩くさ。この夏休みはずっと島にいる」

旬子が屈託なく口を尖《とが》らせ、ぼくは手をふって歩きだす。埠頭は混雑が極まり、荷揚げの台車やトラックが頻繁《ひんぱん》に出入りする。旬子はこれから泊まり客の点呼をし、家へ連れ帰って部屋の手配やら観光の案内やら、民宿の娘としての仕事をする。家族は祖父母と両親の五人、夏休みはアルバイトを雇うらしいが、それでもこのシーズンは忙しい。船が接岸するまでは感じなかった島への懐かしさが、透明な空気と一緒にぼくの胸を行きすぎる。

そびえるガジュマルの木を横目に見ながら信号を東町《ひがしまち》側へわたる。清瀬《きよせ》へのトンネルに向かいかけたとき、白っぽいワンピースが目に入る。素直な髪形に華奢《きゃしゃ》な肩、胸も腹もうすい体型で細い脛《すね》の先にはブルーのミュールが見えている。島へ帰れば一宮和希《いちのみやかずき》と顔を合わせる可能性はあったのに、ぼくはどこかでその可能性を忘れていた。

「君も……」

ぼくの声を無視して和希がうしろをふり返り、肩をすくめてため息をつく。その視線の先には民宿とみやげ物屋が見えている。

ぼくは多少うんざりし、和希の肩ごしにみやげ物屋へ目を向ける。陽射しがガジュマルの葉陰を濃くするなか、船を降りた観光客が繁華街へ向かってくる。

和希がぼくに視線を向け、口の端に力を入れて深呼吸をする。皮膚のうすい顔に日灼けはなく、頬が少しこけている。

「君も夏休みか」

口をひらきかけたが言葉は出さず、和希が視線をそらして首を横にふる。生まじめな印象は以前と変わらず、表情に神経質な緊張がある。

ぼくが一歩和希に近寄り、和希がその距離をさがって、背中に固い拒絶を見せたままトンネルへ歩きだす。

ぼくはかたくなな和希の背中をしばらく見送ってから、和希の消えたトンネルへ足を向ける。中学と高校の六年間を島で過ごし、島民になりきったつもりでいてもぼくを地元民と認めない島民はいくらでもいる。和希の父親に言わせるとぼくやぼくの父親などは、本土ネズミ以上の侵略者なのだという。

暗い遊歩トンネルを漁港側へ抜けると、そこにまた信号が見えてくる。父島はおがさわら丸の発着する埠頭付近と漁港の周囲が中心地で、人口二千人の八十パーセントがこの地区に集中する。小中高校も村役場も警察署も、すべてこの区域に集まっている。歴史的には戦国時代の末期、信州松本《しんしゆうまつもと》の城主小笠原貞頼《さだより》がこの諸島を発見した、といわれている。オガサワラという地名も貞頼に因《ちな》んだものとされているが、小笠原家に貞頼という武将はいないらしい。それに信州の戦国大名がなんの理由があってこんな島までやって来たのか、本土から父島までは約一千キロ、その距離を考えたって貞頼が小笠原を発見したという伝聞は眉唾《まゆつば》だろう。以降は江戸幕府が巡検使を派遣したり、幕末にはイギリスとアメリカが領有権を争ったり、第二次大戦後はアメリカ軍に占領されたりと、面倒な歴史がある。戦時中に離島した欧米系島民の帰島が終戦の翌年、日系の旧住民が島へ戻ったのは諸島がアメリカから返還された一九六八年以降のことだ。

トンネルを抜けたところで漁港への道と分かれ、五分ほど釣浜《つりはま》方向へ歩く。支長庁舎の前をすぎ、都営住宅へ向かう手前の枝道を丘陵側へ入る。そのあたりで人家が途切れ、リュウキュウ松や銀ネムの林に赤いハイビスカスが咲きほこる。東京では聴かれないオガサワラ蟬が、道に沿ってツクツクボウシのように鳴きさわぐ。

丘を家の敷地前までのぼったとき、林のなかから女の子があらわれる。女の子はぼくに一瞥《いちべつ》をくれて、小走りに坂道をくだっていく。短パンにゴムサンダルに派手な茶髪、どこかで見たような顔だが歳《とし》は高校生ぐらいか。枝道はぼくの家で行き止まりだから、無用の人間は歩かない。それでもこの季節は観光客が島中を徘徊し、夜中の裏道でも見知らぬ人間に出くわすことがある。今の女の子もペンションへの道を間違えたか、散歩の途中で迷い込んだものか。

家へつくと二年ぶりのぼくを、玄関横のブーゲンビリアが濃いピンク色の花で出迎える。オーク材の玄関ドアに埃はなく、親父の小型バイクがココ椰子《やし》の葉陰にとまっている。親父の輪《わ》一《いち》は戸締りに無頓着で、バイクのキーも差したままになっている。住民のほとんどが顔見知りの島ではあっても、さっきのような女の子が悪戯《いたずら》をしないとも限らない。ずいぶん不用心な家だよな、と思うのは、ぼくの東京暮らしが理由だろう。

ドアをあけ、一瞬暗くなった視界にリビングの雑然さがひろがる。以前はアメリカ人が別荘に使っていた家で、すべての間取りが広くできている。リビングだってホールのように広いはずなのに、家具の乱雑さが印象をせまくする。床には大型のクッションと汚れた皿、英語のファッション雑誌や衛星テレビの番組表がちらばり、なんの意味があるのか、丸ごとの西瓜《すいか》も転がっている。電話では新しいモデルが来ていると聞いたが、今回の女もあまり几帳面な性格ではないらしい。

ぼくはバッグを階段の前へ放り、キッチンへ歩いて冷蔵庫から缶ビールをとり出す。親父は気が向いたモデルと気が向いた時間にだけ仕事をするから、たとえ今度のモデルに西瓜を床に転がす趣味があってもぼくに意見はない。

キッチンからアトリエへ向かい、戸口をのぞいて一瞬ためらう。親父は今年で六十歳、プロレスラーを小さくしたような体軀《たいく》に赤銅色の皮膚、半白の長髪をうしろで束ね、今は上半身裸でキャンバスに向かっている。しかしぼくをためらわせたのは半裸の親父ではなく、全裸の若い女だった。

「おう、今日の船だったか」

ぼくに視線を向けず、親父が筆を胸の前に構えたまま眉間に気難しい皺をきざむ。大型イーゼルにかかっているキャンバスは三十号で、海を背景に女が白く立っている。親父の好きな構図で見慣れたものではあるが、海の色は以前よりも光が強い感じがする。

「ちょっと待て。もう少しで区切りがつく」

口のなかで返事をし、ぼくはモデルの女に目を向ける。女はグレーの背景布の前に、明るい色の髪で無表情に立っている。長い手足にうすい胸、細い腰に小さい乳首と、親父の趣味は変わらない。顔も石膏像のように端整で、ぼくと目が合っても表情を変えず、動かない視線を気だるそうに送ってくる。全裸であることに羞恥はないらしいが、股間には毛もない。

ぼくはアトリエを壁際に移動し、女を迂回《うかい》してベランダへ出る。ベランダはパーティーができるほどの広さに造られていて、東と南に太平洋が見渡せる。ゆるい斜面の下には二見漁港が広がり、港を囲んで民宿やダイバーズショップが点在する。ちょうど中天にある太陽が古い木製ベランダを息詰まるほどの光であぶってくる。

シャツを脱いでデッキチェアの背にかけ、漁港を見渡す角度に腰をおろす。その方向には旬子の家がやっているたなはし荘があり、漁港には山屋《やまや》浩司が乗っている『第二やまや丸』も係留される。懐かしい風景ではあるが、感動するほどでもなく、ビールを口に運んで目を閉じる。義理のように風が吹いて、オガサワラ蟬が遠慮がちに鳴きかける。初めてこの家に来た八年前、蟬はもっと喧《やかま》しく鳴いていた。

ぼくが小笠原中学校の一年に転入したのは二学期の初め。それまでは東京で母親と暮らして半年間は母親の再婚相手とも同居した。商社を経営する新父に苦情はなかったが、ぼくは少年期軽鬱病を患い、実父の輪一にひきとられた。この父島は周囲が五十キロ、あるのは海とジャングルと無人島ばかりで、人間の住んでいる母島へわたるのにもフェリーで二時間の土地だった。

夜行の疲れが出たのか、少しまどろみ、皮膚も日に灼けて缶ビールもぬるくなる。

「洋介《ようすけ》、昼飯ができるぞ」

声がしたのはアトリエの窓ではなく、ベランダが巡っているリビングの窓だった。アトリエには女の姿がないから親父も仕事に区切りをつけたらしい。海と女をモチーフにした木村輪一の絵は欧米でも評価され、美術年鑑では号当たり百万円もするという。「海は女、女は海だ」と、酔ったとき、親父は意味不明な哲学をわめき散らす。

ぼくはデッキチェアから腰をあげ、シャツを首にかけてリビングへまわる。陽射しは強くても空気が心地よく、日陰に入れば汗も乾いてしまう。この家でエアコンがあるのは二階のベッドルームだけで、リビングの天井には大型のファンが回っている。東京にくらべて蚊や羽虫が少ないのは、島が本土から隔離されてきた歴史のせいだろう。

リビングではソファに親父が腹這《はらば》い、床にはウォッカのビンが並んでいる。頭髪も半白なら胸毛も半白、角張った顎も半白の不精鬚がとり囲み、顔の中心には眼球の大きい目がぎろっと光っている。体調がよければウォッカを三本も空にし、ほとんどの日はアトリエか居間のソファで寝てしまう。風邪もひかず虫歯もなく、これまで医者にかかったのは若いときの盲腸だけだという。

「洋介、今日は天気がよくて船も楽だったろう」

「ずっと寝ていた」

「東京も暑かろうなあ。あんな地獄で暮らす人間の気が知れん。おまえ、この前帰ってきたのはいつだ」

「一昨年《おととし》の夏休み」

「そうだったか。二、三カ月前にもいたような気はするが」

親父を相手にせず、テーブルから椅子をひき出して腰をおろす。キッチンには女のうしろ姿が見えていて、全裸だった躰に浴衣《ゆかた》風の部屋着を羽織り、髪も頭の上に赤い櫛でまとめている。

親父が床からウォッカのビンをとりあげ、キッチンのほうへ顎をしゃくりながら声をひそめる。

「銀座《ぎんざ》の白井《しらい》画廊が送ってきた女でな、作品を二点約束させられた」

「プロのモデルなの」

「知るもんか」

「いつから」

「一カ月になるかな。白井も俺の好みを知っていて、面倒なモデルを送ってきた」

親父の言う「面倒なモデル」というのがどういう意味かは分からない。ぼくが高校生のときなんか、エージェントから送られてきたモデルを二度も玄関で追い返した。機嫌が悪ければ半年でも一年でも仕事をせず、毎日をウォッカと魚釣りで浪費する。島の女子高校生をヌードモデルにして警察に通報されたこともあるし、どんな経緯か、モデルの女に腹を刺されたこともある。

「とにかくさ、父さんも元気そうで、よかった」

「そっちはどうだ、いくらか大人になったか」

「大学へは行ってる」

「母さんとは」

「たまに飯を食う」

「矢部《やべ》のやってる商社、景気はいいのか」

「こういう時代だからさ」

「あんな拝金主義者と結婚するから景以子《けいこ》も苦労する。俺も人のことは言えんが、あいつも男を見る目のない女だ」

母親の景以子もモデルとして親父と知り合い、ぼくが生まれて結婚して離婚した。しばらくは実家で暮らし、それから矢部という実業家と再婚した。その人生が正解だったのか、失敗だったのか。いずれにしてもぼくが生まれたのは、お袋に男を見る目がなかった結果らしい。

キッチンから女が大皿を運んできて、テーブルへおく。女はそのままバナナの皮をむきながら床に寝そべったから、裾が割れて太ももがのぞく。黒目がちの目は相変わらず気だるくて、その石膏像に似たうすい皮膚が血圧の低さを思わせる。歳は二十五より上ではなく、青いペディキュアに不思議な倦怠《けんたい》がある。中学生のときにぼくを犯した女はやはり東京から来た股間に毛のないモデルだった。

女が運んできた皿にはステーキが一枚と、コーンのバター炒めが添えてある。時間はまだ午後の一時、食事をしてシャワーを浴びて昼寝をして、あとのことはそれから決めればいい。この帰省は純粋な夏休みで、時間の過ごし方に予定はない。

ぼくは黙って食事をつづけ、親父はウォッカを飲みつづけ、女もただ雑誌をめくりつづける。もう画家とモデルだけの関係ではないだろうが、女の気配には親父への親しみがない。その理由がたんに女の性格なのか、親父とのあいだにトラブルでもあるのか、少し気にかかる。

　ふと女が顔をあげて、黒目がちの目をぼんやりとぼくに向ける。

「やあ」

「………」

「君、料理がうまいな」

「………」

「おれ、ここの息子なんだ」

「知ってるわ」

「木村洋介」

「私は千川雪江《ほしかわゆきえ》」

「よろしくな」

「大学生ですって？」

「うん」

「私も東京へ帰りたい」

「小笠原は嫌いなの」

「嫌いよ。パチンコ屋がないから」

　親父が寝返りを打って上体を起こし、グラスの氷をころんと鳴らす。目が赤いのはウォッカのせいではなくて、寝不足が理由だろう。

「俺の知り合いにパチンコ屋の倅《せがれ》がいてなあ。画家になりたいとか言ってたが、覚醒剤で捕まった」

「いつごろの話さ」

「東京にいたころだ」

「十年以上前だろう」

「そうなるかな」

「その画家志望のパチンコ屋の伜が、なに」

「くだらん男だったと、それだけのことだ」

グラスにウォッカを注ぎたし、親父がソファに胡座《あぐら》をかく。親父なりに息子とのコミュニケーションを模索しているらしいが、疲労は顔の脂《あぶら》が物語っている。午前中からキャンバスに向かっていたところをみると昨夜は徹夜だったらしい。

「父さん、島に変わったことは？」

「ない」

「クルーザーは買ったの」

「やめた」

「その気だったのに」

「あんなものはベンツと同じだ」

「どういう意味」

「ベンツなんかに乗りたがるのはヤクザか土建屋だ」

「画家やタレントもね」

「俺はトラックでじゅうぶんだ。世俗を捨てて芸術に打ち込む気になったから、小笠原に来た。芸術に必要なのは太陽と海の青さだけだ。人間は精神の贅肉《ぜいにく》を削《そ》ぎ落としてこそ健康になれる。芸術とはもともと不健康な精神の所産だが、その不健康な芸術を健全な領域へひきあげるのが、俺の目標だ」

並べる単語は高尚だが、実態はただのナンパオヤジで、いつかはクルーザーも買うだろう。

親父がグラスをあおって舌を鳴らし、赤熊のような上半身で背伸びする。

「そういうことで、洋介、よく帰ってきた。つもる話はあとでするとして、俺はちょっと寝かせてもらう。このところ血圧が高いらしくて、目が妙に疲れる」

のっそりと腰をあげ、グラスをゆすりながら親父がアトリエへ向かう。親父とのあいだに「つもる話」なんかあるはずもなく、それに親父が必要としているのは「太陽と海の青さ」ではなく、酒と女なのだ。

ため息をついてから、ぼくはステーキの残りにとりかかる。リビングにはオガサワラ蝉の声がしみわたり、親父の暮らしにも変化はないらしく、家に知らない女がいることにも違和感はない。東京へおいてきた二年の時間がさらさらと皮膚をかすめていく。

「洋介くん、島にはいつまで」

「決めていない」

「あなたの部屋は片づけてある」

「ありがとう」

「私、退屈なのよね」

「海に出れば?」

「海なんか何もない」

「ホエールウォッチングとか、スキューバダイビングとか」

「疲れるだけ。それに私、日に灼けるとジンマシンが出るの。太陽なんて嫌いよ」

雪江の年齢や出身地や、そのほかにも聞いてみたい気はするが、父親のモデルに必要以上の関心をもってはルール違反になる。

「早く東京へ帰りたいな。パチンコをしてクラブで踊って、思い切りマリファナを吸って……洋介くん、マリファナは手に入らない?」

「島の連中はやらない」

「退屈な島ねえ。沖縄ならスピードでもLSDでも、なんでも手に入るのに」

雪江が欠伸《あくび》をして雑誌を放り、クッションに腕をまわして目を閉じる。天井のファンが部屋着の裾をめくり、青いペディキュアがウミウシのようにゆれ動く。雪江が家にいることに違和感はなくても、目の前に奇麗な足を見せられると、ぼくの自制心も動揺する。

「ステーキ、ご馳走さま」

「ふん」

「部屋のこともありがとう」

目をつぶったまま、雪江が小さくうなずく。

目を閉じた雪江の顔を眺めながら、キッチンへ歩いて食器を始末する。シャワーが先か昼寝が先か、昨夜の船旅を考えると汗を流すほうが先だろう。

「干川雪江、か」

絵の契約が二点なら雪江もしばらくは島にいる。食生活もまずは安泰らしく、それに親父と二人だけで過ごす夏休みより、少しは気もまぎれる。

たまには島へ帰るのもいいなと、転がっている西瓜をまたいで階段へ向かいながら、床からバッグを拾いあげる。

2

眠ったのは二時間か、三時間か。

二階の窓から日の陰った二見漁港が望まれ、ダイバーズショップの船がゆったりと帰ってくる。陽射しは三日月山に遮《さえぎ》られているが空には夏の雲が浮かんでいる。オガサワラ蟬も夕方のひと仕事と決めたらしく、島全体で海鳴りのように鳴きさわぐ。

ぼくは欠伸《あくび》をして背伸びをして、半ズボンとTシャツで下へおりる。階下に親父の姿はなく、雪江がベランダでポータブルテレビを眺めている。テーブルにはオレンジジュースのパックとウォッカのビンがおかれ、指からはタバコの煙が青く立ちのぼる。日の落ちたベランダは風が涼しく、雪江の赤い櫛が奇妙に艶《なまめ》かしい。

「親父は」

「知らない」

「おれ、出掛ける」

「あなたの勝手よ」

雪江は顔をあげず、ぼくにも言葉はなく、ため息だけで玄関へ向かう。雪江の退屈さも理解できるが、そんなことは雪江と親父の問題だ。

玄関で昔のビーチサンダルを探し出し、それをつっかけて外に出る。蟬時雨《せみしぐれ》が寝起きの耳に心地よく、ブーゲンビリアの赤も清々《すがすが》しい。日が落ちればすぐ涼しくなる小笠原の気候に、ぼくはぱちんと指を打ち鳴らす。


小笠原高校の正門前を釣浜方向へ歩き、枝道に入るとすぐ洋館風の別荘が見えてくる。島では珍しく敷地を石の塀が囲み、庭には四季咲きの薔薇《ばら》が植わっている。ぼくの家とは漁港をはさんだ対岸にあって、沈む夕日が悲しくなるほど美しい。

玄関へはまわらず、二年の時間を無視して塀の隙間を入る。薔薇の枝に花はなく、今は夾竹《きょうちく》桃《とう》とハイビスカスが咲いている。夕日はもう光だけになり、東京方向の空を飴《あめ》色に輝かす。中学時代から高校を卒業するまで、ぼくたちは毎日のようにこの庭に集まった。そのころはもっと芝生が刈り込まれていた気がするのは、ただの感傷だろう。

芝生のなかの飛び石を辿《たど》っていくと、庭つづきのテラスに丸山翔子《まるやましょうこ》の顔が見えてくる。翔子はロングスカートに長袖のブラウスを着て、頭と首にスカーフのような布を巻いている。肘掛け椅子に姿勢よく座っていても躰は枯れ木のように細く見える。

「木村くん、今日も塀の隙間から？」

「玄関が遠くてさ。それにこの時間なら丸山はテラスにいる」

五メートルほどの距離からぼくと翔子は二年ぶりの視線を重ねる。ぼくは高校時代と同じように、遠慮なくテラスへあがる。翔子の口調に二年の時間はなく、ぼくにも一昨年の夏休みが昨日のように感じられる。夕日も翔子の肘掛け椅子も変わらないのに、翔子の躰だけは確実に痩せている。

「棚橋さんから電話があったわ」

「あいつのお喋り、変わらないな」

「棚橋さんは木村くんが好きなの」

「おれだって旬子は好きさ」

「そういう意味ではないのに」

「どうでもいいさ。それより丸山、元気そうでよかった」

木のベンチに腰をおろし、翔子と並んで夕日に向かう。島メジロが夾竹桃の枝をゆすり、眼下の二見漁港へノスリが滑空する。

「木村くん、冬休みはどうして帰らなかったの」

「遠くてさ」

「今度のお正月は？」

「帰らないと思う」

「それならこの夏休みが最後かな」

「なにが」

「私、来年までは生きられないの。お医者もそう言うし、自分でもそんな気がする」

テラスの戸口に中年の女が顔をのぞかせ、ぼくを見てすぐに顔をひっ込める。束ねた髪に縁無しのメガネをかけた、これまでに見たことのない女だ。

沈む夕日に目眩《めまい》を誘われ、ぼくは目を閉じて、深く息をする。中学生だった翔子の、島の悪ガキ連中をパニックに陥れた美しさが記憶を苦しくする。翔子が一年遅れて東京から転校してきた日、ぼくも山屋浩司も藤井智之《ふじいともゆき》も、みんな混乱し、無口になって、弁当も咽《のど》を通らなかった。

さっきの女がアイスティーのグラスを運んできて、ベンチの横におき、会釈《えしやく》だけで部屋へ戻っていく。

「新しい家政婦さんか」

「親戚の人。母方の又従姉妹《またいとこ》で、お祖母《ばあ》さまの代わりに来てくれたの」

「お祖母さんは？」

「亡くなった」

「そう、か」

「去年の春にね、脳溢血《のういっけつ》だった。自衛隊の飛行機で本土の病院へ運ばれたけど、間に合わなかったの」

「知らなかった」

「木村くんには関係ないわ」

「お祖母さんのレーズンクッキー、美味《うま》かったのにな」

翔子の口がひきしまり、折れそうに細い首がかすかにうなずく。

「丸山、入院は？」

「できる治療はぜんぶした。二十年も生きればじゅうぶんよ」

「そうかな」

「看護師さんもいてくれる。入院しても死ぬことに変わらないなら、私はここで海を見ながら死にたい。木村くんや山屋くんと遊んだころが、私、いちばん楽しかった」

アイスティーに口をつけ、頬骨ばかりが目立つ翔子の横顔を、夕日の逆光に透かし見る。もともと翔子は喘息《ぜんそく》の転地療養で島に移住し、その一年後に白血病を発症した。治療のために東京の病院へ何度も入院したが、翔子はいつも小笠原へ帰ってきた。実家は明治時代からつづく財閥というから治療に不足はなかったろう。遺伝子治療まで開発された時代にまだ白血病ぐらいが治らないのかと、ぼくは憂鬱《ゆううつ》に息を呑む。

「木村くん、島にはいつまで？」

「決めていない」

「長くいてね。それにできたら、毎日会いに来て」

「浩司たちは来ないのか」

「お祖母さまも亡くなったし、死にかけている人間になんか、誰も会いたがらないわ」

「薄情なやつら」

「薄情なのは木村くんよ」

「おれは会いに来るさ」

「私を置いて島を出ていったくせに」

くすっと笑って、翔子が細い肩を尖《とが》らせる。中学生のころと変わらない涼しい目がセピア色に光る。躰は枯れ木のように痩せてしまっても、目には美少女の威厳が残っている。

「木村くん、山屋くんのことは知っている？」

「旬子がなにか言ってたな」

「『トムズハウス』というお店でしょう」

「マスターが安西《あんざい》つとむという人で、観光客は行かない店さ。浩司も似合わないことをしている」

「きっと可愛い子ね。私もそのお店に行きたいな」

「旬子も余計なことを言う」

「山屋くんのことを教えてくれたのは藤井くんよ」

「藤井も帰っているのか」

「彼、今は島にいるの。今年も医学部に受からなくて、それからは島にいるみたい」

「そうか、藤井が……」

島の中学では優等生だった藤井智之は本土の高校へ進学し、目標を国立大学の医学部に設定した。藤井にその進路を決めさせたのが翔子の白血病だったことは、同級生なら誰でも知っている。ぼくにしても嫌いな勉強を克服したのは翔子に「その日の授業内容を教える」という目標ができたからだった。

「藤井は来年も医学部を受けるのかな」

「そこまでは知らない」

「あいつもまじめすぎるよな」

「私ね、藤井くんの気持ちは分かっていたの。でも私は、木村くんが好きだった」

「まさか」

「知っていたでしょう」

「おれなんかただの不良だ」

「良家の子女は不良に憧れるものなのね」

「本当かよ」

「嘘は嫌い」

「初めに聞いておけばよかった」

「私、もうすぐ死ぬでしょう。だから怖いものはないの。私は木村くんが好きだった、今でも木村くんが好き。こんな躰になっても小笠原にいるのは、あなたが帰ってくる気がするからよ」

翔子の口調にてらいはなく、淡々としたその言葉がぼくの神経を辛くする。ぼくも翔子も、たった二十年しか生きていないのに、もう人生が遅すぎる。

アイスティーを飲みほし、グラスをベンチにおいて涙の予感をごまかす。

「この季節、薔薇は咲かなかったっけ」

「九月には咲くわ。今は薔薇も夏休みね」

「黒い薔薇が好きだった」

「あれは黒真珠という種類、色は濃い紅紫よ」

「前にも聞いたかな」

「前にも言ったわ」

「なにも変わらないな。おれはいつだって丸山に頭があがらない」

ベンチを立って、翔子の肩に手をかけ、三日月山を眺める。暗みかけた漁港に漁船が数を増し、岸壁を派手な色のTシャツが散歩する。ふと蟬の声が消え、ぼくの手に翔子の肩が骨だけで反応する。

「風が出てきた、なかへ入ったほうがいい」

「もう少し海を見ている」

「暑いとか寒いとか、もう感じないの。それに自分が歩くところを木村くんに見られたくないの」

「頑固なやつ」

ぼくはもう一度手に翔子の肩を確認し、テラスを海風の方向へ移動する。家のなかには明かりがついて、埠頭付近からも幾つか赤い灯が届いてくる。

「木村くん、トムズハウスへ行くの」

「うん」

「山屋くんに会うかしら」

「たぶんな」

「私も彼女に会いたいって、伝えてくれる?」

「山屋が惚れた女なんかどうせ海亀みたいな顔さ」

「口さえ悪くなければ、あなた、いい人なのに」

「おれ……」

「なあに」

「いや、また来る。でも丸山が思っていたより元気で、本当によかった」

翔子に手をふってテラスから庭におり、芝生の飛び石をふり返らずに歩く。九月になれば薔薇も咲くというが、夏休みが終わるまでにあの黒薔薇は咲くだろうか。

ぼくは翔子の肩に触れた手を半ズボンのポケットに入れ、骨っぽい死の感触を、そっと握りしめる。

＊

枝道を少し歩くだけで皮膚が汗ばむ。空気は透明でも湿度は高く、日の落ちた銀ネムの林からトラツグミが鳴きかける。薄闇色の空に雨雲はなく、夜中までスコールは来ないだろう。

枝道がクルマ道に出る手前で、一瞬ぼくの足がとまる。十メートルほど先に男がしゃがんでいるのだ。男はカヤツリ草に埋もれたままタバコを吸っていて、用心しながらその距離を歩く。

むっくり腰をあげて、藤井智之がふり返る。

「やあ、しばらくだよねえ。東京で会って以来だよなあ」

小笠原も区分的には東京都だが、島の人間は東京と小笠原を区別する。高校から本土へ出た藤井とは大学へ入った年に渋谷《しぶや》で待ち合わせた。炉端焼きのような店に案内され、少し酒を飲んだ。藤井は医学部の受験に失敗したというのに、強気で快活だった。受験の失敗は体調不良からで、学力的に問題はないという。この次は東大の医学部すら狙えると屈託なく表明した。そんな藤井の陽気さにぼくは違和感を覚え、この二年間は連絡をとらなかった。一昨年の夏休みも藤井は島に帰らなかったから会うのはそのとき以来になる。

「今日のフェリー、混んでたよねえ。今の時期は人が多くて島も空気が悪いよ」

「藤井、元気なのか」

「僕は元気さ。山屋も棚橋さんも丸山さんもみんな元気だ。一宮さんは元気がないけどね」

「一宮が……」

「ストーカーに狙われてるんだ。木村くん、気づかなかったの。トンネルの前で一宮さんと会ったろう」

「見ていたのか」

「僕、港にいたんだ。でも誰が見ているとも限らないし、木村くんの安全を考慮したんだよ」

藤井が枝道の奥をのぞき、道の左右を見渡して足元にタバコを捨てる。端整な顔は日に灼け、真ん中分けの長髪が風になびいている。声は少しトーンが高く、目は異様に落ちついている。

「これから丸山の家へ？」

「今日は行かない。高校の前で木村くんを見かけたから待っていただけだよ」

藤井がまた道の左右を見渡し、うなずいて漁港の方向へ歩きだす。中学時代は親しく遊んだ仲でも藤井とのあいだには五年の時間がある。

藤井に並びかけ、その横顔をうかがいながら呼吸音にも耳を澄ます。

「一宮のストーカーって、なんの話だ？」

「一宮さんは東京でストーカーに狙われて島へ逃げてきた。そうしたら男は島まで追ってきた。彼女は今、ひどく困っているよ」

「警察に言えばいいだろう」

「男は遠くから一宮さんを見てるだけで、近寄ったり電話したり、そこまではしないんだ。だから警察も手を出せないらしいよ」

昼間トンネルの手前で一宮和希に会ったとき、たしかに和希はうしろを気にしていた。藤井の言葉を信じれば和希の行為は島民の目を憚《はばか》ったものではなく、ストーカー男に対する懸念だったことになる。

「だけど、そのことをなぜおれに？」

「そのことって？」

「ストーカーのことさ」

「それは別な話だよ。僕はＣＩＡに狙われているから迂闊《うかつ》に友達とも会えないんだ」

漁港のほうから軽トラックが走ってきて二人のそばを掠《かす》めていく。夕闇に湿度が高くなり、ぼくの背中に汗が浮く。

「藤井、島には、いつから？」

「四月からだよ」

「来年も医学部を受けるのか」

「その必要はないんだ。実は僕、もう白血病の治療薬を発見してさ。そのせいでＣＩＡに狙われている。今日の船にもＣＩＡが二人まぎれていたろう、木村くん、気がつかなかった？」

「さあ、な」

「バックパッカー風の白人とサーフボードを持った若い女さ。あの二人は暗殺者じゃないけど、僕の動きは二人に見張られている。木村くんにまで危害はくわえないと思うけど、これからは丸山さんにも近寄らないほうがいいよ」

タバコに火をつけた藤井の横顔に目を凝らし、意識的にぼくは肩の力を抜く。二年前に渋谷の居酒屋で感じた違和感が濃度を増してよみがえる。

「木村くん、秘密を守ってくれるよな」

「当然さ」

「木村くんなら僕を理解してくれると思った。僕が信用できるのは木村くんだけなんだ。山屋や棚橋さんにはもうCIAの手がのびているからね」

「本当かよ」

「CIAならそれぐらいはすると思わないか」

「まあ、そうかな」

「とにかく僕の発見した薬は画期的なんだ。白血病なんか一発で治るし、癌やエイズにも効果がある。この新薬が完成すれば丸山さんをあの病気から救い出せる。だから木村くん、丸山さんのことはもう心配しなくていいよ」

「丸山にそのことを?」

「言ってない。木村くん以外の人には秘密なんだ。なにしろCIAやフリーメーソンがみんなこの薬を狙っている。どこからかこの秘密が漏れれば、新薬は永久に抹殺される」

「特効薬ならどうしてみんなが邪魔をするんだ」

「だって、考えてもみろよ。この薬が完成したら世界中の医者と薬屋が失業するだろう。製薬メーカーだってみんな倒産だよ。国家は医者と薬屋の手先だから、みんなで僕の研究を邪魔するわけさ」

「怖い話だな」

「グリーンペペシンは……この薬、グリーンペペシンって名付けたんだけど、とにかくこの薬は万能の霊薬でさ。完成すれば風邪以外の、ほとんどの病気に効《き》くはずなんだ」

「風邪はだめか」

「風邪は難しいんだよね。あと、バカにも効かないと思う。世界の医療業界において風邪とバカを治すのが一番難しいからね」

「薬の名前はグリーンペペシン？」

「そのことも本当は秘密なんだ」

「グリーンペペシンだものな」

「うん。だから木村くん、薬のことも薬の名前も、ぜったい秘密にしてくれよな」

グリーンペペというのは小笠原に自生する夜光茸《やこうたけ》の俗称で、グリーンペペシンなんて名前を聞けばＣＩＡでなくても想像はつく。菌類の多くから有用な薬用成分が抽出されているから、藤井もそのあたりで新薬を連想したのだろう。

信号灯は光の色を強くし、もうクルマやバイクもライトを点《つ》けていく。道を左へ行けば漁港から扇浦《おうぎうら》方面、右へ行けば大村地区の繁華街へ向かう。藤井の家はその大村で自動車の修理工場をやっている。

「その薬、いつ完成するんだ」

「仏奇石が届き次第さ」

「ブッキセキ？」

「仏陀《ぶつだ》の糞が化石になった霊石だよ。グリーンペペからグリーンペペシンを抽出するには触媒として仏奇石が必要なんだ」

「大変だな」

「万能の霊薬だもの、仕方ないさ」

「その石はいつ？」

「近いうちにね。薬師如来が持ってくるんだ。ただ薬師如来もＣＩＡの動きを警戒していて、正確な日にちが分からない。だから僕、おがさわら丸の入港日は港へ行くわけさ」

「薬師如来が船で来るのか」

「飛行場がないもの」

「ああ、そうか」

「とにかくＣＩＡやモサドや、この島にはスパイがはびこっている。グリーンペペシンを完成させるにはあいつらを出し抜くしか方法がないんだよ」

「頑張ってくれ」

「木村くんも注意してくれよな。薬のことは他言無用だよ。山屋や棚橋さんも信用できない。山屋なんかもうＣＩＡのスパイになってるかも知れない」

「気をつける」

「一宮さんにも気をつけてくれ。東京で暮らしてた人間は特に信用できないからさ」

藤井がぼくの肩ごしに視線をまわし、その視線を戻して、口元をにやっと笑わせる。東京で暮らした人間が信用できないのなら、なぜ藤井はぼくに新薬の秘密を打ち明けるのか。

「木村くん、この夏休みは島にいるの」

「そのつもりだ」

「あまり丸山さんに会わないほうがいいな」

「どうして」

「今、薬が微妙な時期だからさ。丸山さんのことは心配ないよ。僕は彼女のためにグリーンペペシンを開発したんだ。丸山さんの白血病は僕が治してみせる。それまではＣＩＡに妨害されないように、木村くんも行動を慎《つつし》んでくれよな」

なびく髪をかきあげ、会釈をして、藤井が痩せた長身をトンネルへ向かわせる。ぼくは立ったまま藤井の背中を見守り、その白いシャツがトンネルへ消えていくのを待つ。変化やドラマとは無縁なはずの小笠原で丸山翔子は死へ向かい、翔子の病気が藤井の心を傷つける。藤井の姿が消えてから十秒ほどトンネルの暗みを眺め、小石を蹴って道を左に歩きだす。日は落ちきり、漁港の赤灯台にも灯が入っている。

漁港へ向かう道の途中にタマナや南洋桜が繁った一画がある。背後には切り立った崖が迫り、敷地は漁港方面にだけひらけている。敷地の奥にはパパイヤや野椰子《やし》ものぞき、〈トムズハウス〉という小さい看板がなければジャングルへの入り口かと思ってしまう。

銀ネムとハイビスカスの枝をかき分けていくと、屋根をヤシの葉で葺《ふ》いたテラスがあらわれる。木の丸テーブルがあって、混んでくれば客たちはこの丸テーブルで酒を飲む。今はまだざわめきもなく、明かりも戸口の奥にだけついている。店内は五人がやっと座れるほどのカウンターに天井の扇風機。カウンター横の調理スペースではマスターがタバコを吸っている。口髭を生やして頭に赤いバンダナを巻き、日灼けした顔にアロハシャツがよく似合う。歳《とし》は五十をすぎて、口髭やバンダナからのぞく頭には白髪がまじっている。

「おう、洋介、こんな時間までどこに隠れていやがった」

マスターではなく、カウンターに座った山屋浩司が声をかけてくる。山屋は五分刈りの漁師カットを金色に染め、その髪にねじったタオルを巻いている。顔が奇妙に赤黒いのは日灼けより、焼酎のボトルが理由だろう。

手をふりながら、ぼくはとなりの丸椅子に腰をのせる。

「洋介も水臭くなったなあ、島に帰ったらすぐ俺んちへ顔を出せよ」

「浩司だって仕事だろう」

「なに言いやがる。この時期に捕れるのは小アジぐれえで、夕方にはもうここで飲んでるさ」

「相変わらず元気だな」

「不景気は俺のせいじゃねえもの。漁が減ったのも観光客が少ねえのも、みんな政治が悪いんじゃねえか」

マスターが苦笑いしながら会釈し、ぼくにハイネケンの缶ビールをさし出してみせる。ぼくがうなずき、缶ビールがカウンターにおかれ、山屋がその缶に焼酎のグラスを打ちつける。

「とにかく、まあ、よく帰ってきた。東京へ行って、島のことなんか忘れたと思ってたぜ」

「船での二十六時間が遠すぎるんだ」

「早く飛行機を飛ばしゃいいのによう。環境保護団体とかが余計なことを言いやがって、小笠原をいつまでも僻地《へきち》にしておきやがる」

「これはこれで、好きだけどな」

「おまえもしょせんはよそ者だ。島で暮らす身になってみろよ。キャバクラもねえし、女子高校生のミニスカートだって見られねえんだぜ」

「冬でも水着の女の子が見られる」

「冗談じゃねえよ。みんなアフリカマイマイみてえな顔してやがって、島の女ならクジラとやったほうがまだましだ」

「それで浩司は本土の美女に惚れたのか」

「おいおい、誰に……」

マスターがくすっと笑い、ぼくの前につきだしの小鉢をおく。小鉢には四角豆の磯海苔和《いそのりあ》えが入っている。マスターの得意料理はシーフードのピザやスパゲティーだが、小鉢物にも洒落た技を見せる。小笠原の人ではなく、二十年ほど前に父島へ来てそのまま住み着いた。本土での大失恋がその理由という噂もあるが、マスターは笑って否定する。店の壁にはマスターが描いた島の風景画が飾られ、その色彩に性格の穏やかさが感じられる。

「洋介、どうせ旬子あたりから、余計なことを聞いたんだろう」

山屋が焼酎をあおってタバコに火をつけ、煙を天井に吹く。天井のヤモリが迷惑そうに場所を変えていく。

「浩司は島のアイドルだからな、おまえの恋愛はみんなが注目している」

「俺はべつに……」

「毎日べったりだとか」

「よせやい、俺はマスターのウニスパゲティーを食いに来るだけで、可保里《かほり》のことなんか目じゃねえよ」

「彼女、可保里っていうのか」

「坂戸《さかど》可保里といって……だけど洋介、本当に俺、そんなんじゃねえんだ。旬子は自分に見合いの話があるから、他人のことも噂したがるわけよ」

「旬子が見合い？」

「聞かなかったか」

「埠頭で会っただけさ。民宿の客がいたからすぐ別れた」

「あいつ、他人の噂ばっかしやがって、自分のことはシカトなんだよなあ」

「でも見合いは早すぎないか」

「親父さんの具合が悪いんだとよ。肝臓だか腎臓だかをやられて、けっこうヤバいらしい。だから早めに結婚して民宿を継がせてえんじゃねえの」

「旬子がよければ、それでいいけど」

「相手は八丈島《はちじょうじま》のやつでなあ、親父さんのほうの親戚らしいや。旬子なんか色気もねえし、見合いでもしてばんばん子供を産むの、ぴったしだぜ」

もともと明治以降、小笠原に移住した人間の八割は八丈島の出身者だという。山屋の家も藤井智之の家も、元をたどればみんな八丈島に縁がある。そういう八丈島系統の住民を旧島民といい、それ以前の欧米系住民を在来島民、そしてぼくやマスターのような住民を新島民という。一宮和希の家は祖先に欧米の血が混じっているらしく、系統的には在来島民になる。

「なあ、浩司」

ビールに口をつけ、久しぶりの四角豆を味わって、ぼくは息をつく。

「さっき藤井に会ったけど、あいつ、様子がおかしかった」

「おう、そのことよ」

山屋がグラスに焼酎をつぎ、灰皿にタバコをつき立てる。腕も指も太くて無骨だが、見開いた二重の目には愛嬌がある。

「あの野郎、四月ごろ島に帰ってきて、それから毎日ぶらぶらしてるんだ。初めのころはこの店で飲んだりもしたけど、そのうち言うことが不審《おか》しくなってよう、最近じゃ道で会ってもそっぽを向きやがる」

「おまえはＣＩＡのスパイだからな」

「なんだと？」

「藤井が言った」

「俺がどうしてスパイなんだよ」

「顔が怪しいからだろう」

「よせやい、怪しいのは藤井のほうだぜ。いつだったか三日月山の展望台へ行ったら、あいつが一人で空を見てやがるの。俺なんか兵隊の幽霊が出たかと思って、びびっちまったぜ」

「藤井だって展望台ぐらい行くさ」

「夜中の二時だぜ。いくら物好きでも真夜中に三日月山なんか行かねえだろう」

「浩司は行ったじゃないか」

「そりゃあ、可保里が星を見てえとか言うから」

「藤井も星が見たかったんだろう」

「あいつのはＵＦＯだった」

「ロマンがないな」

「ＵＦＯが来るとかでなあ、なんとかいう星から連絡があったんだと」

「宇宙から電話が？」

「電波で連絡が来たんだとよ。それで、俺たちがいるとＵＦＯも姿を見せねえから、帰れとか言いやがるの。俺は頭に来たけど、可保里が気味悪がってよう、仕方ねえから帰ってきた」

店の外にバイクのとまる音がして、戸口に背の高い女が入ってくる。ショートカットの髪にロゴ入りのTシャツ、オレンジ色のミニスカートに白いズック靴をはいている。顎の尖った丸顔は鼻も口も小作りで、ひと重の切れ長の目が清々しい。

女が農協の買い物袋をマスターにわたしながら、カウンターの端に腰をおろす。おがさわら丸の入港は週に一度で、その日だけは本土からの食料品が農協やスーパーに充実する。女も買い物袋を持っていたから農協で食材の調達をしてきたのだろう。

「洋介くん、彼女が坂戸可保里くんで、五月から店を手伝ってくれている」

マスターが可保里をぼくに紹介し、可保里がひと重の目をぼくに向ける。腕も首筋もすべてが小麦色で、化粧っけのない顔にピンク色の口紅が愛らしい。歳はぼくと山屋より一、二歳は上だろう。

「可保里くん、洋介くんは木村先生の息子さんだけど、島始まって以来の不良だから気をつけてくれよな」

山屋ががらがらと氷の音をたてて、へっと息を吐きながら焼酎をあおる。なるほど可保里は海亀にもアフリカマイマイにも似ていなくて、山屋がのぼせるのも無理はない。驚くほどの美人でもないが雰囲気に都会の匂いがある。ふらっとやって来て二、三カ月島に住みつき、またふらっと東京へ帰っていく女はいくらでもいる。

外のテラスに人声がざわめき、可保里が腰をあげる。ざわめきの程度からして客は四、五人もいるらしい。

マスターがカウンターの向こうから腕をのばしてぼくの前にグラスとラム酒のビンをおく。ぼくにはラム酒の炭酸割りにパッションフルーツの輪切りを添えて飲む習慣があって、マスターはその好みを覚えていたのだ。この酒には「小笠原スペシャル」というカクテル名までついている。

自分で小笠原スペシャルをつくりながら、ぼくは山屋の肩に身を寄せて声をひそめる。

「だけど浩司、藤井のあれは、ちょっとヤバいだろう」

「夜中に港をうろついたり、境浦《さかいうら》あたりじゃ素っ裸で泳いでいたとよ」

「一宮のこともストーカーがどうとか」

「おう、先月だったか、一宮が急に帰ってきてな。東京でストーカーにやられたんだと」

「どんなふうに」

「そこまで知るかよ。俺もテレビじゃ見るけど、島にストーカーなんかいねえもの。そうしたら一週間ぐれえ前、そのストーカーって野郎が島に来た」

「本当に来たのか」

「そうよ、そいつは今でも大村の『青灯台』に泊まってる」

「青灯台って」

「去年新しくできたペンションさ。なにしろストーカーなんて珍しいからよう。島の連中はみんなそいつのことを見物に行くんだ。青灯台のストーちゃんといやあ、最近じゃちょっとした有名人よ」

「そいつ、それでも、東京へ帰らないのか」

「平気な顔で島のなかを歩いてるぜ。俺もどっかで見かけたけど、意外と普通な感じの野郎でなあ、あれなら藤井のほうがよっぽど怪しいや」

「藤井も旬子も一宮も浩司も、みんな忙しいな」

「俺のことは放っとけ。それより……」

テラスで歓声があがり、可保里が店内から忙しくビールを運び出す。料理の注文も入ってマスターも調理台に火をつける。

「それより、洋介、丸山さんのところは寄ってきたか」

「ここへ来る前にな。浩司が薄情で顔を出さないことも聞いた」

「薄情だなんて……」

「丸山に一番熱をあげてたのはおまえじゃないか」

「洋介に人の事が言えるか」

「いいさ。あのころおれたちはみんな、丸山翔子に夢中だった」

「仕方ねえよなあ、丸山さんと島の女たちじゃ、青海亀と赤海亀ぐれえの差があるもんなあ」

青海亀と赤海亀の、どこがどう違うのか、ぼくには分からない。両方とも体長が二メートルにもなる大亀で、島の人間は史上最高の美味と称賛する。肉にガソリン臭がある感じがしてぼくの食指は動かないが、それでも山屋の言い方からすると、赤海亀より青海亀のほうが美人なのだろう。

「薄情と言われても仕方ねえけど、俺もよう、彼女の顔を見るのが辛くてなあ。丸山さんのことを考えると酒も咽を通らねえ」

ぐびりとグラスを空け、ため息と一緒に山屋が焼酎のロックをつくり直す。山屋はあのころ翔子の家にせっせと漁の収穫を運び、マグロやカツオを捌《さば》いて翔子の目を楽しませた。たとえは悪いが、男手のなかった翔子の家で山屋はまるで下男のような働きをした。

「知らなかったけど、あそこのお祖母さんも亡くなったってな」

「脳溢血でなあ、あんまし急で、俺もびっくりした。自衛隊の飛行機で本土へ運んだっていうけど、間に合わなかったらしいや。通夜《つや》も葬式も向こうでやったから、島の人間は誰も知らねえけどよ」

「浩司はあのお祖母さんに気に入られてたものな」

「だからよう、丸山さんの病気もあるけど、どうもあの家へは行きにくいんだ。今度来た親戚のオバサンってのの、陰気な感じだったろう」

「どうだかな。でも丸山は可保里さんのことも知っていたぞ」

「旬子のやつ……」

「それは藤井が話したらしい。電波で調べたんだろう」

「あの野郎、俺にはそっぽを向きやがって、丸山さんのところへは通ってるのか」

「浩司よりは律儀だ」

「あいつがどの面《つら》下げて丸山さんに会えるんだよ。プライドばっか高くて、医者になるとか恰好つけやがってよう。もしかしたら頭がおかしいのはただの演技《ふり》じゃねえの」

ＣＩＡだの仏奇石だの、典型的な妄想症状のような気もするが、言われてみればたしかに少し芝居がかっていたか。そういえばグリーンペペシンはバカと風邪には効かないとか、意外に正しい冗談を言っていた。

「だけどよう、中学のときからもう五年だものなあ。森尾明美《もりおあけみ》なんか子供まで産んじまった」

藤井への疑念を中断して、ぼくは山屋の顔を見る。

「森尾明美って」

「母島から来てた胸のでかいやつ」

「ああ、あいつか」

「ちょっと東京へ行って男にやられて、帰ってきたときは妊娠八カ月だったとよ」

「森尾は足が速かったものな」

「子供も九カ月の早産だったけど、このまえ会ったらけっこう元気に育ってやがった」

小学校も中学校も高校も、小笠原ではすべての学年が一クラスしかないから全員が幼なじみになる。そのなかでたまにぼくや翔子のような転校生があり、藤井のように優秀な生徒は奨学金を受けて本土の高校へ進学する。

「森尾や藤井のことはともかく、浩司、丸山に顔を見せてやれよ」

「そうは言うけどよう、俺、彼女の顔を見ると涙が出ちまう」

「長くて半年らしい。丸山はおれたちと海で遊んだころが、一番楽しかったという」

「そりゃあ、俺だって、そうよ」

「可保里さんも紹介してやれ。浩司に美人の彼女ができたと知ったら丸山も安心する」

「分かっちゃいるけどなあ」

可保里がテラスから戻ってきて、調理台のほうからカウンターに入る。山屋の顎がつき出され、眉がへの字形にたれさがる。旬子が見合いをして森尾明美が子供を産んで、山屋浩司が都会の匂いのする女に恋をする。変化とは無縁な小笠原にも時間は確実に流れる。

タバコに火をつけて、ぼくにとも山屋にともなく、可保里が言う。

「私も小笠原スペシャルをもらおうかな」

「可保里、おまえ、ビールしか飲まなかったはずじゃねえのか」

「今夜はお祝いでしょう」

「なんのお祝いだよ」

「コウちゃんが初恋の人に会えたお祝いじゃない」

「なんだと?」

タバコをぷかりと吹かして、ぼくに流し目を送りながら可保里が片頰を笑わせる。マニキュアがピンク色に光り、タバコをはさんだ指がしなやかに反り返る。

「冗談がきついぜ。洋介がどうして俺の初恋の人なんだよ」

「いつも木村くんの噂ばっかり」

「こんな島でほかに話題もねえからよ。十分も喋ればもう島の国勢調査が終わっちまう」

「木村くんがコウちゃんに冷たいって、いつも泣いてたくせに」

「おいおい、誰か聞いたら本気にするぜ。洋介も島に帰らねえで、薄情な野郎だと言っただけじゃねえか」

可保里が黙ってグラスをさし出し、ぼくがラム酒の炭酸割りをつくる。そのグラスにパッションフルーツのスライスを浮かべて可保里の手に返す。

「そりゃあよう、洋介が島に転校してきたときは……」

ごろんと氷を鳴らし、山屋が金髪の頭を掻く。

「なにしろ色が真っ白で、服なんかもブランドで決めてやがってよう、それでこんな顔してろくに口もきかねえの。俺なんか、天使の子供が間違って島へ落ちたのかと思ったぜ」

「おまえ、丸山が転校してきたときも同じことを言ったよな」

「そうだったか？　だけど丸山さんはそれからもずっと天使だった。それにくらべて洋介はどうだ？　澄ましてたのはせいぜい一カ月、俺も悪ガキで有名だったけど、もう洋介には敵わねえ。なにしろこいつ、気に食わねえ観光客がいるとプレジャーボートのオイルを抜いたりシュノーケルの管にガムを詰めたり、とんでもねえ悪戯《わるさ》をしやがるの。俺なんかただ見てただけなのに、一緒に怒られてよう。よく二人で校長室の掃除をやらされたよなあ」

もう聞き飽きているのか、可保里は鼻を曲げただけで、黙ってグラスを口に運ぶ。ムースでなでつけた黒い短髪が表情に一瞬、大人っぽい陰をつくる。ぼくが島へ来てから暴れ出したのは軽鬱症の反動で軽躁症になったからで、それを今さら説明しても意味はない。

「だけどたしかにな、洋介が帰ってきたことはお目出てえや。ということで、今夜はとことん飲み明かそうぜ」

「なに言ってるの。コウちゃん、明日はまた三時に出漁じゃないの」

「島の漁師が焼酎ぐれえで酔いつぶれるもんかよ」

「いつも飲みすぎてお父さんに怒られるの、誰だっけ」

「可保里なあ、洋介の前で恥をかかせるんじゃねえよ」

「コウちゃんに恥があったなんて初めて聞いたわ」

「よせやい。俺は内気で繊細な海の青年だぜ。純情がねじり鉢巻きで魚を捕ってるようなもんさ」

「あら、純情な漁師が民宿のお風呂場をのぞくの」

「おいおい、可保里」

「コウちゃんね、女子大生のお風呂をのぞいて民宿の犬に嚙みつかれたの」

「浩司、相変わらず元気だな」

「そりゃ誤解だよ。俺は悲鳴が聞こえたような気がして、様子を見にいっただけなんだ」

「女子大生も裸で悲鳴をあげるとはいいサービスだ」

「可保里、なんとか言ってくれよ。ありゃあ本当にただの勘違いなんだからよう」

山屋がわざとらしく眉をひそめ、カウンターに拳を打ちつけて、ふんと鼻を鳴らす。民宿の風呂場ぐらい昔からいくらでものぞいていた山屋だから、慌ててみせたのは可保里に対するパフォーマンスだろう。

マスターが可保里に声をかけ、可保里が料理をテラスへ運んでいく。山屋が酔いはじめた目でそのうしろ姿を追う。

「洋介くん、木村先生はお変わりないかね」

タバコに火をつけながら、マスターがぼくの顔をのぞいてくる。

「ここしばらく、店に顔を出してくれないんだ」

「元気でやっていますよ、新しいモデルとも仲がよさそうだし」

「そうなの、新しいモデルさんが来てるの。それじゃ当分は先生も忙しいわけだ」

島ではあまり評判のよくない親父も、マスターにだけは尊敬されている。マスターにとって親父の「海と女」は究極のヒーリングなのだという。実際に親父が酔っぱらってコースターに描いた落書きを、マスターは額装して店の壁に飾っている。逆に親父に言わせると、マスターの描く風景画はクソなのだという。

テラスに視線を向けていた山屋が肘でぼくの腕をつく。

「おい、うしろを見てみろ」

ふり返ってみると、テラスには男が三人に女が一人いて、騒ぎながらビールを飲んでいる。サーファーっぽい三人の男は知らない顔だが、女には見覚えがある。ぼくが島へ帰ってきたとき家の近くですれ違った短パンに茶髪の少女だ。

カウンターに肩をかぶせて、ぼくは声をひそめる。

「最近は店にああいうやつらも来るのか」

「ダイバーズショップの連中さ。右の長髪野郎は二年以上も島に住み着いてる。それよりあの女、知らねえか」

「観光客だろう」

「ありゃあ洋介、一宮の妹じゃねえか」

「うん？　ああ」

昼間すれ違ったとき、どこかで見たような気はしたが、言われてみればたしかに和希の妹か。ぼくが島にいたころは中学生だったから今は高校だろう。しかし和希の妹がダイバーズショップの男たちと酒を飲んでいるのは、どういうことだ。

「洋介は知らねえだろうけど、あの妹のことでも一宮の家じゃ困ってるわけよ」

「名前、なんだっけ」

「夏希《なつき》」

「高校生だよな」

「まだ二年だ」

「あんな連中と酒を飲んでたら、たしかに一宮の家では困るだろうな」

一宮和希の家は在来島民のなかでも旧家の家柄で、戦前は網元とサトウキビの農園主を兼ね、復帰後も父島最大の地主として土建業を営んでいる。和希の父親は良雄《よしお》といい、小笠原の前村長だった。娘の和希には新島民や観光客との交際を許さず、東京での和希も管理の厳しい女子大生マンションに入っている。

「姉さんはストーカーに狙われて妹はバカギャルだもんなあ。一宮の親父さんも警察署へ怒鳴り込んだけど、手に負えねえって話だ」

「あの妹、あんな感じだったか」

「昔はおとなしかったはずだぜ。それが去年あたりから急に髪を染めやがって、あとはあの通りさ。宮之浜《みやのはま》なんかにたむろして男を逆ナンパだと。まったくよう、あの夏希って妹、島の面汚しもいいところよ」

　自分では高校時代から遊んでおきながら、山屋も島の女に関しては保守的なことを言う。小笠原にはまだ「倫理」や「貞節」という観念が残っていて、女子高校生も東京のようには遊ばない。習慣として水商売にも拒否反応があり、島の女はスナックにも勤めない。トムズハウスでも、それから島に何軒かあるほかのスナックでも、勤めているのは可保里のように本土から流れてきた女だけなのだ。

　テラスがざわめいて、ぼくは肩ごしに外をふり返る。一宮夏希が顔を正面の男に向けたままぼくに流し目を送ってくる。顔は和希に似て整っているのに目つきと髪に入れたメッシュに品がない。さっきまで気にもしなかったが、なぜ昼間夏希が家の付近をうろついていたのか。島で生まれ育った夏希なら、あの道が行き止まりであることぐらいは知っているだろうに。

　ぼくに流し目を送ったまま、タバコを口の端にひっかけて夏希がライターで火をつける。高校生にしては目つきが色っぽく、それでいてどこかに刺《とげ》がある。

可保里が戻ってきて、一度ビールをテラスに運び、それからまたカウンターへ入っていく。一瞬可保里の腰がマスターの尻に触れたのも、狭い調理場ではただの偶然か。

「可保里くん、今夜は早く終了《あが》って洋介くんたちにつき合ってやりなよ」

「でも……」

「おがさわら丸の入った日はどうせ暇だから」

「おう、マスターのご好意に甘えようぜ。せっかく洋介が帰ってきたんだ、カラオケあたりにぱーっとくり出そうじゃねえか」

「浩司、無理を言うなよ」

「無理じゃねえさ。可保里だって久しぶりに東京の話を聞きてえはずだぜ。漁も暇だし、俺も洋介と飲み明かしてえや」

グラスを口に運びながら可保里がくすっと笑い、調理台の前ではマスターが目で笑っている。もともとマスター一人でも間に合う店だし、船の入港日には島の人間も外へ出てこない。この日は本土から届いた食材で、ほとんどの家がごちそうをつくるのだ。

ぼくはラム酒の炭酸割りを飲みほし、氷を足して二杯めをつくり直す。カラオケなんかの気分ではなくても、山屋と飲み明かしたいことに変わりはない。島へ帰ってきて会いたい人間がいるとすれば、それは翔子と山屋の二人だけなのだ。

「よし、そうと決まったら、俺も腰を据えて飲みなおすぜ」

山屋がグラスをふってねじり鉢巻きをしめ直し、可保里に焼酎のニューボトルを催促する。

可保里がカウンターの下から新しいボトルを出して見せ、テラスでは夏希が甘ったれた声で哄《こう》笑《しょう》する。

「洋介くん、島オクラを天ぷらにしようかね」

マスターの声に、ぼくがうなずく。

「なあ洋介、それにしてもよく帰ってきた。俺は本当のところ、おまえは島のことなんか忘れたかと思ってたぜ。俺だけじゃねえよ、旬子もそう言ってた。旬子にとっちゃ正真正銘、おまえが初恋の男だもんなあ。おう、そういや……」

ニューボトルの封を切って、山屋が大胆に焼酎をつぐ。

「旬子も九時を過ぎりゃあ仕事が終わる。あいつも呼び出して、今夜はぱーっと飲もうじゃねえか」

「明日の漁は大丈夫なのか」

「心配ねえって。いざとなりゃ親父が一人で船を出す。カツオが戻ってくるまではどうせ大した漁にもならねえからよう」

高校生のころ、第二やまや丸に乗り込んで漁の手伝いをした記憶が、恥ずかしくよみがえる。漁船に乗って船酔いをしなくなるまで、ぼくには半年ほどの訓練が必要だった。

マスターがオクラの入ったビニール袋をさし出してぼくにウィンクを送る。可保里を早仕舞いさせて旬子を呼び出し、飲んで騒いでそのうち海に転がり込む。高校生のころと変わらない情熱の予感が、ふとぼくの頬を笑わせる。

「なんだよ」

「なにが」

「一人でニヒルに笑いやがって」

「可保里さんが思っていたより美人で、嬉しくなっただけさ」

「放っといてくれ。どうせ俺が惚れた女なんか、赤海亀みてえな顔してると思ったんだろう」

「なーんだ、やっぱり惚れてるのか」

「大きなお世話だ。自分は東京で好きなだけ遊びやがって、こっちは島で絶滅寸前だ。毎日イルカや海亀の顔を見てりゃ、可保里だって世界一の美人に見えてくらあ」

「あら、コウちゃん、褒《ほ》めてくれてありがとう」

可保里がつくり笑いで鼻を上向け、わざとらしく前歯をむき出す。山屋が頭を掻きながらグラスを口に運び、ぼくが東京から抱えてきた屈託も分解する。

ぼくはグラスを山屋のグラスに重ね、可保里のグラスにも腕をのばす。カウンターの真ん中で三つのグラスが陽気な音をたて、テラスではまた哄笑が起こる。

壁にはりついていたヤモリが素早く動いて、小さい蛾にぱくりと食いつく。

3

三日も曇り空がつづいて海の色も薄青くぼやけて見える。たまに日が射したかと思うとすぐにスコールが襲い、晴れ間は一時間もつづかない。島の人間は慣れているが、観光客はこんな気まぐれ天気に小笠原の亜熱帯気候を知るという。

「洋介くんも意地悪ねえ」

髪をかきあげ、頬杖をつきながら雪江が足を組む。ベランダのテーブルには将棋盤が出されていて、ぼくも真剣に盤上を見つめている。雪江の台詞《せりふ》はぼくが飛車角両取りに打った桂馬に対する感想で、局面はもう終盤に入っている。

意外なことに、雪江はパチンコとマリファナのほかにも、将棋にかなりの造詣《ぞうけい》がある。ぼくも中学生のころは山屋や藤井を相手に将棋を指した。そのころはほとんど負けなかったのに、雪江を相手の勝率はせいぜい二、三割。雪江は死んだ祖父のつき添いで子供のころ将棋クラブへ通ったという。

雪江がふっと片頬を笑わせ、角をぼくの自陣に飛び込ませる。飛車角両取りの位置に桂馬を打ったからぼくは残った飛車を取ればいい。そう思いながら腕をのばしかけ、その腕を戻す。雪江の飛車を取っても王手にはならず、一方雪江の角はぼくの浮いた金を狙っている。ぼくが自分の金を守らないと、どうなるか。二手三手四手と先を読み、むっと息を呑む。たとえ雪江の飛車を取っても、雪江に取られた金で王の頭を攻められれば一手違いで負けになる。飛車角両取りの妙手を打ったはずなのに、もしかしたらこれは、雪江の罠だったのか。

「どうもな、話がうますぎると思った」

「あなたが単純すぎるの。世の中は学生生活のように甘くはないのよ」

世の中が甘くないことも、自分が単純な性格であることも承知しているが、それをモデル稼業の雪江に言われても腹が立つ。

口のなかで舌打ちをしながら、局面の不利を承知でぼくは金の頭に歩《ふ》を使う。

そのとき曇り空から、水上飛行機が二見湾へおりてくる。飛行場のない小笠原には水上機しか入れず、緊急時には自衛隊機が着水する。今日は正午《ひる》過ぎに二機が飛来し、今度の飛行機が三機めになる。病人を本土へ運ぶだけなら一機で間に合うし、島に政治家の視察があるとも聞かない。それにこのベランダからは見えないが、どこかにヘリコプターも飛んでいる。

雪江が桂馬の筋から飛車を逃がし、ぼくは盤上と上空の飛行機を見くらべる。自衛隊機は漁港をかすめて機影を埠頭方向へ消していく。

「なにか、不審《おか》しいな」

「困ったときは端歩《はしふ》を突け、というでしょう」

「将棋のことじゃない」

「それならなあに」

「飛行機が多すぎる」

「いいじゃないの、退屈な島も少しは賑やかになるわ」

漁港に人影はなく、見える範囲にはクルマもない。今日はおがさわら丸の出港日だから人影がないことに不思議はない。観光客はこの船で東京へ帰り、住民の多くは船の見送りに出る。

ここからは見えないが今ごろ埠頭では送別のイベントが展開されている。

「そろそろ二時か。次にフェリーが来るまで島はゴーストタウンだな」

「いつだってここはゴーストタウンよ。幽霊もたくさん出るんでしょう」

「迷信さ」

「先生は宮之浜で兵隊の幽霊を見たと言うわ」

「宮之浜を知ってるの」

「最初のころ一度だけ行った」

「あそこの沖は潮が速くて、看護師とか学生とか、何人も溺れてる」

面倒くさくなって、雪江に言われたとおりぼくは一筋の歩を突く。ヘリコプターが清瀬の上空を旋回し、プロペラ音を大村の方向へ飛ばしていく。救急の水上飛行機は年に一、二度着水するが、ヘリコプターが来るのは珍しい。このヘリコプターや飛行機は硫黄島《いおうとう》の自衛隊基地から来たのか、それとも本土からか。

手のなかの駒を放り、椅子を立ってベランダをリビングのほうへまわる。内では親父がソファに転がって床にはウォッカのビンと生ハムの空パックがちらばり、テレビは洋画の衛星放送を流している。ここ二、三日つづく曇天が親父から筆をとる気力を奪っているらしい。

「父さん、起きてるの」

「ウォッカのビンに聞いてくれ」

「今日のヘリコプターや飛行機、不審《おか》しいと思わないか」

「不審《おか》しいのはこの天気だ。湿度が高くて絵の具の乾き具合が気にくわん。来月になればいくらか雲も薄らぐだろうがな」

「飛行機とヘリコプターだよ」

「それがどうした」

「なにか聞いてない？」

「俺に聞こえるのはおまえの寝言ぐらいだ」

テレビの音にヘリコプターのプロペラ音がかさなり、空気が少し振動する。時間は二時十分すぎ、もうおがさわら丸も岸壁を離れたろう。

「父さん、バイクを借りるよ」

「町へ出るのか」

「うん」

「酒屋へ寄ってビールとウォッカを頼んでくれ」

「うん」

「それから……」

「食料品屋へも寄ってくるさ」

「さすがは大学生だ。おまえも東京に出て苦労して、そうやって少しずつ通俗になっていく」

返事のかわりにため息をつき、ヘリコプター音を聞きながらベランダへ戻る。雪江が頬杖つきでぼくの顔を見あげ、石膏像のような白い顔にうす笑いを浮かべる。

「洋介くんの負けよ」

「雪江さんの角筋を防げばまだ勝負になる」

「意地っぱりねえ」

「この勝負はおあずけだ」

雪江に手をふってまたリビングへ戻り、ちらばった雑誌のあいだを玄関へ向かう。この三日間は毎日雪江の将棋につき合って、ほとんど外に出なかった。そういえば丸山翔子の家へも行っていないなと、ゴムサンダルをつっかけながら、ぼくは少し罪を意識する。

*

ココ椰子《やし》の葉陰から親父のバイクをひき出し、枝道を漁港方向へくだる。道も林も湿っていて蟬の声はなく、支長庁舎前の道から埠頭側へ向かう。フェリーの見送りを終えたのか、三叉路の信号には埠頭からのクルマが連なっている。こんなせまい島でも島民は歩くことを好まず、クルマの保有率は一人に一台の割合だという。

信号をわたり、バイクを水産センターの前まで走らせたとき、たなはし荘の軽ワゴン車とすれ違う。ワゴン車がフラッシャーもつけずに路肩へ停車し、ぼくもバイクの向きをかえて運転席側へ横づける。ずいぶん無頓着な道路使用だが、島ではこんな無茶も許される。

窓から首をつき出した棚橋旬子にぼくが声をかける。

「旬子、停車ランプをつけておけ」

「ああ、そうか」

「おまえの運転、怖いな」

「木村くんと同じよ。島でとった免許なんか、どうせ本土では通用しないんだから」

「それもそうだ」

「だけどどうしたの、この方向ならコウちゃんの家ではないでしょう」

「やつはまだ漁だろう」

「そろそろ帰る時間だけど」

「なあ旬子、島で何かあったのか」

「飛行機のこと?」

「ヘリコプターも来てる」

「よく分からないけど、もしかしたら、あれじゃない」

「あれって」

旬子が丸い目を大きく見開き、額の汗を首のタオルでぬぐう。

「一宮さんが家出をしたらしいの」

「家出?」

「うちに電話があった」

「誰から」

「彼女のお父さん。今朝から一宮さんの姿が見えないって」

「一宮って、和希のほうだよな」

「そう」

「こんな島で家出をしてどこへ行くんだ」

「知らないわよ。でもベッドに寝た様子がないから、昨夜からいないらしい」

「一宮が、か」

「あのお父さんが直接電話してくるなんて、よっぽどよねえ。私はお客の見送りに出ていたから、詳しいことが分からないの」

旬子の口が尖《とが》って鼻が上を向き、細い顎が頼りなくつき出される。背はのびても顔は中学のころと同じで、こんな旬子でも見合いをして結婚をして、運が悪ければ子供を産む。

しかし問題はそんなことより、昨夜から姿を消している和希とヘリコプターの関係だ。

「なんだかへんだな。一宮の親父さんがいくら前の村長でも、そんなことぐらいでヘリコプターは来ないだろう」

「私に言われても分からないわよ」

「まあ、いいか。ちょっと町の様子を見てくる」

運転席のドアをこつんと叩き、道の前後を見渡してバイクの向きをかえる。ストーカーの話が事実かどうかは知らないが、ぼくも和希とは東京で三度デートしたことがある。

水産センターの前から埠頭のほうへ向かうと、見送りを終えた人間がクモの子のようにちってくる。埠頭は入港日より出港日に活況がある。島で過ごした観光客もそれぞれに知り合いができ、ダイバーズショップだの、スナックの従業員だの、そんな連中も見送りに出る。そのほかにも人出の見物や暇つぶしで島民の半分は埠頭に集まってしまう。商店の休業日も出港日の翌日が多く、島の人間はカレンダーよりおがさわら丸の出入りを中心に生きている。

　大ガジュマルの前にしばらくバイクをとめてみたが、知っている顔はなく、ぼくは村役場へ向かう。埠頭前の大通りを「小笠原銀座」と呼ぶのはただのギャグで、みやげ物屋やスーパーが十店舗ほど道の両側に並んでいるだけ。その通りをかんたんに抜け、道を役場の側へ曲がる。まっすぐ行けば小笠原の支庁につきあたり、付近には郵便局や警察署も集まっている。ぼくが不審に思ったのは役場の静けさと、その前方にある警察署との対照だった。ふだんは人の寄りつかない警察署の前に十台以上のクルマがとまっている。門の内側にもクルマや人間が集まっているらしく、雰囲気がざわついている。道の向かいには何人かの人間がたたずんで警察署の建物を見上げている。これはもう年寄りが脳溢血《のういっけつ》になったとか、観光客が交通事故を起こしたとかのレベルではないだろう。

　ゆっくりとバイクを走らせ、いやな気配に、ふとタマナの木に目を向ける。官庁通りから東町へ入る角にタマナの大木があって、その木陰に藤井智之が立っている。藤井の家はすぐそばの西町《にしまち》だから、この場所にいることに不思議はない。それでも大木の陰に一人で立っている藤井の姿はどことなく不気味に見える。

藤井の前までバイクを進め、エンジンを切ってヘルメットを脱ぐ。藤井はズボンのポケットに両手を入れたまま、じっと警察署の建物を見上げている。警察署は鉄筋三階建てでその三階部分は柔道の練習場として使われているが、今日は窓に黒っぽい人影が動いている。

「藤井、ずいぶん騒がしいな」

初めて気づいたような顔で、藤井がぼくに冷静な視線を向ける。日灼けした顔も印象としては青白く、真ん中分けの長髪にも寝癖が目立っている。

「この騒ぎはやっぱり、一宮のことか」

「大変だよなあ、島の人たち、みんな知ってるのかな」

「失踪は知ってるだろう。一宮の親父さんが連絡したらしいから」

「木村くんのところにも?」

「まさか」

「そうだよね。木村くんの家と一宮さんの家、仲が悪いものね」

「向こうが嫌ってるだけさ」

「一宮さんの家もこれから大変だな」

「なあ藤井、一宮は見つかったのか」

「見つかったよ。十時ごろかな」

「どこで」

「三日月山の展望台さ」

「見つかったのなら、よかった」

「大変なのはこれからだよ。うちの親父、防犯協会に入ってるだろう。だから家にも連絡があって僕も一宮さんを探してたんだ。漁港とか大神山《おおがみやま》神社とか、だけど三日月山なんて考えてもみなかったよ」

髪をかきあげて藤井がタバコに火をつけ、ふっと短く煙を吹く。目は感情もなく落ちついているが、唇はかすかに笑っている。

「だけど、一宮はどうして……」

「知らないよ。事故か自殺かも分からない。さっき真崎《まさき》が連れてこられたから、もしかしたら殺人かも知れないね」

風の向きがかわってタバコの煙がぼくの顔にかかり、頭上でタマナの葉がゆれ、風にのってどこからかブーゲンビリアの花びらが飛んでくる。

「藤井、一宮は死んだのか」

「展望台の柵から落ちたらしいよ」

「本当に……」

「あの近くで崖崩れがあってね、工事に行った現場監督が見つけたんだ。展望台から五十メートルも下だというから、ひきあげるのも大変だったろうなあ」

藤井がぼくをからかっているのか、それとも例の妄想か。しかし警察署の混乱やヘリコプターの飛来などを考えると嘘とも思えない。一宮和希の失踪だけなら、これほどの騒ぎにはならないだろう。

「それで、一宮は？」

「もう本土へ運ばれたよ。ほら、解剖とかなんとか、そんなことをするんじゃないの」

「飛行機やヘリコプターはそのせいか」

「警官もたくさんやって来たね。だって島の警察じゃ、なにもできないものね」

「真崎がどうとかいうのは？」

「真崎仁《ひとし》さ」

「そいつ、ストーカーの？」

「うん、警察が真崎を逮捕したとなると、やっぱり殺人かなあ。これから一宮さんの家も大変だよ。ストーカーに狙われているのを承知で、彼女を助けられなかったんだものなあ」

タバコを地面に捨てて藤井が髪をかきあげ、唇にまた意味不明な笑いを浮かべる。藤井の声に抑揚《よくよう》はなく、それが奇妙に和希の死を実感させる。真崎仁というストーカー男がなんのために連行されたのか。それが逮捕なら殺人に決定なのだろうが、事故や自殺の可能性もある。和希は思い詰めるタイプだったし、不必要に世間体を気にする性格だった。

「そうか、一宮が、死んだのか」

「だからさあ、木村くんも気をつけたほうがいいよ」

「どうして」

「いよいよ始まったわけさ。一宮さんはＣＩＡのスパイだった。僕が開発した新薬をめぐって戦争が始まったんだよ。真崎というやつもどこかのスパイだと思うね」

「藤井……」

「だから木村くん、丸山さんの家には行かないでくれよ。グリーンペペシンが完成するまで、彼女を事件に巻き込みたくないんだ。僕が闘ってるのもみんな丸山さんの病気を治すためなんだからさ」

しつこく髪をかきあげる藤井の横顔を、五秒ほど眺め、ぼくは舌打ちを我慢してバイクに戻る。警察署の敷地には機動隊服姿の警官が出入りし、三日月山の上空をヘリコプターが飛んでいく。和希の死は本物だとしても、まだ概要は分からない。山屋でも海から戻れば情報が集まるだろうから、事件に大方の見当はつく。ぼくにできることは酒屋に寄って、食料品屋に行って、あとは丸山翔子を見舞うことぐらいだ。

東町を中心街へ入って民芸品センターの前をすぎ、そこでバイクをとめる。路地の奥に〈青灯台〉という看板が見えて看板の下にはレンタルバイクや自転車が並んでいる。以前は民家のあった場所だから、これが山屋の言った新しいペンションだろう。真崎という男は一週間以上このペンションに泊まっているらしいが、仕事だってあるだろうに、ストーカーの噂までたてられてなぜ島にいつづけたのだろう。

並んだ自転車のあいだから坂戸可保里が顔を出す。黒いミニスカートにオレンジ色のTシャツを着て白いズック靴、短い髪にムースはなく、前髪が風になびいている。ふだんはトムズハウス裏のプレハブで寝泊まりをしているという。

自転車のスタンドをあげたところで可保里がぼくに気づき、サドルは跨《また》がず赤いママチャリを押してくる。

「青灯台の友達から電話が来たの。私も初めのころこのペンションに泊まったから」

「可保里さんにはプレハブよりペンションのほうが似合う」

切れ長の目を照れたように細めて、可保里がふっと笑う。

「和希さんは亡くなったらしいわね。三日月山で見つかったとか。それで例のストーカーが警察に連れていかれたの」

「意外にヤジウマなんだな」

「青灯台のストーちゃんは有名だもの。警察が騒げば誰でも関心をもつわ」

可保里がサドルに腰をのせてペダルをこぎはじめ、ぼくもゆるくバイクのアクセルを握る。村ではこの付近が一番の繁華街なのに、今は人もクルマも通らない。次におがさわら丸が入港する日まで、観光客の数はほとんど半分になる。

銀座通りに出る手前に酒屋があって、ぼくがバイクをとめる。となりで可保里の自転車もとまる。

「可保里さん、真崎というやつを知っていたのか」

「どこかで見たことはあるわ」

「どんなやつ？」

「普通の感じだけど」

「歳《とし》は？」

「二十六……青灯台の宿泊名簿に書いてあった、住所は東京の世田谷《せたがや》ね」

「普通のやつなら仕事がある」

「会社役員とか言ってたらしい。宿泊料も前払いしたというし、ペンションでもトラブルは起こさなかった。部屋もきれいに使って言葉も丁寧だったというわ」

ちりんとベルを鳴らして可保里が自転車を前に出し、ぼくはバイクのエンジンを切る。角を曲がる手前で可保里がふり向き、なんの意味があるのか、切れ長の目を皮肉っぽく笑わせる。ミニスカートの長い足が日灼け色に光り、短い髪が風に吹かれる。山屋がいくら夢中になっても可保里はいつか本土へ帰っていく。

ぼくはかぶったままのヘルメットをぽんと叩き、バイクをおりて酒屋へ向かう。昔から大酒飲みだったが、それにしても親父の酒量は、目に見えてふえている。

＊

ふだんならカウンターに集まる顔が今夜はテラスに見える。六畳間ほどの木製テラスはマスターの手作りで、リュウキュウ松の角材で手すりを巡らしてある。屋根は野椰子の葉で葺《ふ》かれていて、島にいたころはぼくも手すりや屋根の補修を手伝った。

時間は夜の九時、客はぼくと山屋と旬子だけで、マスターと可保里もテラスの丸テーブルを囲んでいる。テーブルにはグラスや灰皿がちらばり、パパイヤサラダの鉢ではオガサワラ玉虫が溺れている。スコールは十分ほど前にあがって空に天の川が乳色にのぞいている。

「こんな事になるなら、あの野郎、叩き出しておきゃよかったぜ。島にストーカーなんてのをのさばらせておくのがいけねえんだ」

山屋の独りごとは三度目で、もう相槌《あいづち》も打たれない。和希の死は島中に知れわたり、しかし事件そのものに進展はない。分かったのは和希がジーンズにニットの半袖シャツだったこと。躰中に打ち傷や擦り傷があって、発見時には死んでいたこと。展望台から崖下までリュウゼツ蘭やフウセンカズラが毟《むし》り取られていたこと。リュウゼツ蘭もフウセンカズラも本土では観葉植物だが、小笠原では雑草の帰化植物なのだ。

指先で小笠原スペシャルのグラスをもてあそびながら、ぼくも独りごとをくり返す。

「事故か自殺か、まだ何も分からない」

山屋が日灼けした顔を何度かこすったが、手の動きにも力がない。

「一宮が展望台の手すりに乗って遊ぶかよ。俺たちがガキのころだってそこまではやらなかったぜ」

「あいつは思い詰めるタイプだった」

「自殺なら遺書があらあ」

「これから出てくる可能性もあるさ」

「清水《しみず》さんの話じゃ靴を履いてたというぜ。テレビでよくやるじゃねえか、自殺するやつは靴や荷物を揃えておくって」

テレビのことはともかく、山屋の言う「清水さん」とは発見者の現場監督で、山屋の父親とは飲み友達だという。最近住みついた人間でなければ、島では誰もが誰もを知っている。

「お父さんが厳しすぎたのよね。結局、そういうことなのよ」

珍しく屈託のある顔で、旬子が口調を苛立たせる。

「いくら昔の網元でも、今は時代がちがうわよ。あれもダメでこれもダメ、この人が不良であの人が下品で、いちいちそんなことを言われたら、一宮さんも辛かったわ」

「旬子、それ、俺たちのことか」

「決まってるじゃない」

「よーく言うぜ」

「一宮さんが言ったのよ。いつか学校の帰りが一緒になって、あの人、泣いてたわ」

口調だけは気負っているが、山屋も旬子も表情に精気がない。それはマスターや可保里も同様で、マスターなんか口髭をこすりながらむっつりとウィスキーをなめつづける。和希の家はここから五分ほどの場所だし、妹の夏希はこの店にも飲みにくる。

銀ネムの葉陰に足音がして、不意に赤いTシャツがあらわれる。全員がその姿を認め、誰ともなく顔を見合わせる。短パンにゴムサンダルで入ってきた人影は、一宮夏希だった。

「おう」

なにか言いかけたが、山屋の言葉もつづかない。マスターも口髭を撫でたまま、可保里も座ったまま夏希を見上げる。

「ビールを飲ませてよ」

表情を変えず、低い声で夏希が言う。

可保里がマスターをふり向き、思い出したように席を立つ。

山屋がグラスを口に運びながら、ちっと舌打ちをする。

「おまえ、高校生のくせに、ビールなんか飲んでいいのかよ」

ふんと鼻を上向け、夏希が旬子のとなりに腰をおろす。

「あんたに言われたくないよ」

「姉さんが死んだってのに、妹が夜遊びとは呆れるぜ」

「うるさいわね、ただビールを飲むだけじゃない」

「おい、なんだよその言い方は」

「コウちゃん、いいじゃないの。コウちゃんなんか高校生のときから焼酎を飲んでたんだから」

「それとこれとは話が別だろう。俺は一宮が気の毒だと思ったから、そう言ってるんじゃねえか」

「夏希ちゃんだって辛いの、だからビールを飲みたいの。コウちゃんはそういうところ、無神経なのよ」

「俺のどこが」

「浩司、旬子の言うとおり、おれたちに人の事は言えないさ」

山屋が眉をつり上げて口を曲げ、ねじりタオルで顔の汗をふく。南洋桜の葉がゆれ、テラスの天井をヤモリがちっちっちっと鳴いていく。

可保里が店からビールとピスタチオを持ってきて、夏希の前におく。夏希が爪先でサンダルをゆすり、ぼくが夏希のグラスにビールをついでやる。

「姉さん、可哀そうにな」

「死ねばみんな可哀そうだよ」

「君の家、今ごろ大変だろう」

上目づかいにぼくの顔をうかがいながら、夏希がビールを口に運ぶ。

「ただ陰気なだけだよ、みんなめそめそ泣いてるよ」

「笑うわけにもいかないさ」

「和希はまだ東京から返されない。解剖なんかいつ終わるか分からない。死んだ理由だって、なにも分からないんだから」

「病死でないことは確かだろう」

「和希は自分だけいい子になろうとしたから罰があたったの。親父もこれで目が醒めるよ」

夏希の台詞に、誰も意見はなく、それぞれが自分のグラスを口に運ぶ。夏希の言い方は不穏でも、和希の遺体が戻らない現状では通夜《つや》や葬式の気分ではないだろう。

ふて腐れた夏希の表情に、それでも自然に、和希の顔がかさなる。

「姉さんが家にいないことに、今朝まで誰も気づかなかったのか」

「夜中に部屋なんかのぞかないもの。お祖母《ばあ》ちゃんが起こしにいったら、いなかったの」

「姿が見えないぐらいでなぜ彼女の友達に電話をした？」

「ストーカーのことがあったから心配したんだよ」

「ベッドに寝た様子はあったのか」

「なかった」

「部屋に争ったあとは？」

「警察の人は、ないって」

「自分で家を出たわけか」

「誘拐なら音がしたよ。和希は島に帰ってから様子がおかしかった。何時間も黙り込んだり、急に苛々したり、突然泣きだしたりね。ストーカーのせいだろうけど、だから、切れちゃったのかも知れない」

山屋がタオルで顔をふきながら、肘をテーブルにのり出させる。

「なあ夏希、あのストーカー野郎と一宮は、どういう関係なんだよ」

「ストーカーはストーカーだよ」

「だけどよう、なにも関係なくて、男が女をつけまわすか」

「知らないよ。コンサートでとなりの席になって、それからずっとつけまわされてるって。怖くなって島へ逃げてきたら、またあいつが来たって」

「本当にそれだけか」

「どういう意味よ」

「つき合ったとか、寝たとか、何かあるんじゃねえの」

「コウちゃん」

「だってそうじゃねえか。いくらストーちゃんが暇でも、もう十日だぜ。コンサートでとなりになっただけの野郎が小笠原まで追いかけてくるか」

「だからストーカーなんじゃない」

「信じられねえな」

「コウちゃんが信じられなくても、東京ではそういうのが流行《はや》ってるの。ねえ木村くん」

ぼくが苦笑し、可保里が唇を笑わせ、夏希が乱暴にビールをあおる。

「君の姉さん、三日月山が好きだったのか」

「どうかしらね」

「歩けば一時間もかかる」

「おう、そうだ、忘れてたぜ」

山屋がタバコに火をつけながら、がつんとテーブルを叩く。

「清水さんの話によると、一宮を見つけたとき、バイクもクルマも無かったらしいや」

「一宮は歩いていったのかな」

「ストーカー野郎に連れていかれたんさ。夜の夜中に、誰があんな所まで歩くかよ」

「真崎はクルマを持っていない」

「洋介よう、おまえも東京へ出てボケが入ったか。この島じゃキーを付けたままのクルマなんか腐るほどあるぜ。夜中にちょっと乗って、元に戻しておきゃ誰も気がつかねえよ」

ぼくの家もバイクのキーは差したままだし、クルマだって、たしかに島の連中は似たような扱いをする。

「だけど帰らない覚悟で家を出れば、一宮だって歩くかも知れない」

「おまえ、どうしても一宮を自殺にしてえのかよ」

「可能性を言ってるだけさ。一宮は自分の意思で部屋を出ている。真崎に呼び出されて出掛けたとは思えない。それとも三日月山の展望台にUFOでも見にいったか」

可保里が下を向いて肩をすくめたのは、笑いを堪《こら》える仕種《しぐさ》だろう。山屋がタバコの煙を長く飛ばし、旬子が白けた顔で鼻を曲げる。

「洋介くん、それからみんなも、シーフードのピザを焼こうかね。今夜の飲み代は店の奢《おご》りにしておくよ」

マスターが腰をあげ、口髭を撫でながら店に入っていく。飛んできた小さい蛾を山屋がぴしりとはたき落とす。

夏希がビールを飲みほし、旬子が夏希の肩に腕をまわす。

「夏希ちゃん、お姉さんの遺書とか書き置きとかは?」

夏希が空のグラスをぼくにさし出しながら、首を横にふる。ぼくがそのグラスにビールをつぎ足す。山屋が蛾をはたいた手をシャツの胸でこする。

「だからよう、ストーちゃんさえ自白すれば、事件はみんな解決よ。今ごろあいつ、拷問《ごうもん》にかけられてるぜ」

誰も返事をせず、山屋がタオルを捩《ね》じりながら鼻を鳴らす。

「犯人はあいつに決まってらあ。男と女ってのは、見かけより複雑なもんだぜ。一宮だって表面は野郎を嫌ってたけど、内心では惚れてたとかな」

「それは、複雑すぎる」

「そうじゃなくても、たとえば一宮が夜中に、ふっと海が見たくなったとする。それで散歩に出たところを真崎に見つかった。ちょうど近くにキーの付いたクルマがあった。ストーちゃんは一宮をクルマに押し込んで三日月山へ連れていった。そこで強姦しようとしたら一宮に騒がれて、崖から突き落とした。なあ、これで話が合うじゃねえか」

「今度は偶然が多すぎる」

「洋介、イチャモンをつけるなよ」

「複雑すぎるのも、偶然が多すぎるのも、好きじゃない」

「おまえもヒネクレてるよなあ。一宮だって自殺なら遺書ぐれえ書くさ。それに自殺するなら近くの海に飛び込みゃいいだろう。忘れたか？　俺たちと同級のくせに、一宮は泳げなかったんだぜ」

可保里が席を立って空のアイスペールを店に運び、すぐに氷とビールとグラスを持って戻ってくる。可保里はビールを夏希にわたし、グラスには小笠原スペシャルをつくり直す。

引き込み道に足音がして銀ネムの葉がゆれ、電気看板にずんぐりしたシルエットが浮かびあがる。スナックだから誰が来てもかまわないが、人影が和希の父親であることに、全員が言葉を呑む。

五、六秒テラスを睨《にら》みつけてから、血の気のない顔で、前村長がステップをあがってくる。灰色の顔に胸の厚い怒り肩、白い開襟シャツの下にランニングの肌着が透けて見える。目蓋《まぶた》のたれた目で全員を見まわし、それからいきなり、前村長が夏希の髪をつかむ。夏希が悲鳴をあげ、上体を泳がせる。夏希の腕がグラスと灰皿を床にはじき、誰もが唖然とするなか、戸口からマスターが飛んでくる。

「一宮さん、乱暴はやめましょうよ」

マスターの言葉を、むっと唸《うな》っただけで前村長が視線で押し返す。髪をつかまれた夏希は顔をゆがめ、それでも声を出さずに歯を食いしばる。前村長が夏希をひきずり、夏希はずるずると腰を浮かす。

「この、この、親不孝者めが」

呼吸も乱さず、前村長が言葉を吐き捨てる。たれた目蓋の奥が異様に光り、灰色の皮膚がかすかに痙攣《けいれん》する。この一宮良雄が村長選挙で愛想をふり撒いていた光景が、ぼくの記憶を不愉快にする。

マスターがテーブルをまわって、夏希と父親の横に立つ。

「夏希くん、今夜のところは、君も帰りたまえ」

夏希の背中にのばしかけたマスターの手を、前村長がはねのける。

「あんたは口を出すな。子供相手に酒なんか飲ませおって、みんなこの店の責任だぞ。警察に訴えれば、こんな店、いつでも営業停止にできる」

「たかがビールですよ」

「酒は酒だろう。それもよりによって、娘が死んだ日に」

前村長が肩を怒らせ、夏希がまた悲鳴をあげる。夏希の頭は父親に押さえ込まれ、腰がくの字に捩じれている。

ぼくは腰をあげ、前村長の顔を見おろす。

「これ以上騒ぐと営業妨害です」

「なんだと?」

「彼女が勝手に飲みに来ただけです」

「お、おまえ、絵描きのところの小倅《こせがれ》か。おまえらのようなよそ者が住みつくから、島の風紀が乱れるんだ」

「空港をつくってよそ者を呼ぼうとしてるのはあなたでしょう」

「島の事情も知らんくせに、小賢《こざか》しいことを言うな。島民福祉のためには空港が必要なんだ」

「その福祉で金儲けですか」

「お、おまえらのようなよそ者に、わしら島民の悲願が、分かってたまるか」

前村長が夏希をつき飛ばし、テラスの床を踏みしめる。落ちていたグラスがごろりと戸口へ転がる。

夏希が手すりにつかまって、なにか唸りながら、ゆっくりと起きあがる。ふて腐れた顔で歯を食いしばっているが、目に涙はない。

「いいよ、帰るよ。あたしが帰れば、それでいいんでしょう」

前村長の首が動き、突然、手のひらが夏希の頰を払う。小柄な夏希がよろけ、よろけたままステップをおりていく。マスターの足がステップのほうへ向かい、前村長がそのあいだに肩を割り込ませる。

「他人が口を出すな。口も手も、なにも出すな。これはわしら親子の問題だ。このバカ娘が、わしの気も知らんで……」

言葉を切り、息をとめたまま、前村長がまた全員の顔を睨みつける。灰色の頰からは痙攣が消え、目蓋の内側にだけ細い眼光が、ねばっこく点滅する。

怒り肩から、ふと力を抜き、前村長が顔をそむける。ずんぐりした背中がぼくたちの視線を遮《さえぎ》り、短い足がステップをおりはじめる。ステップの下では腕を組んだ夏希が髪を乱したまま歯を食いしばっている。前村長はふり返らず、夏希も顔をあげず、そのまま二人、肩を並べて看板の向こうへ消えていく。またスコールでも来るのか、空から天の川が消えている。

「おっと、うっかりして、ピザを焦がすところだったよ」

マスターがわざとらしく剽軽《ひょうきん》な声を出し、それから口髭をこすって、床から灰皿を拾いあげる。

「可保里くん、看板の灯を消してくれないか。今夜はもう店じまいにしよう」

戸口のグラスを拾いながらマスターが店に入っていき、可保里もステップをおりて外の看板を消しにいく。ぼくは自分が立ったままであることを思い出し、腰をおろしてグラスに手をのばす。旬子が声を出してため息をつき、山屋が手すりの外に、ぺっと唾を吐く。

「コウちゃんて、いざとなるとだらしないんだから」

「なにがよ」

「ひと言ぐらい言ってやればいいのに」

「誰に」

「あのお父さんによ」

「冗談じゃねえよ。夏希だってバカすぎらあ。あの親子は二人ともいい勝負だ」

可保里が戻ってきてぼくのとなりに腰をおろし、その表情を硬くした可保里の目に、暗い怒りがにじむ。ぼくのなかにも怒りに似た感情はあるが、それが誰に向かっているものか、自分では分からない。マスターがわざとらしくうたう鼻唄が店の奥から低く聞こえてくる。

可保里がラム酒の炭酸割りをつくり直したとき、銀ネムの葉陰に白っぽい人影があらわれる。外の看板は消したはずで、可保里が不審そうに顔をあげる。

気まずかった空気が、ぎこちなさに変わり、そしてそれが奇妙な安堵感に変わる。

「おう、藤井。珍しいじゃねえか」

「山屋くんは元気らしいね」

「大きなお世話だ」

「棚橋さん、君も元気そうだね」

「なに言ってるの、今日も港で会ったじゃない」

「会ったけど話はしなかったろう」

「それがどうしたのよ」

「どうもしないけどね。みんな元気で、いい事だと思ったのさ」

テラスの下に立ったまま藤井がテーブルを眺めまわしたが、目蓋の向こうで眼球は動かず、唇だけがかすかに笑っている。

ひと巡りした藤井の視線が可保里の顔でとまる。可保里を見つめたまま、藤井は黙って長髪をかきあげる。

山屋と旬子の視線を確かめてから、ぼくが咳払いをする。

「藤井、上がってビールでも飲まないか」

「僕はここでいいよ」

「飲みに来たんだろう」

「話しに来ただけさ。どうせみんな、知らないだろうと思ってね」

「知らない？　なにを」

「真崎仁が釈放されたんだ。それをみんなに教えてやろうと思ったのさ」

山屋がぼくの顔をのぞき、ぼくが首を横にふり、旬子が腰を浮かして藤井のほうへ身をのり出す。

「藤井くん、それ、どういうことよ」

「僕に聞いても分からないなあ。でもたった今、真崎は釈放されたよ。警察署から出てくるところを見たし、青灯台へ帰ったことも確認した。みんなも興味があるだろうと思って教えに来てやったんだよ」

藤井がまた長髪をかきあげ、無表情に首をかしげる。それから口のなかでなにか呟き、くるっと背中をまわす。入ってきたときと同じように藤井の背中が銀ネムの葉陰に消え、闇のなかにハイビスカスの花が冴々と浮きあがる。

「おいおいおい、いったいこれ、どうなってるんだよ」

山屋の言葉に、十秒ほど、ぼくたちは顔を見合わせる。おもての通りをクルマが走り、スコールがぱらぱらと押し寄せる。

店の奥から声がかかって、可保里が席を立っていく。

「なあ洋介、藤井の野郎、やっぱりイカレてるぜ」

「藤井は藤井で大変さ」

「なにが大変なんだよ」

「人生がさ」

「冗談じゃねえぜ。小笠原の海も魚が減って、旬子んちだってろくに客が来ねえ。人生なんか誰だって大変じゃねえか」

前髪に指を絡ませ、藤井の消えた銀ネムの葉陰に旬子が顎をつき出す。

「藤井くんも変わったね。可哀そうに、昔はあんな人じゃなかったのに」

戸口が陰って、店から可保里がピザの皿を持ってくる。マスターも顔をのぞかせ、タバコに火をつけながら元の席に座る。

皿をテーブルの真ん中において、可保里も元の席に腰をおろす。

「青灯台に電話してみたわ。真崎という人、本当に帰ってきたって」

「おいおいおい」

「おれたちが考えても仕方がないさ。あとのことは警察がやる」

「洋介くんの言うとおりだ。素人《しろうと》が口を出しても仕方ない。今はとにかく、和希さんの冥福を祈ろう。今夜はみんなで、せめてものお通夜をしようじゃないか」

ひらきかけた山屋の口が閉まり、旬子もうなずいて、マスターがグラスにウィスキーをつぐ。湿気っぽく風が吹いて野椰子で葺いた屋根がざわつき、あっという間にスコールが押し寄せる。

藤井はどこまで帰ったかなと、雨を見ながらぼくは考える。誰の責任でもないだろうに藤井はスコールの雨に打たれ、和希は死んで、翔子は死に向かう。

和希さんの冥福を祈ろう。マスターのそんな陳腐な台詞を、ぼくは頭のなかでくり返す。その言葉がいくら陳腐でも、ぼくにだってほかの言葉は思いつかない。

やって来たときと同じように、突然スコールがあがる。ちっちっと、天井でヤモリが鳴く。

4

久しぶりに空が青い。上空をノスリが高く舞ってブーゲンビリアやハイビスカスにシジミ蝶がたわむれる。道端の草からも露があがり、そこらじゅうでヒヨドリが鳴きわたる。

小笠原高校の正門前を南に歩いて枝道に入る。多くの島民がバイクやクルマを好む距離を、ぼくはつい歩いてしまう。島に移住してきたころ、風景と空気の清潔さに島中を歩きまわった。山屋たちにはその習慣を、「よそ者」とからかわれた。

林のなかに石塀が見えてきて、隙間から庭内へ入る。こんな塀ならあっても無意味だと思うが、これはアメリカ統治時代の名残なのだ。

青い芝生に目を細め、飛び石づたいにテラスへ向かう。光の溢れる庭に翔子の車椅子が見える。翔子はロングドレスにすっぽり身を包み、添え木をした薔薇《ばら》の大株を見上げている。背後のテラスからは親戚の女が無表情に顔を向けている。夾竹桃《きょうちくとう》の花にメジロが雀の子のように鳴きさわぐ。

静かに歩いていって、ぼくは翔子の肩に手をかける。

スカーフに包んだ痩せた顔を、翔子がゆっくり仰向ける。

「黒真珠はまだ咲いてくれない」

「うん?」

「木村くんの黒い薔薇。薔薇は湿度や高温を嫌うから、小笠原で咲かせるのは難しいの」

「薔薇のことは丸山に任せるさ。だけど……」

ぼくから視線を外して、翔子が片頬を笑わせる。

「車椅子、驚いた?」

「そうでもない」

「歩けなくはないけど、このほうが楽なの。たまには薔薇の様子も見たいしね」

翔子が首のスカーフをゆるめて腰の位置をずらし、車椅子に深く座り直す。翔子の躰からローズオイルが匂い、その甘さがぼくを困らせる。翔子の声に威厳は残っていても躰は確実に痩せていく。

「でも木村くん、あなたって嘘つきね。毎日会いに来ると言ったのに」

「忙しくてさ」

「一宮さんが亡くなったから?」

「知ってるのか」

「これだけ騒げば誰でも気づくわ。ただの事故ではないんでしょう」

「さあ」

「一宮さんは妊娠していた、もう四カ月ですって」

言葉がつまって、咳き込みそうになり、ぼくは車椅子のハンドルにつかまる。

「従兄弟《いとこ》が法務省に勤めているの。それに私の父って、警視総監とも友達なのよね」

風もないのに夾竹桃がゆれ、群れていたメジロが紙屑のようにちっていく。青いはずの芝生が金色に輝き、下から熱気が這いあがる。

「今の話、冗談だろう」

「従兄弟や父の話？」

「ちがう」

「一宮さんは私にも同級生よ」

「それじゃ、本当なのか」

「本当みたいね」

「一宮が妊娠、か」

「さっき解剖の結果を知らせてくれたの。これからも情報が入るように手配しておいたわ」

テラスの女が席を立って庭へおりてくる。メガネが光り、無表情な女の顔にも芝生からの照り返しが影をつくる。

「木村くん、車椅子を押してくれる？」

「いいけど」

「久しぶりに外へ出てみたい」

ぼくはハンドルを握り直して車椅子を押し、芝生の真ん中でメガネの女と向かい合う。

「早苗《さなえ》さん、散歩をしてきます」

「だいじょうぶかしら」

「心配いらない。彼って無責任な顔をしてるけど、気持ちは優しいの」

早苗という女がメガネごしにぼくの顔を一瞥《いちべつ》し、ぼくは翔子の台詞《せりふ》に苦笑する。翔子に言われても腹は立たないが、無責任な顔というのは、どんな顔なのだ。

早苗がぼくに会釈《えしゃく》を送って目礼し、ぼくと翔子はブーゲンビリアの花に送られて西側の門へ向かう。塀の隙間は悪ガキ専用だから車椅子は通れず、この門をくぐるのは何年ぶりかな、と昔を思い出す。翔子に初めて招かれた日、この門をくぐっただけで、ぼくは緊張で吐き気がするほどだった。

銀ネムやハイビスカスの生いしげる枝道を、慎重に車椅子を押していく。翔子の軽さが手に悲しく、昔の記憶が心に重苦しい。本当なら和希の死に集中するべき意識が、つい翔子の体調へ向いてしまう。

百メートルほどで枝道が舗装路につきあたり、最初の日に藤井がしゃがんでいた場所に出る。カヤツリ草には陽射しが輝き、蝶もトンボも見当たらない。漁港のほうから高校の校舎をかすめるように、今日もヘリコプターが飛んでいく。

翔子が額に手をかざして空を見あげる。

「鑑識とか初動捜査班とか、五十人ぐらいの警官が来ているらしいわ」

「妊娠していたのなら自殺だな。旬子の言うとおり、結局一宮の親父さんが厳しすぎた」

小学生の自転車が走ってきて坂道を釣浜方向へのぼっていき、その自転車を観光客のレンタルバイクが追いかける。

翔子が道の下を指さし、ぼくは指令どおりに車椅子を押しはじめる。道の両側にはタコノキやウチワノキがしげり、その間にリュウキュウ松が高くそびえ立つ。下草のなかにピンクや黄色のマツバボタンが見えるのは、どこかの家から種が飛んできたのだろう。小笠原群島でも父島は空爆が激しかったせいか、ほかの島より帰化植物が多い。

行く手の先に小笠原高校の正門があって、高校生が自転車で走り出る。昔はこの正門に翔子見物の男子生徒が群がったものだが、制服はないから見ただけでは観光客の服装と変わらない。それでも地元の人間と分かる程度にはみな、日灼けや髪形に島の匂いがある。

「あの子たち、夏休みなのに学校へ通うの？」

「行くところもないしな」

「クラブ活動かしら」

「図書館だろう」

「私も入学はしたのよね。でも通ったのは……そういえば」

「なに」

「卒業をしていないわ。休学のままだとしたら私はまだ高校生ね」

翔子が肩で笑い、顎の先を高校の門へ向ける。

ぼくは校舎の照り返しに目を細め、軽すぎる車椅子を門の内に進める。玄関に生徒の姿はなく、職員室の窓にだけ人影が見える。この校舎は十年ほど前に奥村から移ってきたもので、窓も壁も新しい。一見リゾートマンションを思わせる佇《たたず》まいだが、学力レベルは都立の最低水準だという。

レンガを敷きつめた自転車置き場をすぎ、車椅子を校庭へ向ける。運動場というほどの広さはなく、校舎の前には花壇と野ボタンの植え込みが見える。ぼくも三年間かよった高校だが、愛着はない。過ぎた事に愛着を感じないぼくの性格を、山屋や旬子は薄情だと言う。

日陰のない校庭を横切って海側まで進むと、金網張りのフェンスがあって切り立った崖がある。元々崖の上を整地して建てた校舎だから敷地は二見港の奥湾に面している。学力レベルは最低水準でも、校舎のデザインと立地は最高の水準にある。

「ここが私の母校か。港が近くに見えるわね」

「もうすぐ山屋の船が帰ってくる」

「山屋くんの彼女には？」

「会った。浩司も意外に面食いだった」

「山屋くんが私の家に来なくなっても仕方ないぐらい？」

「本土の女だから秋には帰ってしまうだろうけどな」

山屋が翔子に会いたがらないのは可保里の存在だけが理由ではない。そんなことは翔子も知っていて、ぼくが二年間帰省をためらった理由も、やはり翔子なら分かっている。

「丸山、暑くないか」

「暑さや寒さは感じないの」

「日に灼けたら美人が台無しだ」

「私が日灼けしたのは転校してきた年だけだったけど……」

翔子がフェンスの金網に指をかけながら、首をかたむける。

「木村くん、認識不足だと思うわ」

「なんの話だよ」

「一宮さんのこと」

「一宮の、なに」

「妊娠のことよ。お腹に赤ちゃんのいる女は自殺なんかしないの。本能が命の愛しさを感じるの。自分は死んでも、赤ちゃんだけは助けたいと思うものなの」

結論を出しかけていた和希の死に、また意識が戻る。相手が誰にせよ、父親と世間体を憚《はばか》って和希は妊娠の事実を告げられなかった。そこに真崎がどう関係しているのか知らないが、和希は死を選び、三日月山の展望台から身を投げた。そういう単純な構図だと思っていたのに、翔子の解説はぼくの結論を否定する。

「女だっていろいろだ。赤ん坊をベランダから捨てたり、焼き殺したりする女もいる」

「環境とか産後ストレスとか本人の性格とか、いろいろ問題が起こる。でも妊娠中だけは本能が母親になるものなの」

「中絶だってある」

「それは意識した選択よ。本能としてはお腹の赤ちゃんが愛しいはず」

「そういうもんかな」

「木村くんは忘れている、私も女だということを」

首のスカーフがゆれ、翔子の拳が、こつんとぼくの腕を打つ。眼下の漁港に船が戻りはじめていて、陽射しも岬の灯台に影をつくっている。

「私、一宮さんのこと、事故や自殺ではないと思うわ」

「だけどなあ」

「彼女のお父さんが厳格なことは聞いている。でも一宮さんだって大学生よ。東京での一人暮らしなら自由もあった。男性と交際して妊娠して、そのことが不都合なら中絶もできたはずよ」

「ふつうは、そうだろうけど」

車椅子を押して翔子をタマナの葉陰に入れ、ぼくは首にかけてきたタオルで顔の汗をぬぐう。ツクツクボウシに似たオガサワラ蟬が、一瞬鳴き声をとめる。

「おれ、東京で、一宮とデートしたことがある」

翔子とぼくを無害と判断したのか、やんでいた蟬の声が、すぐに戻る。

「もう一年以上前だけどさ」

翔子の瘦せた指先が、その指だけが別の生き物のように、車椅子の肘掛けを打つ。

「おれと一宮、島では口もきかなかった。無理にトラブルを起こす必要もないしな。それが、東京で、束縛が外れたらしい。向こうから電話がきた」

「電話をもらって、木村くんはのこのこ会いに出掛けた」

「節操がないよなあ」

「顔も無責任よ」

翔子の車椅子がフェンスに沿って、一メートルほど遠ざかる。

「それで、一宮さんとはセックスも？」

「デートだけ」

「どうして」

「一宮に会うと、どうしても親父さんの顔が思い出されてさ」

本当は三度目のデートでキスもしたが、それを翔子に告げる勇気はない。そのデート以降は和希から連絡はなく、ぼくも電話をしなかった。

「一宮のほうもやっぱり、親父さんが気になったんだろうな。束縛なんか無いはずなのに、結局あいつは自分で自分を縛っていた」

一メートルの距離をつめてぼくは車椅子のハンドルを握り、タマナの葉陰から陽射しのなかに戻る。花壇のほうから黄アゲハが飛んできて、ゆらゆらと崖をおりていく。

「デートしたのは本当に一度だけだ。以降は会わなかったし、電話もしなかった」

「木村くんが念をおすのは気持ちに疾《やま》しさがあるからよ」

「あのなあ、そういう……」

「そういうことにしておく。たとえ一宮さんとセックスしても、木村くんはうっかり妊娠させるような人ではないものね」

翔子の肩が動き、きれいに澄んだ目が下からぼくの顔を見あげて、骨の目立つ翔子の顔に記憶が肉付きを与えていく。その記憶の美しさに、ぼくは意識的に咳払いをする。

「えーと、なんの話だっけ」

「一宮さんの死は事故でも自殺でもない」

「警察は、殺人だと?」

「その可能性で捜査を始めている」

「一宮は臆病な性格だった。他人に危害を加えたり、恨まれたり、そんなことはなかったと思う」

「ストーカーには通用しないわ」

「一宮が死んだ時間は?」

「夜中の二時前後らしい。真崎というストーカー男はペンションで寝ていたというけれど、ペンションぐらい抜け出せるもの」

「ほかに情報は?」

「一宮さんの全身には無数の打撲痕や擦過傷《さっかしょう》が認められた。直接の死因は左後頭部の打撲による脳挫傷《のうざしょう》、ほとんど即死だったという」

「あそこの崖、高いものな」

「アルコール反応も薬物反応もなし、性的な暴力の痕跡もなし。真崎という男は不動産会社に関係してるらしいけど、まだ詳しいことは分からない。調査会社にも調べるように依頼してあるわ」

「ただのストーカーと被害者ではない、それ以上の関係という可能性は?」

「たとえば」

「表面は避けていても、内心では一宮も真崎に惚れていたとか」

「ヘタなラブストーリーは嫌いよ」

「男と女のあいだにはどんな可能性もある」

「木村くんが言うと実感があるわね」

風が吹いて、タマナの葉がゆれ、ぼくの汗が寒くなる。

「問題は、結局、一宮を妊娠させた相手だよな」

「見つけるのは難しいでしょうね」

「血液鑑定があるさ」

「胎児の血液型は不安定で、出産後でもしばらくは決まらないの。だから死産の赤ちゃんに血液型はないの」

「本当かよ」

「本当よ。ちゃんと調べてある」

「でも、最近流行《はや》りの、DNA鑑定なら」

「それは父親の候補が特定された場合でしょう。ただ漠然と、一宮さんの知り合いを調べるわけにはいかないわ」

「丸山、探偵みたいだな」

「探偵小説のファンだもの。一宮さんが三日月山で亡くなったと聞いたときから、この事件は不審《おか》しい気がした。薄情な木村くんなんか当てにしない。躰は動かないけれど電話はかけられる。情報の収集手段もあるし、人も動かせる。あなたより私のほうが有利なの」

翔子の肩が笑ってスカーフの下からローズオイルが匂い、現実の時間に中学生の気分がまぎれ込む。

「ねえ、今港へ帰ってくる漁船、山屋くんの船じゃない」

「どうだかな」

「船名は見えないけど、そんな気がする。私、双眼鏡でよく山屋くんの船を見ているの」

口のなかだけで返事をし、ぼくは肩をすくめて、車椅子を校舎のほうへ向ける。三日月山をかすめた西日が校舎のガラス窓を半分だけ輝かせ、熱気は変わらず、蟬も鳴きやまず、雲にスコールの気配もない。

「うん?」

校舎と自転車置き場の境に、一瞬人影が動く。

「なあに」

「いや」

一瞬に消えた人影が藤井智之のように見えたのは、錯覚か、意識過剰か。

懸念は口にせず、車椅子を校庭へ進める。

「なあ、最近も藤井は、丸山の家へ行くのか」

「しばらく来ていない」

「どれぐらい？」

「一カ月か……藤井くんが？」

「やつ、様子が不審《おか》しいんだ」

「そうね。私の家へ来ても口をきかないで、じっと私の顔を見ていたことがある」

「丸山なあ、そういうことは最初に言えよ」

「告げ口は嫌いよ。それに早苗さんが藤井くんを怖がって、もう家への出入りを禁止してある」

「そうか、出入りが禁止なら、それでいいけど」

藤井の新薬やCIAとのトラブルを翔子に告げるわけにもいかず、山屋の言うとおり、たとえ藤井の病気が演技であっても、和希の死には関係ないだろう。和希の妊娠が四カ月なら事件の原因はすべて東京にある。

校庭を横切って玄関の側へ戻っても、アプローチや自転車置き場に藤井の姿はなく、頭上をヒヨドリだけが飛んでいく。

「木村くん、あなたと一宮さんのことは、ほかの人も知っているの」

「まさか。デートだけでも島の連中に知られると、話が面倒になる」

「デートだけでも、ね」

「どういう意味だよ」

「木村くんは嘘がヘタだという意味」

「おれは顔が無責任で、嘘もヘタか」

「一宮さんには気の毒だけれど、私、今、ちょっと嬉しいの」

「どういう……」

「今度の事件が終わるまで、私があなたを一人占めできる。私の性格、怖いでしょう?」

中学生のころからぼくの心は、ずっと翔子に一人占めされている。そんなことは翔子もぼくも知っているが、翔子もぼくも、それを言葉にする時間がないことを知らなかった。

わざとため息をつき、一度翔子の肩に手をおいてから、車椅子を門の外へ押す。坂の下から女子生徒が歩いてきてぼくに頭をさげる。向こうが知っていてこちらが覚えていない下級生は、いくらでもいる。

*

「あら」

食堂の窓にひっこんだ顔がすぐ廊下にあらわれる。茶色に染めたショートヘアと長い顔、豆粒のように小さい目が魚のウマヅラハギを思わせる。

玄関の上に〈ペンション・青灯台〉と書かれた看板があって、ブルーの外壁にブルーのスレート瓦、二階のベランダには白いペンキが塗ってある。前庭にレンタル用のバイクと自転車が並び、ウェットスーツやゴーグルがかかった物干し台がある。玄関わきのバナナとパパイヤが路地に濃い葉陰をつくっている。

「木村さんじゃないですか、夏休みで帰ってきたわけ」

「うん」

「久しぶりですねえ。ほら、一級下の榎本《えのもと》ですよ、ほらほら、扇浦から通っていた」

「ああ、そうか」

見たような顔でもあるし、知らない顔でもある。向こうが知っていてぼくが覚えていない下級生なんか、いくらでもいる。

「君、ここに勤めてるの」

「バイトですけどね、ほかに仕事もないし」

「ペンションならいいほうさ」

「ほーんと、役場も漁協も、コネがなくちゃ入れないんだから」

榎本という女がぺろっと舌を出したが、ぼくが訪ねた理由を思いつかないらしく、その目が細くなる。

玄関の沓脱《くつぬぎ》に立ったまま、ぼくは廊下の奥に目をやる。

「真崎という人、いるか」

「ああ、そのこと」

「おれ、一宮と同級だった。だから真崎に会ってみたくてさ」

「今、出掛けてるけど」

廊下の奥をふり向き、気配をうかがいながら、榎本がぼくに身を寄せてくる。

「まったくねえ、あたしもびっくりしちゃった。警察にもいろいろ聞かれるし、うちの親なんかここのバイトをやめろなんて言うの。やめたっていいけどさあ、それじゃほかに、どこへ勤めるのよねえ」

食堂の向こうに人影が見えて、ぼくも榎本に顔を寄せる。

「真崎というの、どんなやつ？」

「普通で感じのいい人よ。ストーカーとか噂があるけど、信じられない」

「もう十日以上だろう」

「夏休みとか言ってるわね」

「昨夜、警察から帰ってきたときの様子は？」

「知らない、あたしは夕飯を片づけたら家へ帰るもの。でも今朝会ったときは普通だったわよ」

「どこへ出掛けたのか、分からないかな」

「青灯台でしょう」

「うん？」

「本物の青灯台よ。あそこの岩場で魚釣りをしてるはず。竿を持って、そんなことを言ってたから」

和希が死に、警察に勾留され、その翌日に魚釣りへ出掛ける真崎というのはどんな男なのか。

榎本に手をふって玄関をあとにし、外からまた〈青灯台〉の看板を見あげる。物干し台では若い男女の客がウェットスーツを干していて、日はかたむいても空は明るく、上空をグァム島へ向かう旅客機が飛んで行く。

路地を抜けて物産センターの前を通り、銀座通りへ出る。通りの向こう側は「お祭り広場」という公園になっている。桟橋を中心に右手が大村海岸、左手におがさわら丸の発着する埠頭が見える。桟橋にはホエールウォッチングや沖釣りの遊覧船が係留され、その先端に通称を「青灯台」と呼ばれる灯台がある。二見湾には「赤灯台」もあって、それは漁港の入り口に立っている。

大村海岸にもほとんど人はなく、海水浴場を眺めながら桟橋へ進む。桟橋の突端に灯台があり、その下が狭い岩場になっている。灯台を海側へまわった岩場には三人の人間が見える。帽子をかぶった中年男に小学生、そこから少し離れて若い男が釣り竿を構えている。三人のうち誰が真崎仁なのか、考えなくても見当はつく。真崎は白い綿パンにブルーのシャツを着て、首にスポーツタオルをかけている。中肉中背でサラリーマン風の髪形で、うしろ姿では特徴も分からない。

しばらく様子をうかがってから、岩場へおりる。海面に波はなく、狭い岩場は磯の香も匂わない。

真崎の横に並びかけて声をかける。

「真崎さん、ぼく、一宮と同級だった木村といいます」

真崎が目を見開いて口の端に力を入れ、短くため息をつく。その顔が赤らんでいるのは日灼けのせいで、表情に特別な癖はない。普通の人、というより、印象としては快活な性格に見える。

「和希の同級生ならどうせ例の話だろう」

「はい」

「迷惑なんだよねえ。ストーカーなんて噂がたって、警察にもしぼられたよ」

「ストーカーではないんですか」

「冗談はやめてくれ。僕と和希は愛し合っていた。この島へも彼女に呼ばれて来たんだから」

吐息でも聞こえたのか、真崎が横目でぼくの顔をうかがう。

「結婚の約束だよ。それで彼女のお父さんに紹介されるはずだった」

真崎の目に海の色が反射し、そこにうっすらと涙が浮かぶ。遊覧船が帰ってきて、水面が少し波立つ。真崎が釣り竿を下におき、うしろの岩場に腰をおろす。

「木村くんといったかな」

タオルで目頭をおさえ、シャツのポケットからタバコをとり出して、真崎が火をつける。

「君も変わってるなあ、ほかの連中は遠くでこそこそ話すだけなのに」

「一宮が死ねば話は別です」

「それもそうだ。僕にも今度の事件はショックだった。どこでこんな間違いが起こったのか、いくら考えても分からないよ」

ゆるく流れるタバコの煙を眺めながら、ぼくも真崎のとなりに腰をおろす。中年男と小学生は親子らしく、離れた場所で釣り糸を投げている。

「ねえ木村くん、僕がストーカーだなんて、どこから出た噂だろう」

「さあ」

「警察でもしつこく訊かれたよ。僕と和希が愛し合っていた証拠を見せろとか言うんだ。彼女が生きていれば証明もできたろうけど、もう無理だし」

「知り合ったのはコンサートですか」

「なんだ、知ってるの」

「一宮の妹が話しています」

「そうなんだよね。彼女はクラシックが好きだったろう。僕もその方面に趣味があって、たまたま席がとなり合った。それからデートをするようになって、彼女も僕を愛してくれた」

「いつごろのことですか」

「いつごろって」

「お二人が知り合った時期です」

「去年の暮れぐらいかなあ」

「それでもう結婚を？」

「もちろん結婚は彼女が卒業してからだよ。でも僕の気持ちは変わらないし、彼女の気持ちも同じだった。ただ問題は……」

真崎が深く煙を吐いて、空を仰ぎながらため息をつく。

「問題は、彼女のお父さんでね。お母さんが早く亡くなっていることもあって、和希を溺愛していたんだな。それが彼女にはプレッシャーだった。でも彼女は覚悟を決めてくれて、お父さんに僕らの仲を報告してくれるという。だから僕も仕事を休んで小笠原まで出向いたんだ」

真崎の目にまだ涙は浮いているが、口調に混乱や破綻はない。小さめの口に鼻筋の通った横顔、広い額に前髪がひと筋たれかかって、ストーキングなんかしなくても常識的には女に不自由しないタイプだろう。

「一宮の親父さんには……」

「会っていないんだよ。僕はお目にかかるつもりで来たのに、彼女が待ってくれと言う」

「なぜですか」

「お父さんに話したらすごい剣幕だったらしい。それで時間をかけて説得するから、少し待てと言う。僕もこのまま帰るわけにもいかず、島で暇をつぶしていた。そうしたらストーカーとか言われて、あげくの果てに彼女がこんな死に方をした。なにがどうなってるのか……結局、あれかなあ、彼女はお父さんの束縛《そくばく》から、逃れられなかったのかなあ」

「真崎さんは一宮が自殺だと？」

「それしか考え様がないものね」

「他殺らしいですよ」

「いや、しかし」

「妊娠のことは知っていましたか」

「妊娠？　なにを、そんな」

「四カ月だったそうです」

真崎の眼球が上下にゆれ、鼻孔が痙攣《けいれん》して顔の赤みも消え、額から首筋へ汗が大粒に流れる。

「木村くん、僕を、からかってるのか」

「そう思いますか」

「だって、彼女が、妊娠だなんて」

「相手は真崎さんでしょう」

「そりゃあ、そういうことなら、そうだろう」

「でも妊娠の事実は知らなかった」

「初耳だよ。彼女はそんなこと、ひとことも言わなかった」

「不審《おか》しいですね、普通なら真崎さんに言うはずなのに」

真崎の手からタバコが落ち、しばらくしてまた新しいタバコに火がつけられる。岩場に投げ出した真崎の足が苛々と貧乏揺すりを始める。

「だけど木村くん、妊娠のことなんて、警察には聞かれなかったよ」

「さっき解剖の結果が出たそうです」

「それを君が？」

「はい」

「なぜ」

「せまい島ですから」

「この島って、そんなにせまいのか」

「真崎さんの年齢も、住所も、みんなが知っています」

「参ったなあ」

「真崎さん以外の人、という可能性はありますか」

「可能性？」

「一宮の相手です」

「それはない。そんなことは、ぜったいにない。僕たちは真剣に愛し合っていた。ちゃんと結婚の約束もした、だから……」

タバコの煙が海風に吹かれて、いがらっぽくぼくの鼻先をかすめる。

「だから、そうか、そういうことだよ。彼女は妊娠の事実を僕にも告げられず、お父さんにも言えず、思い余って崖から身を投げた。妊娠したからこそ、彼女はお父さんに僕を紹介する決心をした。それなのに、お父さんは、彼女を許さなかった。彼女をここまで追い込んだのは、彼女の父親なんだ」

「警察は殺人と見ています」

「なにかの間違いさ、警察だって間違うことはある。いずれにしても僕に彼女を殺す理由はないし、どうしても殺人だというなら、犯人は、彼女のお父さんになってしまう」

たしかに一宮良雄という前村長は、和希に対して、異常な愛着をもっていた。新島民との交際を許さず、生活への干渉も執拗だった。そんな父親が娘の妊娠を知ったら、どんな行為に出るか。早朝に和希が家にいないというだけで騒ぎはじめたのは、やはり不自然すぎるか。遺体の発見者は土木工事の現場監督で、そして前村長が「小笠原興業」という土木建築会社の経営者だという事実は、たんなる偶然か。夏希の髪をつかみ、夏希の頬を平手で打った灰色の顔が、いやな感じによみがえる。

親子連れがざわめいて、子供の竿がイシダイのような魚を釣りあげる。普段は小イワシかボラぐらいしか釣れないのに、こんな磯でも、たまにはタイやヒラメが釣れることもある。

「真崎さん、失礼ですが……」

腰をあげ、ぼくは灯台のほうへ足を進める。

「お仕事はどんな関係ですか」

「こんな島でぶらぶらしてる人間は怪しく見えるんだろうね」

「一般論ですけど」

「心配してくれてありがとう。だけどこう見えても僕、ある会社の役員をしていてね、時間の融通はきくんだ」

「小笠原にはいつまで?」

「いつまでかなあ。警察に島を出るなと言われてるから、しばらくは居ることになるね。逃げ出したら怪しまれるし、逃げたくても船はない。それに彼女の件に関しては僕にも責任がある。どんな決着がつくのか、自分の目で確かめたい気もする」

真崎が腰をあげ、ぼくはその真崎に目礼を送る。空の高いところをノスリが舞い、漁港にも観光港にも船が三々五々帰ってくる。港にカモメが飛ばないのは季節のせいで、冬にはカモメも本土からわたってくる。洲崎《すさき》の向こうには厚い雲が見えているから、夜になればどうせまたスコールが来る。

＊

トンネルを抜け、福祉センターや奥村グラウンドの前をすぎると漁港へ向かう小さい橋がある。その手前の道を左に折れたところに〈たなはし荘〉の看板が見え、縁台に腰掛けた年寄りが見える。ぼくはその前に歩を進める。

「こんにちは、お久しぶりです」

「ほーう、木村くんか。しばらくじゃったいねえ。東京の大学へ行ったんだかねえ」

「夏休みで帰っています」

「そうだそうだ、子供はみんな夏休みだ。裏のタマちゃんもディズニーランドとかへ行きよって、わしにTシャツを買ってきてくれたなあ」

「よかったですね」

「だけど夏休みいうんも、子供は暇だよねえ。昔なら畑の手伝いでも漁の手伝いでも、用はあったんによう。最近は可哀そうに、家でテレビばっかし見てるがね」

ぼくは目でうなずき、玄関から奥をのぞく。

旬子の家は釣り舟を持っていて、玄関には釣り竿やクーラーボックスが並んでいる。客も海水浴客より釣り客のほうが多く、食堂には壁全面に魚拓がかかっている。

「木村くん」

頭の上で声がして、屋上から旬子が顔をつき出す。胸の前にシーツの山を抱えているから洗濯物をとり込んでいるのだろう。

「ちょっと待ってて、すぐおりていくから」

旬子にうなずいて縁台へ戻り、ぼくは年寄りのとなりに腰をおろす。旬子の祖父は八十を過ぎているはずだが、背筋は曲がらず、渋紙色の顔にも日灼けの艶《つや》がある。

「お爺さん、まだ船に乗るんですか」

「旬子の親父が弱《よえ》えもんで、まだわしが乗るけどよう。最近は客も少ねえから、ずいぶんと暇だなあ」

「また空港の計画があるとか」

「なんだか、また騒がしいやねえ。飛行場だのリゾートなんとかだの、みんな政治家の金儲けだなあ。観光客なんぞ来なくても、漁と畑仕事で食えるものをよう」

年寄りが嗄《しわが》れた咳をし、渋紙色の手で渋紙色の顔を、ごしっとこする。

「なあ、暮らしていくための金と、金儲けのための金と、金の素性がちがうんによう。この島にも理屈の分からんアホウがおって、困ったもんだがね」

玄関の廊下に足音がして、旬子が長い手足であらわれる。相変わらずのジーンズに洗い晒《ざら》したTシャツ、顔には化粧の気配もない。

「木村くん、どうしたの。まだコウちゃんの船が戻ってないの」

「旬子に会いに来たんだ」

「結婚の申し込み？」

「ただ顔が見たくなっただけ。天気がいいとおまえの顔が見たくなる。旬子って、そういう顔をしてるんだよな」

鼻の前で手をふり、旬子が眉間に皺を寄せて白い歯を見せる。目はぼくの顔を睨《にら》んでいるが、口は笑っている。

「お祖父《じい》ちゃん、散歩に行くね。お母さんに言っておいて」

「仕事、いいのかよ」

「ひと組しかお客さんがいないの。お母さんとお祖母《ばあ》ちゃんで間に合うわ。それにこの時間は暇だから」

ぼくと同じフェリーで来た『たなはし荘』の客たちも、もう昨日の船で帰っているのだろう。

旬子が年寄りに向かって、小さく手のひらを打ち鳴らす。

「ほら、お祖父ちゃんもこんな所に座ってないで、お風呂場の掃除を手伝ってよね」

年寄りの膝を叩いて旬子が白い歯を見せ、のんびりと漁港の方向へ歩きだす。年寄りが頭を掻きながら腰をあげ、ぼくはぶらりと旬子のあとを追う。日はかたむいても熱気は変わらず、足元に放し飼いの小犬がまといつく。路地の垣根にも民家の庭にもハイビスカスとブーゲンビリアが赤く咲き乱れる。

旬子と肩を並べて漁港側へ小橋をわたる。すぐに桟橋があり、帰港した漁船が港内の南端に集まっている。船体の文字を読みながら桟橋を進むと第二やまや丸は波消しコンクリートの内側に係留されていて、しかし操舵室や船上に人影はなく、無線のアンテナだけが高くそびえている。係留の位置からして山屋の帰港は早い時間だったらしい。

「コウちゃんの家に寄ってみる?」

「またトムズハウスで会うさ」

「可保里さんも美人だしね」

「あいつ、どこまで本気なのかな」

「完璧に本気でしょう」

「秋には帰ってしまうのに」

「そのときはそのときね。意外に結婚したりしてさ」

「おまえ、気が早いな」

「いいじゃない、漁師のおかみさんだって」

「彼女のタイプではないだろう」

「母島の民宿へ来たお嫁さんなんかレースクイーンだったわよ」

「レースクイーンは頭が悪い」

「木村くんも素直じゃないよねえ。今は二人が幸せなんだから、いいじゃない」

一艘の漁船から声がかかり、旬子が漁師に手をふり返す。小舟桟橋にはプレジャーボートが軽快に戻ってくる。ぼくは足を漁協倉庫のほうへ向け、旬子が小走りに並んでくる。

「怒ったの」

「なにが」

「木村くん、機嫌が悪いと口が曲がるんだから」

「本当かよ」

「中学のときから見てるもの」

「まあ、だけど、旬子や浩司のことではなくて、実は、一宮が、妊娠していた」

旬子の足がとまってゴムサンダルが音をたて、汗の匂いが強くなる。ぼくは歩きつづけ、旬子が大股に追ってくる。

「今の話、冗談だよね」

「おまえに冗談が分かるのか」

「だって」

「一宮でも妊娠はするさ」

「だって、あの人、似合わないでしょう」

「事実は事実だ」

「誰に聞いたのよ」

「丸山」

「丸山さん?」

「丸山の家は昔からの財閥だ」

「知ってるわよ」

「財閥というのは金があるだけじゃない。政治家から官僚から皇室まで、みんな利害と血縁でつながってる。国の機密情報でも一宮の解剖結果でも、なんでも手に入る」

翔子の父親とは旬子もぼくも山屋も、高校時代に会っている。文化財団や慈善団体の理事を兼ね、政府の諮問機関にも名を連ねているから、たまにはテレビに顔も出す。

「おれたちには関係ないけどな。でも一宮のことは本当だ。警察も殺人事件の可能性を考えているらしい」

倉庫の前をすぎ、岩場の多い浜辺に出る。小岩と砂と珊瑚のかけらが混じった海岸で、密かなダイビングスポットになっている。今はダイバーも観光客もなく、沖にはハマチの養殖生簀《いけす》が浮かんでいる。中学生のころは旬子と一緒に、この海岸で珊瑚を拾った覚えがある。

珊瑚のかけらをひとつつまんで、ぼくは海へ投げる。

「なあ旬子、ストーカーの噂は、どこから出たんだ」

「なあに」

「真崎が一宮をストーキングしてるという噂さ」

「どこからって、どこだろう」

「おまえは誰に聞いたんだよ」

「誰だったかなあ、なにしろみんな噂してたもの」

「真崎本人は、ストーカーではないと言ってる」

ぼくが砂珊瑚の上に腰をおろし、旬子もとなりに足を投げ出す。

「さっき真崎に会って話を聞いた」

「やめてよ」

「なにを」

「危ないことはしないで」

「話を聞いただけさ」

「真崎という人が犯人なら木村くんも殺されるじゃない」

「旬子を残しておれが死ぬもんか」

「冗談もやめて」

「どうでもいいけどな。真崎はストーカーなんかじゃなく、一宮と恋愛関係だったと言う。小笠原にも一宮に呼ばれて来たらしい」

旬子が頰をふくらませて、ぷすっと息を吐き、日灼けした丸顔に夕日が映えて細めた目が光を強くする。

「だけど不審《おか》しいじゃない、一宮さんがあいつと一緒のところなんて、誰も見ていないよ」

「紹介すると言ったら親父さんが怒ったらしい。二人は結婚の約束までしていたという」

「それなら、赤ちゃんのお父さんは」

「真崎だろうな」

「そうかなあ。あの一宮さんが、かんたんに男の人と寝るかなあ」

「東京に出れば変わるさ」

「一宮さんって、結婚するまで、ぜったいセックスなんかしないタイプだよ」

「おまえ、いいやつだな」

「あ、私のこと、バカにしてる」

「そんなことより、噂の出どころはどうなんだよ」

「覚えてないわよ」

「一宮からか」

「ちがうと思うなあ」

「でも誰かが最初に言いだした。真崎が自分で言い触らすはずはない」

「あ……」

旬子の足先が動いて、背中が膝のほうに丸くなる。

「藤井くんだったかな」

「藤井？」

「お客の出迎えで港へ行ったとき、藤井くんがいて、なにか言った気がする」

「藤井が真崎を一宮のストーカーだと?」

「どうだったかなあ、そんな気もするけど、確かじゃないのよねえ」

ぼくが島へ帰ってきた日、ストーカーのことを言いだしたのは藤井だった。真崎と和希の関係をストーカーと被害者の関係につくりかえ、それを噂としてふり撒いたのが藤井なら、もう呆れるしかない。藤井は藤井で勝手なストーリーをつくり、しかしそれとは別な次元で和希が殺された。そう考えれば事件は単純になり、真崎仁は容疑者から除外される。

「木村くん……」

旬子が立てた膝に頬杖をついて、横からぼくの顔をのぞく。

「ストーカーのことより、もっとイヤな噂があるのよねえ」

「どんな」

「例のことよ、ほら、飛行場の話」

「空港の噂はいつでもあるだろう」

「一宮さんが死んだのは空港建設の話と関係があるって」

小笠原に空港を建設する話は、具体化したり立ち消えになったり、曲折を経てきた。ぼくが島にいたころは中止と決定していたはずで、しかしそれが和希の事件に、どんな関係があるのか。

「その話、よく分からないな」

「私にも分からない。でもお祖父ちゃんが言ってた、小笠原興業と南洋開発がもめてるとか……知らない？　都知事が変わって、また空港の話が出てきたの」

「懲りないやつら」

「何百億とか何千億とか、そういうお金が動くらしいわ」

「今の村長は反対派だろう」

「建前は、ね。でもみんな空港は欲しいし、お金も欲しいのよ。空港ができるかできないか、できるとしたら父島か母島か、それとも兄島《あにじま》とか弟島《おとうとじま》とかの無人島か、そういうことで利害がちがってくるの」

「空港をつくるとしたら兄島だろう」

「前の計画ではそうだった。だけどそれを白紙にして、また別な候補地を決めるみたい。今の村長の奥さんは母島の出身で、南洋開発の社長とは従兄妹《いとこ》同士、小笠原興業は兄島や弟島に利権を持っている。だから空港がどこにできるか、二つの会社にとっては大問題らしいわ」

ぼくには関心のない問題でも、空港が小笠原に与える影響に想像はつく。グァム島へ三時間で飛行機が飛ぶ時代に、その半分の距離の小笠原には船で二十六時間もかかる。料金も二等の往復で五万円、一等では九万円というのだから、観光客が来るはずはない。そんな小笠原に空港ができればどれほどの観光客が押し寄せるか。

「空港が大変なことは分かるけど……」

また珊瑚のかけらを海に投げ、飛んできた羽虫を手で払って、ぼくは肩をすくめる。

「だからって、一宮が殺される必要はないだろう」

「裏取引の秘密を知ったとか、何かを偶然に目撃したとか、村の人たちはいろんな噂をしてるわ。どっちにしてもお金がらみで、イヤな話よ。だから木村くん、もう事件には係わらないで。一宮さんは気の毒だけど、私たちには関係ないことだもの」

膝の頬杖を外して、旬子がぼくの肩に手をかけ、その脇の下からまた酸っぱく汗が匂う。声は怒っているのに、旬子の顔はべそをかいている。

「飛行場なんて、私、嫌いよ。私に難しいことは分からない。でも海や町が汚れるのはイヤ。お金なんかなくてもいい。平凡に結婚して子供をつくって、静かに暮らせれば私、それでいいの」

自分の肩から旬子の手を外し、ぼくがこつんと、旬子の膝をつく。

「そういえば旬子、見合いをするんだってな」

「あ、またコウちゃんでしょう」

「八丈島のやつだって?」

「遠い親戚らしいけどね、今は東京へ出てるみたい」

「どんなやつ」

「知らないわよ。私なんかこんな顔だし、高望みもしてないわ」

「おまえだって化粧すれば、いくらか見られるのに」

「悪かったわね」

「おれは旬子みたいに性格のいい女、好きだけどな」

「木村くんなんか、口ばっかり」

旬子が拳をふりあげて、いつもと同じように、ぼくをぶつ真似をする。夕日が旬子の顔を明るく照らし、額の汗を金色に光らせる。

顔を上向けたまま、ふと旬子が目を閉じる。

「ねえ、木村くん」

「なんだよ」

「キスして」

「どうして」

「どうしてでもいいから、キスして」

「見合いの相手に悪いだろう」

「言わなければ分からない」

「そういうの、まずくないか」

「うるさいわね。つべこべ言わないで、早くキスしてよ」

旬子がうすく目をあけ、すぐにその目を閉じて、ぼくはその旬子の唇にキスをする。旬子の乾いた唇がふるえ、口臭と一緒に甘ったるい吐息がこぼれ出る。肩も抱かず、舌も使わず、ぼくは十秒ほど旬子の唇に唇をかさねる。

昼寝から目覚めたように唇を離して、旬子が胸で息をつく。

「おまえ、マンゴーを食べたか」

「分かった？」

「匂いがした」

「ごめんね」

「そんなこと、いいさ」

「でも、私……」

膝を胸の側へひいて、旬子が立てた膝を両腕で抱え込む。

「お見合いの決心がついた。本当は私、迷ってたの」

「見合いしたからって結婚することもないさ」

「そうもいかないの。お祖父ちゃんも歳《とし》だし、お父さんも躰が弱いし」

「民宿のため、か」

「私にはそういうこと、よく分からない。でも私はこの島が好き。この島で結婚して、この島で子供を育てたい。相手が性格のいい人なら高望みはしないわ」

目を伏せたまま、旬子が額で、こつんとぼくの肩を打つ。髪を短く切った旬子の頭に、ぼくもこつんとゲンコツを入れる。旬子の宿題を隠して泣かせたことや、釣り竿でスカートめくりをしたときの記憶が、悲しくて懐かしい。旬子も山屋も藤井も翔子も、大人になりたかった人間なんか、誰もいないだろうに。

それなら一宮和希は、とは思ったが、旬子への礼儀として、今は和希のことも翔子のことも考えないことにする。

＊

日が陰って蟬の声が聞こえない。それでもブーゲンビリアは鮮やかで、ココ椰子《やし》の葉陰には親父のバイクがとまっている。裏庭には小型トラックもあるが、ふだんの親父はヘルメットを被らず、シャツも着ないでバイクを乗りまわす。

玄関ドアをあけ、薄暗いリビングに足を踏み入れて、ぼくは立ち尽くす。ソファに重なった二つの躰が目の前で海草のようにゆれ動く。

重なった躰が波を打ち、ソファがきしんで、吐息と呻《うめ》き声が和音になって反響する。毛深い赤銅色の皮膚は親父だから馬乗りのほうは雪江だろう。そう思って目を凝らし、また息を吞む。雪江の裸は前にも見ているが、髪形と皮膚の色がちがう。思考が停止し、一瞬目眩《めまい》がする。親父に跨《また》がって腰をふっているのは、和希の妹の、一宮夏希だった。

「おう、洋介、すぐ終わるから待ってくれ」

「ゆっくりでいいよ」

踵《きびす》を返し、ぼくは台所へ歩く。冷蔵庫から缶ビールを抜いてそのままベランダへ向かう。空は黄昏《たそがれ》て漁港の海は青黒く、気の早い街灯が乳色ににじんでいる。風の匂いに雨の気配がまじり、カラス鳩がばさりとベランダを越えていく。あけ放した窓からはリビングの声がもれ、ぼくはビールを咽《のど》に流して椅子の背もたれに頭をのせる。記憶がざらざらと流れ、流れた記憶は中学二年の秋で停止する。記憶のなかで、股間に毛のない女が、息苦しくのしかかる。そのときのぼくは女と皮膚を合わせながら、ずっと翔子の顔を思い出していた。

リビングからの声が消え、なにかが重い音で床に落ちる。ぼくはビールを飲み、手すりの向こうへ息を吐く。三分ほど静寂がつづいて、ベランダに素足の足音がしのびよる。夏希はTシャツを被っただけで太ももをむき出し、手には牛乳のカップを持っている。メッシュ入りの茶髪は湯上がりのように乱れ、Tシャツの襟からだらしなく肩がのぞいている。

「親父は?」

「寝ちゃった、最初から酔っぱらってたからね」

「本当におれの父親なのか、信じられないときがある」

「あたしたちのこと、驚いた?」

「呆れた」

「うちの親父に知れたら殺されるね」

「娘を二人も殺すか」

「なんのこと」

「独りごとだ。だけど妊娠には気をつけろ」

「コンドームを二重に嵌《は》めてるよ。この島で妊娠したら堕《お》胎《ろ》す医者もいないしさ」

鼻で笑って、夏希がとなりの椅子に腰をおろし、ぼくに流し目を送る。顔と体型は和希に似ているのに声と目つきに品がない。

「おまえとうちの親父、いつから」

「寝たのは二回だけだよ。あ、今日で三回め」

「援助交際か」

「恋愛だよ」

「親父は六十歳だぞ」

「セックスは凄いよ」

「警察に知られたら犯罪だ」

警察に知られなくても犯罪だろうが、ぼくに説教の趣味はない。

「あたしのこと、不良だと思う?」

「どうだかな」

「あたしは普通だよ、したいことをしてるだけ。あんたのお父さんも自由にやってて、だからカッコいいんだよ」

牛乳のカップをすすって、夏希がふて腐れたように息をつく。

最初の日に近くの道ですれ違った理由は、分かってみればこういうバカな理由なのだ。

「他人のことに興味はないけど……」

手すりに足を投げ出し、欠伸《あくび》をかみ殺して、ぼくは頭のなかで舌打ちをする。

「今の時期、トラブルはまずいだろう」

「なんのトラブルよ」

「おまえとうちの親父」

「誰も知らないよ」

「いつかはバレるさ」

「いいじゃん、あたしは東京へ出て、こんな島には帰らない」

「冗談じゃなく、親父さんに殺されるぞ」

「あんたも臆病だね」

「昨夜、あれから、どうした?」

「どうもしないよ、あれぐらい普通だよ」

「親父さんも君のことを心配している」

「ちがうって。親父が怒るのは世間体が悪いからで、あたしのことなんか心配していない」

前村長の怒りを思い出し、灰色の顔を思い出し、ぼくは暗澹《あんたん》と息をつく。一宮良雄の反応をただ愛情の表現が不器用なだけ、と思いたいが、たぶん、そうではないだろう。

「和希ね、解剖が終わったって」

「そうか」

「向こうで火葬して、明日、自衛隊の飛行機で帰ってくるって」

「葬式は明後日《あさって》だな」

「親父も親戚の連中もまた泣いてるよ」

口の端をふて腐れたようにゆがめ、牛乳を飲みながら夏希が足を組む。女子高校生の顔に太ももだけが肉感的で、それがぼくを苛立たせる。

「おまえ、姉さんの妊娠は知っていたか」

カップの縁から、上目づかいに、夏希がぼくの顔をうかがう。

「なんのこと」

「和希が妊娠四カ月だったこと」

「うっそーっ」

「解剖の結果だ」

「どうしてあんたが?」

「コネがある」

「うっそーっ。親父、そんなこと、なにも言ってないよ」

遺体の解剖結果ぐらい前村長にも届いているだろうし、その結果を家族に告げない父親の心情にも察しはつく。しかしこんなせまい島では隠せる事実にも限界がある。

「それじゃあ、和希は……」

カップをテーブルにおき、夏希が前歯で下唇を嚙む。

「あのストーカー男とやっちゃったわけ?」

「さあ、な」

「和希もバカだよねえ。もしそうだとしても、赤ちゃんぐらい始末できたのに」

「おまえとはちがうさ」

「それでもバカだよ。利口ぶって、いい子ぶってたくせに」

「ストーカーのことは誰に聞いたんだ」

「なんのことよ」

「姉さんから直接聞いたのか」

「ちがう」

「藤井か」

「そう。あの人、気持ち悪いよね。いつだったか突然あらわれて、ストーカーのことを言ったの。二人はコンサートで知り合ったとか、真崎は今、青灯台に泊まってるとか」

「姉さんに確かめなかったのか」

「訊いたよ。でも和希はなにも言わないの。下を向いて、ため息なんかついてね」

「親父さんには？」

「言ってやった。親父、怒ったなあ。和希のことになると頭に血がのぼるからね。それでも和希、なにも言わないの。和希はずるい性格なんだよ。いつだって、いい子ぶって、イヤなことから逃げちゃう」

「性格がまじめだっただけさ」

「親父が悪いんだよ。親父が和希を甘やかしすぎたの。それでいてあの親父、あたしのことは怒って殴るんだから」

「おまえも……」

言いかけて、ぼくは言葉を呑み、ついでにビールを咽に流す。東京なら今ごろ夏希も家出をし、フリーターでもしながら暮らしている。逃げたくても逃げる場所のないところが小笠原と夏希の不幸なのだろう。

「いいけどね、高校を卒業するまで我慢するよ。あたし、頭が悪いから、一応は高校を出ておきたいんだよ」

「見かけより正常《まとも》だな」

「あたしなんて普通だよ。それなのに親父は不良とか決めつける。死んだのがあたしのほうなら親父も喜んだろうにね」

ぼくは口のなかで苦く唾を呑み、手すりの向こうに中央山《ちゅうおうさん》の稜線を透かし見る。空も漁港も暗さを増し、山へ向かう道にクルマがライトを点《つ》けていく。

リビングの床でまた音がして、ふとぼくは、忘れていたことを思い出す。

「彼女は……」

「もういいよ。和希のことなんか聞きたくないよ」

「そうじゃなくて……」

「モデルの女？」

「二階かな」

「知らない、来たときはいなかった」

「彼女はおまえと親父のことを?」

「前にも会ったからね」

「そうか。面倒なときに、よくみんな面倒なことをしてくれるよな」

椅子を立ってぼくは舌打ちをし、ため息まじりにリビングへ歩く。床に倒れた親父の鼾《いびき》がウォッカのビンに共鳴し、まるで射殺された赤熊のように見える。尻にバスタオルがかかっているのは親父の節度というより、夏希の羞恥だろう。

「父さん」

立ったままぼくが声をかけ、親父が鼾で返事をする。

「ちょっとだけ起きてよ」

また鼾で返事をして、親父が顔を向こうへ捩じる。

「雪江さんはどうしたの」

「出ていった」

「どうして」

「知るもんか」

「帰って来るの」

「あの女に訊け」

「どこで」

「そんなことは知らん」

「洋介、頼むから寝かせてくれ。ここで眠らんと俺の芸術が死んでしまう。今日は天気が良くて、躰のなかでインスピレーションが爆発したんだ」

その台詞にまた鼾がつづき、背中の筋肉が風船のように盛りあがる。ぼくは鼾の音色に耳をかたむけ、意識して、ほっとため息をつく。酔っていなくても正論が通じる相手ではなく、酔っていればもっと通じない。

ぼくは床の赤熊を迂回して階段へ向かい、階段をのぼって雪江の部屋に入る。そこは客が泊まるときに使う寝室で、ベッドと衣装タンスとライトテーブルがおいてある。ベッドが乱れて灰皿に吸殻がたまっているが、服やパジャマは見当たらない。雪江だってスーツケースぐらい持ってきたろうに、リュックも紙袋もない。東京へ帰るのは仕方ないにしても、次のおがさわら丸が出るまで雪江はどこでなにをするつもりなのか。

部屋をひとまわり点検し、階下へ戻る。親父は寝返りを打っていてバスタオルもめくれている。ソファでは短パンをはいた夏希がタバコを吹かしていて、そのふて腐れた顔に屈折した放心が見える。

「おまえは帰ったほうがいい」

「帰ってどうするの」

「通夜《つや》や葬式の支度《したく》があるだろう」

「あたしが何をするのよ」

「喧嘩でもしたの」

「そんなことは自分で考えろ」

夏希に背中を向けてぼくは玄関へ向かう。帰ったときは気づかなかったが、玄関には夏希のサンダルが脱いである。そのサンダルをまたいで玄関へおりると、外は暗くなっていて、門灯に電気を入れる。ココ椰子の葉上からオガサワラオオコウモリが悪魔のように飛び立つ。コウモリは一メートルほどに翼を広げ、ひゅるひゅると鳴いて頭上をかすめ去る。ぼくは肩をすくめ、空をふり仰ぐ。三日月山には暈《かさ》がかかり、しかしその色は白っぽく、スコールまでにはまだ時間がある。


親父のバイクをひき出して枝道から舗装路へ出る。トンネル前の三叉路を大村地区へ向かっても対向車はほとんどなく、銀座通りも閑散とうら寂しい。

ぼくはガジュマルの大木前にバイクをとめ、近くのみやげ物屋へ歩く。みやげ物屋で配るパンフレットには島の略図と飲食店やペンションなどの位置が書いてある。宿泊施設は大村地区に三十弱、漁港方面に十ほどで扇浦や小港《こみなと》にも五、六軒はある。雪江が遠くの宿を選ぶとも思えず、島から出られない以上はこの近くへ泊まるに決まっている。

パンフレットをひらきながら、電話ボックスへ向かう。小笠原も携帯電話の通話範囲らしいが島の人間は使わない。どの家も歩いていけるほどの距離にあり、ケータイを必要とするだけの人口もない。

電話ボックスに入ってペンションの番号をプッシュする。表を上から順にたどり、十二軒めで雪江の名前に行きつく。電話を切って地図をたしかめ、ぼくは苦笑する。『パパイヤロッジ』というそのペンションは電話ボックスのすぐ斜向《はすむ》かいの場所にあったのだ。

電話ボックスから道をわたり、二十秒でペンションの玄関につく。雪江がここを宿に選んだ理由はたんに港が近いからだろう。すぐに太ったオバサンが顔を出し、「お客さんは散歩に出た」と教えてくれる。ぼくは礼を言って玄関を出る。島に雪江の興味をひくみやげ物屋はなく、似合うスナックもない。もともとこんな島に雪江の存在自体が似合わないのだ。

空はもう完全に暗く、港には水銀灯の光だけが白々しく、銀座通りにはクルマも走らず、生協や農協も店を閉めている。お祭り広場でシケた花火があがり、暇そうな観光客がぶらぶらと埠頭へ歩いていく。映画館もパチンコ屋もゲームセンターもなく、ホラーもオカルトも新興宗教もない。こんな島に適応する人間もいればアレルギーを起こす人間もいる。

通りをわたって、とりあえず埠頭へ向かう。ガジュマルの大木とクジラのモニュメントが見えるだけで桟橋におがさわら丸はなく、雪江の姿も見当たらない。その雪江を探しながら岸壁沿いを灯台へ歩く。昼間より潮位があがり、岩場は隠れている。釣り人はなく、遊覧船も艫《とも》を揃えている。桟橋にのぼって灯台までの距離を往復するとお祭り広場に五、六人の人影が見え、五分に一度ほど花火があがって歓声があがる。その方向に三日月山がかすかな稜線を描いている。あの三日月山で和希が死んだのかと、一瞬ぼくは足をとめる。稜線は空との区別がないほど青黒く、北極星がイヤな色に光っている。

桟橋をおり、花火を横目に海岸の砂浜を歩く。おだやかな波がサンダルの縁をかすめ、妖精のお喋りのように海面全体がざわざわと振動する。三日月山に灯火はなく、自衛隊の基地にだけ明かりがあふれている。

浜辺を途中まで進み、青いシルエットに足がとまる。シルエットは砂浜に座っていて、タバコの火を蛍のように明滅させている。闇のなかにシルエットの形を確認し、その距離を歩く。青いだけの影が白いワンピースに変わり、タバコの火に雪江の顔が浮きあがる。

雪江の目が五秒ほど、黙ってぼくを見つめる。

「やあ、しばらく」

手をふって、ぼくは雪江のとなりに腰をおろす。お祭り広場でまた暗く花火が打ちあがる。

「探しにきたんだ」

「お節介ねえ」

「雪江さんがいないと食事に困る」

「困ればいいわ」

「部屋も片づかないし洗濯物も溜まってしまう」

雪江が肩でぼくの肩をつき、タバコを海に投げる。赤い櫛をさした雪江の髪からシャンプーが匂う。

「仕方ないけどさ、次の船が出るまで四日もあるぞ」

「人生なんてどうせ退屈よ」

「金は」

「なんとかなるわ」

「東京とはちがう。クレジットカードは使えない」

「ひどい島」

「金は明日おれが用意する」

「ありがとう。洋介くんは優しいから、好きよ」

石膏像のような眉をゆがめて、雪江が首をのけ反らし、口の端で笑う。膝の向こうにはヒールの細いサンダルが脱いであり、素足の先は砂に埋まっている。

「雪江さんが怒るのも無理はないけどな」

背中をうしろ手に支え、ぼくも砂浜に足を投げ出す。

「親父も無茶をする。悪気がないからかえって始末が悪い」

「芸術家なんてあんなものよ。平凡なバカより素敵だわ」

「限度の問題だ。雪江さんもあんなやつ、追い返せばいいのに」

雪江の膝が動いて尖《とが》った顎が上を向く。

「あんなやつって、だあれ」

「一宮夏希」

「あの女子高生?」

「親父も親父だけど、あいつもあいつだ」

「可愛いと思うけどなあ。私よりセックスアピールがあるわ」

「でも、だからって」

背中を起こしてぼくは雪江の顔をのぞく。

「先生がね、私と、セックスしたがるの」

「まだ……」

「やってないわよ」

「ああ、そう」

「洋介くん、やったと思っていたでしょう」

「うん」

「いいけどね。私も子供じゃないし、先生が嫌いなわけでもない。でもできないの」

「彼氏、か」

「ちがう。だって、先生、カメを食べるんだもの」

相槌《あいづち》を打ちかけ、論理が成り立たず、ぼくは言葉を呑む。

「私、カメを食べる人とセックスはできないの」

「ふーん、そう」

「洋介くんもそう思わない？」

「まあ、そうかな」

「小笠原一の珍味だとか言って、先生、カメを食べるの。私、躰が固まってしまった。カメなんて人間の食べるものではないでしょう。だから、どうしても、先生とはセックスできないの」

言葉がなく、弁解も思いつかず、ぼくは深々と息をつく。カメを食べたり女子高校生とセックスをしたり、この面倒なときに、まったく親父は、面倒なことをしてくれる。

「私だって……」

「うん」

「あ、待って、オシッコしてくるわ」

雪江が躰を起こしてゆらりと海へ歩き、白い袖無しのワンピースが闇にまぎれる。パンティーははいてないらしく、ワンピースの裾をまくって海のなかにかがむ。何十秒か、雪江は尻を海に浸けつづける。

ゆらりと腰をあげて、雪江が戻ってくる。濡れた足跡が砂に陰りをつくる。

「海のなかでオシッコするのって、気持ちいいわね」

ワンピースの裾で手をふきながら、雪江が元の場所に腰をおろす。肩がぼくの肩に触れ、髪がぼくの耳にかかる。

「さっき言いかけたこと、なに」

「なんだっけ」

「私だってどうとか」

「ああ、そうね」

足首の砂を手で払いながら、雪江が軽く鼻を鳴らす。

「私だってセックスぐらい覚悟して来たの。白井画廊の社長にも言われてたしね」

「べつにセックスなんて、誰としても構わないの。あれがあそこに入るだけのことだもの」

「面倒な仕事だな」

「そんなもんかな」

「私ね、カード破産して三百万の借金があるの」

「ふーん」

「白井の社長が肩代わりしてくれる約束」

「それがモデル代、か」

「セックスを承知で小笠原へ来たんだから、本当は私のほうが悪いのね」

膝に腕を巻きつけ、雪江がくすっと笑う。

「先生がカメさえ食べなければ問題はなかったのに」

雪江の肩がゆれ、ワンピースの襟から乳首がのぞく。雪江のそのゆれる肩を、ぼくはぼんやりと抱きとめる。

「絵も一枚は完成したろう」

「そうね」

「あと一枚、描かせてやらないか。親父だって内心は反省している」

「でもセックスができなければ先生に失礼でしょう」

「我慢させるさ」

「可哀そうよ」

「子供のころから親父の仕事を見ている。今回は気合いがちがう気がする。雪江さんのこともモデルとして気に入ってる。雪江さんだって画廊との契約は守りたいだろう」

「それは、そうだけど」

「親父にはカメの罰《ばち》が当たった。それに……」

「なあに」

「おれとの将棋だってまだ決着がついていない」

膝を抱えたまま雪江が声に出して笑い、頭をぼくの胸に沈める。シャンプーと汗の匂いが混じって、その微妙な調和がぼくの気持ちを和ませる。

雪江が顔をあげて、ぼくの目をのぞく。

「洋介くん、心配してくれて、ありがとう」

「お節介さ」

「あなたが島に帰ってくれて、私、嬉しいわ」

目をあけたまま雪江がぼくに唇を近づけ、鼻先がぼくの鼻に触れて、息がかかる。タバコの匂いに包まれながらぼくは雪江の肩を抱き、雪江がぼくの背中に腕をまわす。唇が重なって、躰が砂に倒れる。雪江の体重が綿菓子のように、ふんわりとぼくの腹を圧迫する。石膏像のような皮膚も意外に柔らかく、骨の細さが初々しい。二人は唇を吸い合い、舌の先でたわむれ、唾液をお互いの口に往復させる。

雪江の手がぼくのズボンにのび、一瞬ぼくは、唇を離す。

「だいじょうぶ。オシッコは海で洗ったから、きれいよ」

返事をさせず、雪江の唇がぼくの唇をふさぐ。ぼくは目を閉じ、思考をやめる。雪江の手がぼくのベルトを外し、ズボンとトランクスがおろされ、尻に砂の粒がくい込む。遠くのお祭り広場では小さく花火があがり、海がざわめいて、さらさらと雨が落ちてくる。雨の粒は砂浜を鳴らし、そして突然、スコールになる。

5

島に葬儀店はなく、本土のように花輪は並ばない。塀には幔幕《まんまく》だけがわたされ、高提灯《たかぢょうちん》が門の両側に据えられる。薄曇りの空からはたまに日が射し、庭や芝生をねっとりとあぶってくる。葬儀の時間が午後の三時から四時と設定されたのは島の生活サイクルが理由だろう。前日にはおがさわら丸が入港して島民はそれぞれに忙しい。前村長家の葬儀ではあっても島の行事はおがさわら丸の運航が決めてしまう。

庭に面した戸はすべてとり払われ、その廊下に祭壇がある。祭壇には遺骨に写真に花に灯明に線香、それに焼香用の香炉がおかれている。島に寺はなく、坊さんもいない。読経もなく面倒もなく、会葬者の服装もほとんど普段と変わらない。記帳して香典をおく者、焼香だけして帰る者と、葬式風景も本土とは異なっている。

「それじゃね、お客さんが来てるから、帰るわ」

旬子が会釈《えしゃく》をして門を出ていき、インド菩提樹の葉陰にぼくたちが残される。ぼくの目的は会葬者の見学だが、山屋とマスターの目的は分からない。山屋は「同級生だから」といい、マスターは「ご近所だから」という。近所の年寄りから村役場の役員まで、暇な人間が三々五々庭に出入りする。

ぼくは祭壇横の前村長と夏希を人の頭ごしに見くらべる。一宮良雄は喪服を着て石地蔵のように動かず、夏希もおとなしく黒いワンピースに納まっている。座敷にはほかに二十人ほどが詰めていて、扇風機を回してビールを飲んでいる。葬式には暑すぎ、そして小笠原は、いつでも暑すぎる。

「だけどよう、洋介」

花壇の縁石に腰をおろして山屋が声をひそめる。

「普通はこういうとき、警察が来るんじゃねえの」

「何をしに」

「写真を撮ったりビデオを撮ったり」

「二時間ミステリーの見すぎだろう」

「だって犯人がまぎれ込んでたら、どうするんだよ」

「誰か顔に『犯人です』と書いてくるのか」

「冗談はよそうぜ。怪しいか怪しくねえか、それを警察が調べるんじゃねえか。俺はやっぱりあのストーカー野郎だと思うけどよ」

口のなかで曖昧に返事をして、ぼくはまた夏希と父親を見くらべる。前村長は今日も顔色が悪く、ずんぐりした風貌はミクロネシア系の血を思わせる。骨の細い痩せ型の夏希や和希は死んだ母親に似たのだろう。

門の付近がざわつき、庭に背の高い銀髪が入ってくる。男は会葬者に会釈をしながら祭壇へ進み、座敷の前村長に目礼する。男と夏希の父親、そして会場全体の緊張が、なんとなくぼくにも伝わってくる。

「あの人、誰だっけ」

「今の村長だ。葬式だもんなあ、敵同士でも顔は出すさ」

「環境保護主義者だって?」

「どうだかよう。あいつだって金は欲しいし、裏では都知事と取引があるっていうぜ」

「どんな」

「俺が知るかよ、ただの噂さ」

「商売は?」

「小学校の校長をやってた、昔のことだけどな。一宮を殺したのはあいつだとか言うやつもいる」

「空港の利権争い、か」

「こんなところで面倒を起こしたら、自分が損なのになあ」

「洋介くんも山屋くんも……」

山屋のとなりに腰をおろしながら、咳払いをしてマスターが口髭をなであげる。

「警察が引きあげたことを知らないのかね」

「引きあげた？」

「本土から来ていた警官が今朝になってみんな帰ったらしいよ。これも噂だけど、和希さんの死は自殺と断定されたそうだ」

「だって……」

「本当のところは分からないけどね。警察署から警官がいなくなったことは事実だよ。さっき生協へ買い物に行ったらみんなが話していた」

鼻の手前で息をとめたまま、ぼくは半分放心して山屋の顔を見る。ぼくは正午《ひる》近くまで寝坊したし、山屋は一時間前に漁から帰ってきたばかり。二人とも島の噂については半日ほどの時差がある。

「マスター、本当ですか」

「何がだね」

「自殺と断定されたこと」

「ただの噂だよ。でも警察署の前を通ってみたら、たしかに静かだったな」

「自殺、ですか」

「事故は考えられない、他殺と断定する根拠はなにもない。そういうことで自殺に決まったらしいよ」

「おいおいおい、マスター」

「俺が言うんじゃないよ。ガソリンスタンドの社長や辰己《たつみ》食堂のオカミさんや、そういう連中の言うことさ。だから、どうだね、現村長も前村長も意外に冷静じゃないか」

焼香を終えた現村長が座敷の奥に挨拶《あいさつ》し、とり巻きをひき連れて庭を戻っていく。焼香客は次から次に訪れ、庭のあちこちで挨拶が交わされる。近所のオジサンが教育委員長だの農協の理事長だの、みんな肩書だけは素晴らしい。

「お……」

山屋がぼくの腕をひいて門に顎をしゃくり、首の汗を手の甲でぬぐう。芝生を横切ってきたのは真崎仁で、その顔にためらいは見られず、歩様《ほよう》にも乱れはない。白いワイシャツに黒いネクタイは村の洋品店で揃えたものだろう。

真崎が祭壇に進み、焼香して合掌する。夏希が真崎の顔を上目づかいに睨《にら》む。一宮良雄の顎がふるえ、モアイ像のような顔に殺気が走る。座敷がしずまり、庭の会葬者もその場に立ちつくす。薄日の芝生を猫が黒く歩いていき、夏希が立てかけた膝を父親が黙ってひき戻す。

真崎が祭壇と家族に頭をさげ、庭を門へ向かう。オバサンやオジサンが真崎の背中を見送るうちにうしろ姿が消え、陽射しがぎらっと強くなる。

「おいおいおい、どういうことなんだよ」

「浩司、カメラを持ってくればよかったな」

「とぼけたこと言うなよ。あの野郎が犯人かも知れねえんだぜ」

「恋人の葬式に来るのはある意味、当然だ」

「洋介くん」

口髭を強くさすりながら、マスターが陽射しに目を細める。

「二人が恋人同士だったというのは確かなのかね」

「真崎はそう言います」

「証拠はないんだろう」

「証人は死んでいます」

「まあ、そういうことだろうが」

「真崎がストーカーなら葬式には来ないでしょう」

山屋がぺっと唾を吐いて、首のタオルで金色の頭をこする。

「信じられねえなあ、あいつと一宮ができてたなんてよう。自殺っていうのもピンとこねえ」

「人間なんて不可解で、不条理なもんさ」

「よせやい、おまえは理屈っぽくていけねえよ。ストーちゃんもストーカーじゃねえなら、最初にそう言えばいいじゃねえか」

マスターが腰をあげてぼくと山屋に会釈を送る。

「さて、俺は帰るよ。店の支《し》度《たく》もあるからねえ」

「そういえばマスター、可保里さんは?」

「風邪をひいて寝てるんだ。彼女には和希さんへの義理もないだろうしな」

マスターが歩きだし、そのマスターとベージュ色のワンピースがすれちがう。翔子の家にいる早苗という女が気難しい顔で祭壇へ歩いていく。それほどの歳《とし》でもないだろうに、束ねた髪には白髪が目立っている。

焼香を済ませ、早苗がぼくたちのほうへ戻ってくる。

「あら山屋くん、しばらくねえ」

「あ、どうも」

「お元気?」

「あ、どうも」

山屋が頭を掻きながらもっそりと腰をあげる。

「たまには遊びにいらっしゃいな。翔子さんが寂しがってるわ」

「あ、どうも、忙しくて」

「漁師さんですもの、忙しいのはいいことだわよね」

「あ、どうも」

「木村くん」

早苗がうしろ手に手を組んで、メガネに薄日を反射させる。

「いつもお見舞いをありがとう」

「いえ」

「私からもお礼を言います」

「はい」

「翔子さんの代理でお焼香に来たのよ」

「そうですか」

「ちょっと……」

「はい？」

「いいの。近いうちに、また遊びにいらっしゃいね」

早苗がぼくと山屋に会釈し、背筋をのばして門へ向かう。葬式が始まったころより人の影も少し長くなっている。

「どうもなあ、あのオバサンは苦手だぜ」

「見かけほどじゃないさ」

「おまえ、気に入られてるんじゃねえの」

「どうだかな」

「昔は通産省とかに勤めてたんだと。事情があって仕事をやめて、それでなんかの事情で離婚もしたらしいや」

「どんな事情だよ」

「知るかよ、人間にはそれぞれ、みんな事情があるじゃねえか」

「面倒なことだな」

「そういうことだ、みんな事情があって面倒なところが、人生の不条理ってやつよ」

山屋がタオルで顔をこすりながら祭壇をふり返り、欠伸《あくび》をかみ殺すように顔をしかめる。弔問客にも区切りがついたようで、庭内の人数も少なくなっている。

「洋介、俺たちも帰らねえか。今朝も二日酔いで草臥《くたび》れちまった」

「一宮が自殺なら犯人もいないしな」

インド菩提樹の葉陰からぼくと山屋は日向《ひなた》にむかい、芝生を横切って一宮家の門を出る。薄日でも陽射しはじゅうぶんに過酷で、ぼくの首にひりひりと照りつける。

「簡単すぎるよな」

門を出て漁協倉庫のほうへ歩きながら、思わずぼくは言ってしまう。

「島の葬式なんかこんなもんよ。あとは初七日か四十九日に納骨してそれで終わりだ。昔は寺もあって坊さんもいたらしいけど、今は年に一度、東京から坊さんがお経を読みにくる」

「墓は大根山《おおねやま》だろう」

「一宮んちは在来島民だから墓もでけえのがある……あれ？」

「どうした」

「あいつのところ、キリスト教じゃなかったかな」

「そうなのか」

「祖先はアメリカ人かイギリス人だぜ」

「在来島民ならそうだよな」

「今日の葬式、仏教式じゃねえのか」

「たぶん、な」

「まあなあ、いいか」

「いいんじゃないのか」

「そうだよなあ、祖先は外人でも今は日本人だ。キリスト教はクジラを捕るなとか食うなとか、余計なことばっか言いやがる。そのうちカメまで食うなとか言いはじめるぜ」

「浩司はカメ、好きだものな」

「島の人間は好きに決まってらあ」

「可保里さんは?」

「可保里がなんだよ」

「カメは好きかな」

「どうだかなあ、聞いたこともねえけど」

「聞いておくといい。可保里さんはカメが好きか嫌いか、そんなことで浩司の人生が変わることもある」

山屋が金髪の頭をかしげてぼくの顔に目を細め、それでも何も言わず、へっと息を吐く。二見湾から防波堤をまわってくる漁船の数が増え、おがさわら丸が入港しているせいか、遊覧船の桟橋にも多少の人出が見える。

「なんだか知らねえけど……」

またへっと息を吐き、石を蹴飛ばすように膝をふって、山屋が言う。

「どうもピンとこねえなあ。自殺っていうの、おまえ、どう思うよ」

「さあな」

「マスターが警察署を見てきたっていうから、本当なのかなあ」

「おれに聞かれても困る」

「一宮もあの親父じゃ自殺したくなったかなあ」

「丸山は殺人だと言うけどな」

「おう？」

「女の勘だとさ」

「丸山さんが、今度のことを知ってるのか」

「だから早苗さんが焼香に来た」

「おう、それもそうだ」

「今ごろ丸山は双眼鏡で浩司を見てるかも知れないぞ」

「おいおいおい」

漁協の倉庫を過ぎたあたりで山屋が足をとめ、漁港をはさんだ丘の中腹にある丸山家の方向をあおぎみる。周囲はビロウやタコノキの林に囲まれ、見えるのは瓦屋根だけで庭やテラスは望めない。それでも茫然と立った山屋の額から、暑さのせいではない汗がスコールのように流れる。

「おい洋介、今の双眼鏡の話、本当かよ」

「浩司の船を見るのが楽しみらしい」

「参ったなあ。俺、最近、魚も届けてねえんだ」

「届けたってどうせもう食べられない」

「ああ、やあ、だからよう、そういうことは洋介に任せらあ。俺、いつだったか丸山さんの顔を見てたら息ができなくなってよう。行きたくても、もうあの家へは行けねえよ」

「分かってるさ。そんなことは丸山にも分かっている」

すでに死んだ和希の家へは行けても、死にかけている翔子の家には足が向けられない。それは死に対する恐怖ではなく、残酷なまでに痩せてしまった翔子の生に対する恐怖なのだろう。

「藤井の、あのバカ野郎めが」

わざとらしく汗をふき、金色の頭をこまかくふって山屋が足を進める。

「よけいな所はうろつくくせして、一宮の葬式には顔も出しやがらねえ」

山屋に肩を並べながらぼくも藤井のことを思い出す。翔子が小笠原へ転校してくるまで、藤井と和希はクラスのカップルではなかったか。

「浩司、一宮と藤井はつき合ってたんだよな」

「つき合う?」

「中学のときさ」

「やってたかって?」

「まあ、うん」

「やってもいねえし、キスもしてねえだろうよ」

「具体的に知ってるのか」

「洋介もへんなことを言うぜ。藤井と一宮のことは周囲《まわり》が勝手に騒いでただけさ。藤井は勉強ができたし、一宮だって丸山さんが来るまではクラスで一番の美人だったからよう」

「周囲《まわり》が勝手に、か」

「決まってらあ。そんなこと一宮の親父が許すはずねえだろうよ」

和希の父親が許すはずはなく、実際に交際のあった可能性も少ないが、二人の気持ちはどうだったか。東京で会ったときは和希の口から藤井の名前は聞かなかったが、それは一年半も前のことで、和希が妊娠した四カ月前は藤井も東京にいた。

「ストーカーのことだけど……」

山屋に並びかけ、歩幅を落として、ぼくが言う。

「浩司も藤井から真崎のことを聞いたのか」

「ふだんはそっぽを向きやがるくせに、いつだったか、急に寄って来てなあ」

「コンサートのことや青灯台のことを？」

「信じられなかったけどよう。そのうちみんなが言いだして、夏希まで言ったから俺もそう思ったわけよ」

「浩司、ＣＩＡの工作員と接触していないか」

「なんだと？」

「おまえも旬子も一宮もＣＩＡの手先だという噂がある」

「おいおいおい、洋介……」

山屋が愛嬌のある目を見開き、漁師カットの金髪をぐっとぼくに近づける。

「おまえ、藤井の病気がうつったんじゃねえの」

「藤井はＣＩＡに狙われているそうだ」

「俺んちに寄って休んでいくか」

「気にするな、冗談だ。島へ帰ってからいろんな事がありすぎて、ちょっと混乱した」

「本当にだいじょうぶか」

「決まってるさ」

「脅かしてくれるぜ。イカレちまったのは藤井だけでたくさんだ。そうじゃなくても飲みすぎで二日酔いなんだからよう」

山屋が大げさに身をひき、腰に両手を当てて背伸びをする。漁の疲れか、焼酎の飲みすぎか、たしかに白目の部分が赤く見える。

「まあな、それじゃそういうことで、またトムズハウスで会おうぜ。俺は家へ帰ってひと眠りすらあ」

ぼくの背中を叩いて山屋が住宅街の路地へ入っていく。付近には漁師の家が集中し、庭木のかわりにバナナやパパイヤが植わっている。空気は熱くて清潔で、目の前には穏やかに漁港が広がっている。こんな景色のなかでも人は死に、本土の経済が押し寄せ、人間の心は混乱する。

ぼくも軽く背伸びをして呼吸をととのえ、岸壁をぶらりと歩く。見上げる丘の中腹に翔子の家が屋根瓦を光らせ、気のせいかここまでローズオイルの香りが流れてくる。対岸方向にはぼくの家もあるが、視界はリュウキュウ松の林で遮《さえぎ》られている。

和希の家で何を言いかけたのか、ふとぼくは、早苗の顔を思い出す。

*

小川にかかった小橋を渡り、海岸通りに出る。旬子の家へは向かわず、大村方向へ歩く。少し歩くと右手の森にトムズハウスの看板が見えてくる。この付近は戦後に海岸を埋め立てた土地だとかで、道端にハマボウフウやヒルガオの花が咲いている。背後の絶壁をのぼると小笠原高校の校舎があり、生徒だけが利用する細道がつづいている。

看板の前で足をとめ、ちょっと考えて敷地へ入る。テラスに人影はなく、店にマスターの姿もない。バイクも見えないから食材の買い出しにでも行ったのだろう。

テラスを越えて店の裏手にまわってみる。マスターの寝泊まりする小部屋があり、少し離れて小さいプレハブ小屋がある。本土では物置に使うプレハブも小笠原ではアパートの代わりになる。島には大工がおらず、建築資材もなく、家の新築費用は本土の三倍もかかるという。

タマナの木陰にはビーチ用の寝椅子がひき出されて、可保里が横になっている。裏庭に枝から落ちたココ椰子《やし》が散らばり、日陰には赤いママチャリがとまっている。可保里は短パンにプリントのTシャツを着て、バンダナの上からヘッドホンをのせている。

可保里の顔を二、三秒のぞき、その鼻の頭に指をおろす。目をあけて可保里がヘッドホンをはずす。

「風邪だって?」

「ちょっと熱っぽいの、ただの夏風邪よ」

「小笠原は一年中夏さ」

「それもそうね。そろそろ私も季節が懐かしいわ」

眠そうな目を見開いて可保里が鼻の頭をこすり、白い歯を見せる。ぼくは手の甲を可保里の額に当て、反対の手の甲を自分の額にあてる。

「熱はなさそうだ」

「躰がだるいだけなの」

「薬は?」

「飲んでいる」

「必要なものがあれば買ってくるけど」

「それなら頼むわ」

「うん」

「私のために愛を買ってきて」

可保里が眉をあげて笑い、椅子の上で足を組む。日灼けした足にペディキュアはなく、左の膝に古い傷痕が痛々しい。

可保里の足から視線をはずし、プレハブの内を眺める。三畳ほどのスペースに布団がたたまれ、小さいテーブルと扇風機が見える。奥のフックに衣類がかかっていて、それが部屋と可保里のすべてらしい。

「お葬式は終わったの?」

「簡単にな」

「コウちゃんも行った?」

「あいつは将来の村長候補だもの」

「私はお葬式も結婚式も嫌い」

「美人には我儘《わがまま》が許される」

「お世辞はやめて」

「ごめん、風邪のことを忘れていた」

可保里から離れ、ぼくは部屋と可保里の顔を見くらべる。

「可保里さん、おれの家へ来ないか」

「え?」

「空いてる部屋もあるし、ここよりは休める」

「そういう意味ね」

「小笠原の風邪はしつこいぞ」

「いいの、べつに、たいした風邪ではないから」

「今より悪くなったら言ってくれ」

「ありがとう」

「みやげ物屋に可保里さんのための愛が売っていたら、買ってきてやる」

ぼくは手をふって、テラスのほうへ歩く。

「帰っちゃうの」

「風邪の様子を見に来ただけ」

「ビールぐらいあるのに」

「おれ、薄情だからさ。風邪を移されたくないんだ」

もう一度手をふって建物の角を曲がり、タマナと南洋桜の葉陰からさす光を眺める。草木の匂いが青々と充満し、林のなかをカミキリ虫が飛んでいく。ぼくは欠伸をかみ殺しながら道に出る。歩道には年寄りがしゃがんでいて、生協の配達トラックが目の前を通りすぎる。小犬が足元にじゃれつき、年寄りが犬を呼んで、犬がそのほうへ走る。


いくらか活気のある銀座通りを歩いて繁華街の路地へ入る。ペンションの集まった一画にも人通りが見え、今が夏の観光シーズンであると知れる。民芸品センター前をすぎて官庁通りへ出るともう人影はなく、クルマも走らない。だだっ広い通りに夕日ばかり強くさし、湿度が重くのしかかる。そういえば七月も終わりだなと、ぼくは過ぎたカレンダーを考える。

警察署の前まで来て、門の内を眺める。駐車場にクルマは見えず、玄関に警官の姿もない。三階の窓もカーテンがひらかれ、以前どおりの柔道練習場になっている。もともと事件のない小笠原には警察の仕事がない。ふだんの業務は交通事故の処理と運転免許証の事務ぐらいで、ビルも人員も不相応の規模を誇っている。本土で人口二千人の村ならせいぜい駐在所が置かれるぐらいだろう。

警察署の雰囲気に噂の信憑性を確認し、郵便局のあいだを西町へ向かう。その通りにもペンションや民宿があって、しばらく行くと三日月山への道につきあたる。手前には〈藤井自動車〉という看板があり、空き地に古い小型トラックがちらばっている。マルハチの木やリュウキュウ松がしげる敷地にはコンクリートを打った作業場が庇《ひさし》をつき出し、ぼくは空き地を進んで藤井の父親に声をかける。藤井の父親は油の浮いたツナギを着て、ワゴン車のエンジンルームをあけている。

「よーう、木村くんかあ、しばらくだねえ。帰ってたことは智之から聞いているよ。君も東京の大学だって」

「はい」

「大学ではなにを専攻しているの」

「生物学です」

「生物学かあ、よくは知らないけど、頑張ってくれよね」

「はい」

「だけど東京も楽じゃないよねえ。小笠原あたりから行くと気が疲れるよ。もっとも木村くんは元が東京だったっけねえ」

「はい、藤井は？」

「昼ごろに出掛けてまだ帰らねえ。小港にでも行ったんかなあ」

「そうですか」

「智之に用かい」

「はい」

「待ってもらってもいつ帰るか、なにしろ……」

油じみた顔で腰をのばし、藤井の父親がクルマのドアに寄りかかる。首にかけたタオルも油で汚れ、手にも機械油がこびりついている。

「木村くん、智之があんたらに迷惑でもかけたかい」

「いえ、べつに」

「そうかい、それだといいんだがなあ。なにしろあいつ、疲れてやがるから」

「そうですね」

「来年はまた東京へ出るとか言うけど、木村くん、どう思うね」

「さあ」

「島にいたって仕事もねえし、クルマ屋もあいつには向かないけどね」

ぼくの顔をうかがいながら藤井の父親が古タイヤに腰をおろし、ツナギの胸ポケットからタバコをとり出して火をつける。

「どうもねえ、医者になるのは諦めたらしいんだ」

「そうですか」

「島でちっとぐれえ勉強ができても、東京じゃレースにならねえらしい。なまじ親も期待しちまって、智之も辛かったかねえ」

「藤井は頑張っています」

「そうなんだよねえ。だから俺もあわれでさあ、医者のことなんかいいから普通に暮らしてもらいてえよ」

「そうですね」

「俺も自分の倅《せがれ》のことで信用はしてるんだ。智之は子供んときから、島じゃ秀才だったもんなあ」

「クラスで一番でした」

「そうだそうだ。だから、なんだよねえ、勉強のしすぎで疲れたんかねえ。本人はまた東京へ行って、今度はコンピューターの学校へ入るとかよう。俺もまあ、このご時世だから、コンピューターはいいと思うんだけど、木村くんから見てどうかねえ」

「いいでしょうね」

「そうかい、やっぱりこの時代、いいのはコンピューターだろうねえ。医者は無理でも智之ならコンピューターぐれえ使えるもんなあ」

　ぷかりと煙を吐き、うなずきながら、藤井の父親が空に目を細める。壁にかかった扇風機が煙を乱し、機械油の臭気をぼくに押しつける。

「そういうことでさあ、木村くん」

「はい」

「同級生のよしみで智之のことを頼むよ」

「藤井はお父さんにCIAのことを話しましたか」

「なんだって?」

「UFOとか、薬師如来とか」

「冗談はやめてくれよ。智之は疲れてるだけで、頭まで狂《おか》しくはないからさあ」

「済みません」

「気持ちの優しいやつだからなあ。今は疲れて、ちょっと調子が悪いだけなんだよ」

　藤井の父親がタバコをコンクリートにはじき、ぼくはその父親に頭をさげて作業場を出る。暇な顔をした観光客が三日月山のほうへ歩いていき、藤井の父親が二本めのタバコをくわえ、苦っぽい表情で火をつける。

「木村くんよう」

「はい」

「智之がまた東京へ出たら、同級生のよしみで、よろしく頼むよねえ」

西町の路地を官庁通りまで戻り、道を観光協会のほうへ歩く。観光協会にはホエールウォッチングの案内所もあって、たまには観光客が出入りする。クジラを見るだけのことに何万円もの費用がかかり、そしてクジラを見るだけのことで心が癒される人間もいるという。

観光協会の角を曲がったところで自転車がすれ違って、すぐにとまり、その自転車がぼくのほうへひき返す。

「やあ、木村くん」

ズボンのポケットに両手を入れたままぼくは藤井の顔を見る。真ん中分けの髪に日灼けした肌、整った顔立ちに目元が清々《すがすが》しい。難点があるとすれば少し歯並びの悪いところぐらいか。

「藤井の家に寄ってきた」

「へーえ、そう」

「親父さんに会った」

「うちの親父も変わらないだろう」

「藤井、来年はコンピューターの学校へ行くんだってな」

「参ったなあ、親父、そんなことまで言ったの」

「いい人だよな」

「僕が医者になれなかったこと、怒らないんだよ。姉貴やお袋はうるさいこと言うけど、親父だけは僕の味方でさあ。だから僕もコンピューターの学校へ行って、来年からは頑張るよ」

「グリーンペペシンはどうするんだ」

「ああ、そのことは……」

藤井が口を半開きにしたまま二重の目をぼくに向け、頭のなかでキーボードでも叩くように、睫毛《まつげ》をせわしなく上下させる。

「木村くん、僕の家へ寄ったのは、用があったわけ？」

「ちょっとな」

「そうなの、木村くんがわざわざ」

歯を見せてにやっと笑い、藤井が観光協会の敷地に自転車を押す。ドアの手前にベンチがあって、ぼくも藤井につづいてベンチに腰をおろす。

シャツのポケットからタバコをとり出して、藤井が火をつける。

「ねえ木村くん、グリーンペペシンのこと、誰かに話したかい」

「まさか」

「そうだよねえ。僕は木村くんを信用して打ち明けたんだ、その木村くんが人に話すはずないよねえ」

「藤井、一宮の葬式になぜ来なかった」

「ええ？」

「一宮も藤井には来てほしかったと思うぞ」

磯ヒヨドリが青く飛んでいき、藤井の口から吐かれたタバコの煙が夕日のなかにわだかまる。

藤井の横顔を透かし見ながらぼくは唾液を飲みくだす。

「スパイの葬式になんか顔は出せないか」

表情を変えず、くわえタバコで、藤井がベンチの背に寄りかかる。

「僕には関係ないことだよ。僕は今、グリーンペペシンの研究で忙しいんだよ」

「薬はいつできるんだ」

「仏奇石が届けば完成だよ」

「早く届くといいな」

「うん、グリーンペペシンが完成すれば丸山さんの病気はすぐ治るよ。そうしたらまたみんなで無人島の探検に行けるよね」

「無人島、か」

「あれは弟島だったのかな、それとも兄島のウグイス浜だったかなあ」

煙をゆるく吐き出し、その煙に目を細めて、藤井がにやっと笑う。

「山屋くんなんか漁師の子のくせに、彼が最初に泣きだしたんだよねえ」

藤井の口調に耳を澄ましながら、ぼくも頭の片隅でその日のことを思い出す。まだ翔子が元気だったころ、山屋に釣り舟を調達させて翔子に旬子に和希、それに山屋と藤井とぼくで弟島へわたった。弟島にも戦前は人家があって、その人家跡やら防空壕跡など、六人にとってはまさに探検だった。しかし夕方になって浜に戻ると舟が見当たらず、山屋が無断借用だったことを告白した。暗くなっても救援はなく、六人は廃屋で夜を明かした。翌朝には父島から捜索船がやって来たが、六人は自宅謹慎を命じられ、学校ではスターになった。

「今から考えると、あのころ僕たち、若かったよねえ」

「そうだな」

「怖かったけど楽しかったよ。丸山さんが元気になったら、昔みたいにまたみんなで遊べるよねえ」

白血病が翔子を冒すまでの一年間、小笠原はぼくにとって天国以上の楽園だった。藤井も同じ思いだろうが、しかし翔子は「元気」にならず、「みんな」のなかから和希は消えている。

口のなかに煙をため、輪をつくるように吐き出して、藤井がぼくの顔を見る。

「それで、木村くん、僕になんの用だったわけ」

「一宮の葬式も終わったし、旬子や浩司と丸山の見舞いに行かないか」

「ええと、僕も？」

「昔みたいにさ」

「僕は行けないよ」

「どうして」

「だって、僕、グリーンペペシンを完成させたあとで、丸山さんを驚かせたいんだ」

「旬子も浩司もＣＩＡスパイだし、か」

「もちろんそれもあるね」

「真崎のことは誰に聞いた？」

「ええと、それ、なんの話」

「真崎が一宮のストーカーだったことを、藤井は誰に聞いたのかと思ってさ」

ぼくの顔から視線を外し、タバコを足元に捨てて、藤井が踏みつぶす。

「木村くん、ここだけの話にしてくれるかい」

「もちろん」

「実はさあ、僕、一宮さんと交際してたんだ」

「そうか、二人は、お似合いだものな」

「東京でさあ、よくデートをしていた。だから真崎のこともそのとき彼女から聞いたんだよ。でも島ではそんなこと、人に言えないだろう。特に丸山さんの耳に入ったら彼女が可哀そうだものね」

「こんな暑いとき、こんな暇な島で」

「なんの話?」

「独りごとだ」

観光協会の営業が終わったのか、見覚えのある職員がドアから出てきて敷地を駐車場のほうへ歩いていく。大村海岸からも海水浴客がぽつりぽつりと帰ってくる。

ぼくは腰をあげ、夕日を隠した三日月山に向かって軽く背伸びをする。

「だから、僕は……」

藤井もベンチから腰をあげ、自転車に手をかけてスタンドを蹴る。

「悪いけど、しばらく僕、丸山さんには会えないんだ」

「そうだよな。一宮とつき合ったら、丸山には会えないよな」

「誠意の問題だものねえ。一宮さんと丸山さんのフタマタかけるなんて、人間のする事じゃないものねえ」

一瞬ぼくに視線を送り、すぐにそっぽを向いて藤井が自転車を押しはじめる。藤井の髪が風になびき、肩にモクマオウの葉屑が落ちかかる。

「藤井……」

ふり向かず、足もとめず、藤井が官庁通りに自転車をこいでいく。

ぼくはベンチに座りなおし、髪を指でかきあげる。額には汗が流れて躰の細胞が水分を求めてくる。藤井はいつまで妄想を生きつづけるのか。本物の妄想なのか、作為的な妄想なのか、ぼくには分からない。真崎をストーカーと言いながら、実際のストーカーは藤井のほうではなかったのか。

「人間のする事じゃない、か」

＊

空から光の朱色が消え、筋雲の形だけがぼんやりと見分けられる。

塀の隙間から庭へ入ると頭上を夾竹桃《きょうちくとう》の枝が高く被い、木柵の向こうには漁港の風景が沈み込む。翔子の家には明かりがつき、テラスへも居間からの照明がこぼれている。

翔子の姿がないテラスへ飛び石伝いに進む。居間のドアから早苗が顔を出し、ぼくと早苗がテラスのステップ前で向かい合う。

「翔子さんはお部屋なの」

「具合が……」

「もともと病気ですもの」

「そうですね」

「今日は疲れたみたい」

「そうですか」

「翔子さんも木村くんが帰ってきて、張り切りすぎたのかも知れないわ」

早苗が小さく首をかしげ、視線でぼくをうながしながらテラスのベンチに腰をおろす。ぼくはステップをのぼり、丸木の柱に寄りかかる。和希の家で見せた早苗のためらいがまた無表情によみがえる。

「木村くん、白血病が血液の癌であることは知っているわね」

「はい」

「癌だから、当然制癌剤で抑制するの。寛解《かんかい》療法といって期間をおきながら定期的に制癌剤を投与していく。翔子さんはこれまであらゆる薬を試してきた。病気の進行がとまったことも、改善の兆しが見えたこともあった」

「要点を言ってください」

「ごめんなさい。つまり、もう彼女の体力は限界なの。これ以上の制癌剤は使えなくなっている。無理に使うと正常細胞のほうが死んで、彼女自身が死んでしまうの」

「分かります」

「彼女は自分の命を、今年いっぱいと言ったでしょう」

「はい」

「でも、本当は……」

早苗の背筋がのび、顎がひかれて、居間の照明がメガネに白く反射する。

「本当は今年いっぱいも無理かも知れないの」

「でも、いえ」

「今はモルヒネで痛みを抑えているだけ。もう一人では歩けなくなっている」

「なんとなく」

「最近は点滴だけで流動食も受けつけない」

「浩司の魚も……」

「なあに」

「いえ」

「東京からこの島へ来たとき、驚いたわ。しばらくは彼女が翔子さんであることが信じられなかった。子供のころの翔子さんは、見てはいけないかと思うほど可愛かった。だから私は人生の不公平を、呪ったこともある。彼女とは遠い親戚ではあるけれど、私とは住む世界がちがう。家は明治からの財閥でご両親はご皇室とも縁続き。そのうえにあれほど美しく生まれて、世界一幸せな子供だと思った。私にも女の子がいて……いえ、ごめんなさい、愚痴を言うつもりではなかったの」

無意味なことは承知で、早苗の言葉に、ぼくは相槌《あいづち》を打つ。

「木村くん」

「はい」

「お願いできないかしら」

「なにを」

「翔子さんを本土の病院へ移してほしいの」

「でも」

「翔子さんの気持ちは分かる。私も彼女の立場ならこんな島で静かに死にたいと思う。でもご両親のお気持ちもある。末期になれば翔子さんの意識がなくなる。そうなってからではもう、遅いの」

「おれには……」

「あなたも夏休みが終われば東京へ帰る。だから翔子さんを説得してほしいの。一緒に東京へ帰るように、毎日ご両親に会えるように、東京の病院で一日でも長く生きるように。木村くんの言うことなら翔子さんも聞くと思うの」

「おれなんかただの不良です」

「飛行機をチャーターしてもいざというときは間に合わない。あなたは知らないでしょうけれど、翔子さんのお母様もお躰がお弱いの」

早苗の手の甲が膝の上で反《そ》りかえり、束ねた髪が額にほつれる。首筋の血管がふくらんで、化粧をしていない白い頬に毛穴が赤く浮きあがる。

「丸山に会えますか」

「ええ、ああ、もちろんよ」

柱から背中を離し、視線を外して、ぼくは早苗に会釈する。

「でも眠っていたら起こさないでね」

ドアをあけ、早苗を残して居間に入る。居間では知らない女がテレビを見ていて、目顔でぼくに挨拶をする。制服は着ていないが、その女が月替わりでやって来るという看護師なのだろう。

勝手の知れた居間を横切って翔子の部屋へ向かう。別荘造りの洋館は天井が高く、空気に自然の涼しさがある。悪ガキだったぼくや山屋もこの家では内気な少年に変身し、山屋が捕れたての魚を捌《さば》いて旬子がオクラの天ぷらを揚げ、翔子の祖母がレーズンクッキーを焼いて、みんなが翔子の死を知りながら、そんなものはずっと先の、遠い世界の話だと思っていた。

翔子の部屋まで来て、ドアをノックする。

翔子の返事を聞き、ドアをあけて部屋へ入る。背を三十度ほどに起こしたベッドに翔子が横になっている。白いシーツが翔子のうすい胸をおおい、部屋の出窓は外にひらいて、ドアの横には車椅子と点滴用のスタンドが置かれている。部屋の風景に変化を与えているのは机のパソコンぐらいだろう。

「この部屋、久しぶりだな」

「また家庭教師をしてくれる?」

「大学は、ちょっと、怠《なま》けてる」

「その大学に入れたのは私のお陰よ」

「感謝してるさ」

「私が勉強を教えてもらわなければ木村くんも島に残ってくれて、東京の大学へは行かなかった。人生は皮肉ね」

痩せた腕をのばして翔子がベッドのスイッチを入れ、ベッドが四十五度ほどの角度にせり上がる。

「寝たままでいいぞ」

「だいじょうぶ、躰が怠《だる》いだけなの」

机の前から椅子を移動させて、ぼくは枕元に腰をおろす。

「一宮さんのお葬式は?」

「終わった」

「私より先に死ぬ同級生がいるなんて、不思議な感じ」

「無意味に生きても無意味さ」

翔子が肩の向きを変えて枕がずれ、ぼくは手をのばして枕の位置を直す。

「丸山、東京へ帰らないか」

「初めの日に言ったわ」

「聞いたけど」

「早苗さんになにか言われた？」

「まあ、な」

「ここのベッドでも病院のベッドでも、死ぬのは同じなのに」

「頑固なやつ」

「両親だって、会いたければ飛行機で飛んでくるわ。私のうち、小笠原がぜんぶ買えるぐらいお金持ちだもの」

黒くて大きい翔子の目に皮肉な色が浮かび、弟島の廃屋でも泣かなかった翔子の気丈さが、ぼくには愛しくて鬱陶《うつとう》しい。

「木村くん、警察が本土へ引きあげたらしいわね」

「なんでも知ってるんだな」

「自殺に決定したことも知っているわ。都庁や国土交通省から圧力がかかったの、もちろんその上も承知のことだけれど」

「警察なんて、そんなものか」

「そんなものよ。殺人では丸菱土地や東亜不動産や、そこからお金を貰っている政治家が困るもの」

「やっぱり空港、か」

「五千億円は動くらしい。だから前村長で小笠原興業社長の娘が殺人事件の被害者では都合が悪いの」

「今の村長で空港ができたら、小笠原興業はもっと都合が悪いだろう」

「木村くんは単純ね」

「悪かったな」

「利権は木村くんほど単純ではないの。大手の不動産会社も島の建設業者も、政治家も役人もみんなが利権でつながっている。父島や母島だけでなく、兄島も姉島《あねじま》も、リゾート施設に使えそうな土地はもう買い占められているの。実際の買い占めに動いたのは小笠原興業や南洋開発で、その上に大手の不動産会社がいて、またその上に都知事や代議士がいる。でも、分かるでしょう？」

「空港ができなければただの僻地《へきち》で金にならない」

「だから一宮さんのお父さんは空港が欲しい。確証はないけど、もし南洋開発側の土地に空港が決定しても工事は小笠原興業が請け負う、という取引ができたという」

「金儲けのために一宮の事件を自殺で片づけたのか」

「また高速船の問題も出てきたしね」

「そうらしいな」

「東京と小笠原を十六時間で結ぶ船の計画よね。でも空港ができたら船会社はお客がなくなる。だから運航時間を短縮して空港を阻止したい。逆に小笠原興業や南洋開発では高速船が実現する前に空港を決めてしまいたい。そういうことよ」

小さい頭をベッドの背にあずけたまま、鼻の先で翔子が笑う。言葉は明瞭でも声に力はなく、唇もほとんど動かない。

「丸山、休んだほうがいい」

「私の楽しみをとりあげないで」

「でも、さ」

「一宮さんのことも、殺人の証拠がないことは事実らしい。遺体には崖から落ちたときの外傷しかなく、一宮さんを殺したいと思ってる人もいない。スコールがあったから足跡もクルマの跡も残っていない。遺書もないけど遺留品もない。あの時間にあの場所で事故を起こすはずもないから、自殺と断定することに無理はない」

「あるのは丸山の勘だけだ」

「妊娠は女の本能を母親にするって?」

「あの勘は外れか」

「あれは当たりよ。一宮さんの死は自殺ではない、誰かに殺されたの」

「犯人は?」

「木村くんでしょうね」

「乱暴な勘だな」

「空港や政治家の利権が絡むから話が面倒になるの。でも現村長も前村長も都知事も役人も、一宮さんを殺して得をする人間は誰もいない。それに赤ちゃんが四カ月なら彼女は東京で妊娠したことになる。今東京から来ている一宮さんの関係者は、真崎と木村くんしかいないもの」

翔子が肩をずらして枕に頬をうずめ、ぼくを見つめる目に光が強くなる。真崎もぼくも東京から来ているが、もう一人、藤井も東京から帰っている。

窓から小さいカナブンが飛んできて、旋回しながら照明にまといつく。

「窓、閉めるか」

「このままがいい」

「蚊にくわれるぞ」

「私もう、感じないの」

「疲れさせせて悪かった」

「木村くん」

「うん?」

「一宮さんとは本当に、デートしただけ?」

「もちろん、手だって握らなかったさ」

「あなたは嘘がヘタね。でもありがとう」

翔子の唇がかすかに動いて目から光が消え、視線が天井のあたりにただよう。部屋を一周したカナブンが羽音もなく窓から消えていき、ぼくは椅子を立って窓を閉める。

「真崎のことだけど……」

「丸山、もう寝《やす》めよ」

「私はずっと休んでいる。調べたのは調査会社よ」

「そういう意味ではなくて」

「調査会社からの報告では、真崎という男は本物のストーカーだった」

「いや、でも」

「一流の興信所だから調査に間違いはないと思うわ」

言葉を出しかけ、ぼくはその言葉をためらう。真崎は和希の婚約者だと言い、和希の死に涙して葬式にもあらわれた。表情や態度に病的な印象はなく、島への滞在も和希の同意があったという。ストーカーの問題は藤井の創作だと思っていたのに、その調査の結果は、どういうことか。

翔子の顔が戻ってきて、眉間に弱い皺が浮かぶ。

「一宮さんには大学で仲のいいお友達がいたの。南明歩《みなみあきほ》という子だけど、知らない?」

「知らない」

「最近のお友達かしらね」

「そうだろうな」

「その子とは親友で、真崎のことも相談していたらしい。プレゼントや電話やメールや待ち伏せや、いわゆるストーカーだったという」

「おれは真崎に会ったけど、そんな感じはなかった」

「南明歩という子が警察へ届けて、電話とか待ち伏せとか、直接のストーカー行為はなくなった。でも一宮さんはどこかで見張られている感じがして怖がってたという。春ぐらいからはノイローゼになって、それで小笠原へ帰ってきたのね」

「ほんとうに、本物のストーカーか？」

「最初はコンサートで席がとなり合ったという、それだけのことだった。そのとき真崎は一宮さんをマンションまで尾行したらしい」

「デートや食事ぐらい……」

「南明歩はなかったと言う」

「セックスも、な」

「木村くんよりは紳士的ね」

「おい、怒るぞ」

「あなたに怒る資格はないでしょう」

「だから、その、一宮のことに限定してくれ」

翔子が睫毛だけで笑い、胸のシーツを首の下までかきあげる。しかし南明歩か調査会社が真崎と藤井を混同している可能性は、はたして、皆無なのか。

「真崎の素性も分かったの。資産家の次男坊で本人もビル管理会社の役員になっている」

「ストーキングの常習者とか」

「前歴はないし、ほかの前科もなし。大学もそこそこのところを出ていて精神科の病歴もなし。調査は続行中だから、近いうちにまた情報がくると思う」

「丸山、張り切ると疲れるぞ」

「前にも言ったでしょう、この事件で私、木村くんを独占してるの」

目の下までシーツを被り、薄すぎるほどの胸で翔子が深く息をつく。声には疲労が匂って、目からは焦点が消えている。藤井が開発したというグリーンペペシンに、妄想でもいいから、ぼくも望みをかけてみたくなる。

しばらく翔子を見おろし、スイッチに手をのばしてベッドの角度をさげる。翔子が目を閉じて枕に顔をうずめる。ローズオイルと一緒に、翔子の躰から、死が匂う。

椅子を立って、ぼくは椅子を元に戻す。

「一宮のことはもう考えるな」

目を閉じたまま、翔子が低く鼻を鳴らす。

「みんなが自殺でいいと言うなら、自殺でもいいじゃないか」

五秒、十秒、二十秒。待っていてももう返事はなく、翔子は死んだような顔で呼吸だけをくり返す。

ぼくは立ったまま五分ほど翔子の顔を見つめ、それから意味もなく、何度も何度も、シーツの位置を直す。確実に死へ向かう翔子の細胞に、モルヒネなんかが、どれほどの効果があるのだろう。

ぼくは怒りを堪《こら》え、涙を堪え、ドアを押して部屋を出る。廊下には空気が冷たくわだかまり、居間からはテレビがナイターの中継を伝えてくる。

居間へ歩きながら、声に出して、ぼくは独りごとを言う。

「丸山、夏休みが終わったら、一緒に東京へ帰ろうな」


塀の隙間から林の道に戻り、下草を踏む。星はあっても闇夜に近く、漁港の方向にだけ街灯の連なりが見える。気温がさがって風が涼しく、空気に草の匂いが濃く混じってくる。トムズハウスへ寄る気分ではなく、ぼくは暗澹《あんたん》と家に向かう。テレビでナイターを見て雪江と将棋をさして、久しぶりに本でも読んで寝るか。和希の事件は気になっても警察が自殺と決めた以上は仕方ない。藤井の妄想は藤井の責任ではなく、翔子の病気も翔子の責任ではなく、小笠原が暑いのも本土からフェリーで二十六時間かかるのも、たぶん、誰の責任でもない。

高校前の道を奥村へくだって家のある枝道に入る。タマナや松の高木が空を被い、林の奥では夜虫がざわざわと語り合う。

遠くに家の門灯を確認したとき、ふとぼくの足がとまる。林のなかで何かが動き、それがぼくに向かって距離を詰めてくる。オガサワラオオコウモリか、それとも野ヤギが山からおりてきたか。足をとめたぼくに、身構える間もなく、何かが一気に襲いかかる。人間と判断できたときには顔に衝撃が走り、腹にも不愉快な痛みが走る。

「いったい……」

声を出したつもりが、声にならず、ぼくは仰向けに倒れる。倒れた拍子に木の根が頭に当たり、脳のなかが白くなる。

襲ってきた人間が、低い声でぶつぶつと呟く。

マルヤマサンニチカヅクナ、マルヤマサンニチカヅクナ、マルヤマサンニチカヅクナ。

ぼくの意識があったのは、そこまでだった。

6

「腫《は》れはひいたわね。顔の痣《あざ》は男らしくて素敵よ」

ぼくの顔をのぞきながら雪江がテラスの椅子に腰をおろし、両手に包んだカップからコーヒーをすする。ぼくが家の近くで襲われてから四日目、瘤《こぶ》と目のまわりの痣が残る以外、もう痛みはない。痣だって日灼けした顔に色は目立たず、外見は日常に戻っている。怪我の理由をぼくは「野生のヤギに襲われた」と説明しているが、そんな言い訳は誰も信じない。信じなくてもそれ以上の追及は、誰もしてこない。

雪江が大きく口をあけて欠伸《あくび》をし、フットレストに両足を投げ出す。陽射しが雪江の髪を金色に染め、肩に産毛《うぶげ》を光らせる。眼下には漁港が群青《ぐんじょう》色に広がり、夏の雲がくっきりと浮かんでいる。こんな真夏のような日が小笠原では十一月まで単調につづいていく。

「これから初寝浦《はつねうら》へ行くけど、雪江さんもどう?」

「何があるの」

「夜明山《よあけやま》の向こう側」

「初寝浦って」

「海」

「ほかには」

「海だけ」

「海なら目の前にもあるでしょう」

「初寝浦の浜は砂が青いんだ」

「それって、すごいの」

「そうでもないけどさ」

「それならいいわ。私は昼寝をして音楽を聴いている」

相変わらず気だるい雪江の横顔を、ぼくは苦笑まじりに眺める。家出は一日だけで中止してくれたがまだ二作目の仕事は始まらず、親父は出掛けると夜中まで帰らない。

「洋介くん、コーヒーを飲むならいれてあげるけど」

そのときクルマのエンジン音が聞こえて、クラクションが鳴らされる。

ぼくは雪江に会釈《えしやく》をして腰をあげ、リビングを抜けて玄関へ出る。門の外には小型のワゴン車がとまっていて、運転席から山屋が手をふってくる。うしろの席には頭にバンダナを巻いた可保里と知らない女が座っている。それが昨夜トムズハウスで知り合った田村亜矢《たむらあや》とかいう女なのだろう。

「おう、洋介、支度《したく》はいいのかよ」

「すぐ来る、クルマをまわしておけ」

一度リビングに戻り、水着とタオルの袋を持って外に出る。ワゴン車はもう向きを変えていて、うしろから助手席側へまわる。ドアをあけて助手席に乗り込むと、山屋がすぐにクルマを出す。

「洋介、彼女が昨夜電話で話したアヤちゃんだ。東京で美容師の学校へ通ってるんだと」

ななめにふり返って、ぼくが亜矢という女に手をふる。亜矢は顔が角張っていて唇が厚く、全体に頑丈そうな印象を受ける。本人は好みでないというが、中学生のころから山屋はこのタイプに好かれていた。

可保里と目が合い、目礼だけでぼくは前を向く。

「浩司、仕事はいいのか」

「今さら念を押すなって。俺だってたまには休みてえや。人間には適度なリフレッシュが必要なもんだぜ」

「毎晩トムズハウスでリフレッシュしてるのにな」

「それはそれ、これはこれよう。それよりおまえのほう、怪我はいいのか」

「頭に瘤ができただけさ」

「ヤギに襲われたなんて、大笑いだぜなあ」

「黒くてでかいやつでさ。顔なんか浩司より獰猛《どうもう》だった」

「よーく言うぜ。俺だったらそんなヤギは絞め殺して、バーベキューにしちまうのによう」

亜矢が声をあげて笑い、山屋が愛想よく反応し、ぼくと可保里が苦笑する。どういう経緯で今日のピクニックが決定したのか知らないが、これぐらいは高校時代にもよくあったことだ。

クルマは一度漁港方向へくだり、扇浦への道から途中を左に入る。通称を夜明道路といい、夜明山や中央山の麓《ふもと》経由で島の南端に出る。小港の手前では南面道路と交差し、それを北上すればまた大村へ帰る。これが父島を一周する幹線道路で、そしてその一周にクルマなら一時間もかからない。

奥村の住宅地を抜けてクルマは山道に入る。

風景がジャングルに変身し、旭山《あさひやま》の北斜面にビロウの灌木《かんぼく》が見えてくる。樹木は木生シダや野椰子《やし》が多くなり、山肌にはシマムラサキやムニンクロキがへばりつく。

〈咸臨丸《かんりんまる》乗組員の墓〉という案内板の前をすぎ、道を先に進む。カーブを重ねて小さい峠に出るとクルマの右手に二見港と大村の町並みが見渡せる。亜矢が無邪気に風景を喜び、可保里がタバコに火をつける。クルマは旭山を遠くに見ながら進み、カーブをくり返して夜明山の麓に向かっていく。

「あ、牛……」

亜矢が頓狂《とんきょう》な声をあげ、窓から顔をつき出す。

「アヤちゃんなあ、あれが洋介を襲ったヤギだ」

「だって角が大きいよ」

「それでもヤギはヤギさ。この辺りはあんなのが腐るほど棲んでやがる」

ガードレール沿いには二頭のヤギがいて、クルマを気にもせず草を食んでいる。その横を通りすぎ、クルマは崖道を走る。ヤギは崖の上にも歩いていて、垂直に近い岩場を四、五頭が群れていく。ヤギに悪意はないだろうに、害獣という名目で年間に百頭も射殺される。

傘山《かさやま》を右にすぎ、クルマが初寝浦の駐車場につく。とまっているのは乗用車が一台だけで、浜へ下りるには三十分も歩くからあまり観光客は寄りつかない。中学時代からぼくたちは初寝浦に集まり、ビールを飲んでバカ騒ぎをした。同級生からは不良と言われたが、島の不良なんて、その程度のものだ。

「洋介よう、そっちの段ボール箱を持ってくれ」

山屋がクルマのトランクをあけ、クーラーボックスと段ボール箱をひき出す。大型のクーラーボックスは笑えるほど大きく、段ボール箱も同じほどの大きさだ。ぼくは箱にわたしたロープを背中にかけ、よっこらしょと担ぎあげる。かなりの重量だが山屋のクーラーボックスよりは軽いだろう。

手荷物を可保里と亜矢に持たせて小道を初寝浦へ向かう。道の両側にはシャリンバイやアカテツの葉がしげり、シマモクセイやムニンヒメツバキも花を咲かせている。山屋を先頭に、その道を黙々と歩く。道には草いきれと枯れ葉が匂い、林の切れ間ではメジロが飛びまわる。鬱蒼《うっそう》とした銀ネムの林を抜けると突然視界がひらけて、初寝浦の浜が顔を出す。白い砂にブルーグリーンのうぐいす砂が混じり、そんな静かな浜が弓形に広がっている。

「うわーっ、チョーきれい」

亜矢が歓声をあげて浜へ走り、ぼくたちが後につづく。可保里の表情も輝きだし、ぼくの気分も和んでくる。浜の南端に人影が見えるので、ぼくたちは北の磯付きに荷をおろす。波は穏やかに光を反射させ、空の低いあたりにカツオ鳥が飛んでいる。

可保里が手荷物からビーチシートをとり出し、その上に服を脱ぐ。Tシャツと短パンの下はオレンジ色のビキニで、日灼けした肌に水着のオレンジ色がよく似合う。

亜矢のほうも服を脱ぎ、二人で海へ歩いていく。

クーラーボックスから缶ビールを抜いて山屋がぼくに放り、ぼくたちは砂の上に腰をおろす。

「俺よう、考えたら初寝浦は久しぶりだ」

「浩司の得意技だったのにな」

「なにがよ」

「女を初寝浦に誘うの」

「おまえに人のことが言えるか。俺は洋介の真似をしただけじゃねえか」

山屋がビールに咽《のど》を鳴らし、脱いだTシャツを頭に巻きつける。焼けた砂と太陽の光が心地よく、ぼくもシャツを脱ぐ。水際で亜矢が水を蹴りあげ、可保里はその手前をそぞろ歩く。砂浜に座ったまま女たちを値踏みするゲームを、ぼくと山屋は、幾度くり返したことか。

「なあ洋介、女ってのはどうして、海が好きなんかなあ」

「海は女で女は海、親父のたわごとだけどな」

「毎年似たような女が飽きもせず小笠原へ来やがる。あのアヤちゃんだって、前にどこかで見た気がしねえかよ」

「みんな似ていて誰も似ていない、そんなもんさ」

「ほーんとおまえ、理屈っぽくなったぜ。東京の空気が頭に悪いんじゃねえの」

山屋の目尻がゆがみ、額に太い皺がきざまれて、その肩と背中にてらてらと初寝浦の光が降りそそぐ。

「洋介、覚えてるか」

「なにを」

「丸山さんを初めて初寝浦へ連れてきたときのことよ」

「うん、まあ」

「三年生の連中がぞろぞろ付いてきやがってよう。そのくせ近寄れねえで、みんな向こうの岩場にかたまってやがるの」

「丸山を近くで見たら目がつぶれたさ」

「高校生もいたっけなあ。あいつらあのあと、校長室に呼ばれて怒られたんだと」

「それでもまだ教室をのぞきにきた」

「初寝浦へ来るとよう、どうも俺、あのころのことを思い出しちまう。いくら女をナンパしたって、気持ちのどこかが寂しいもんなあ」

山屋の感慨にナンパされる側への配慮はないが、ぼくは揶揄《やゆ》の言葉を控える。「気持ちのどこかが寂しい」のは翔子のせいではなく、山屋やぼくに通りすぎた六年の時間が理由だろう。

「だけど洋介、あのアヤちゃんも、いいケツしてると思わねえか」

「観光客か」

「大村のヤキトリ屋でバイトしてるんだと」

「おまえ、気持ちのどこかが寂しいんだろう」

「なにが」

「今、言わなかったか」

「感傷じゃ漁師はできねえよ。本命はマグロでも、マグロが捕れなきゃイワシやサバで我慢する。なあ、それが人間の本質ってやつよ」

缶ビールを飲みほし、屈託のない顔で、山屋がへっと笑う。山屋の明快な人生観には中学生のころから、ぼくはいつも救われていた。

「ということで、洋介、そろそろ支度を始めようぜ。俺は腹がへっちまった」

ぼくも缶ビールを飲みほし、二人で腰をあげる。久しぶりでも「支度」の手順は分かっていて、まず磯から竈《かまど》用の岩を運んでくる。

岩を三カ所に立て、内側に乾いた小石を敷く。段ボール箱のなかには豆炭や点火用のオイルが入っている。それ以外にも中華鍋やら食用油、タマネギやらオクラやらの野菜に各種調味料と、山屋はいつでも用意がいい。

豆炭に点火し、岩に中華鍋をかける。クーラーボックスにはビニール袋が入っていて、それが食材であることにも想像がつく。

中華鍋が焼け、山屋が肉と野菜を放り込む。

海から可保里と亜矢が戻ってくる。

「ここの海、すごいね。ずっと沖まで水が透明だよ」

「腹ごしらえしたらダイブスポットへ連れて行かあ。アヤちゃんよう、魚なんかみんな熱帯魚なんだぜ」

クーラーボックスからまた缶ビールがとり出され、それぞれに手渡される。段ボール箱からは紙皿や割り箸も出てくる。ここまでの気遣いをみせられればほとんどの女は山屋に好意をもつ。

焼けはじめた肉と野菜に山屋が箸をのばし、三日間家に閉じこもっていたぼくにも、久しぶりに食欲がわいてくる。

「小笠原って、本当にいいよね。私、住み着いちゃおうかな」

「最初はみんなそう言うけど、そのうち飽きらあ」

「そんなことないよ。毎日泳げてクジラなんか見られて、最高じゃん」

角張った顔に目も細いが、亜矢の顔にも愛嬌はある。皮膚にまだ日灼けはなく、ビキニの腹や太ももが生白い。

オクラを口に運びながら、ぼくが亜矢に訊く。

「君、島へ来てどれぐらい」

「まだ十日かなあ。ヤキトリ屋のバイトは去年から友達に頼んでおいたの。中原《なかはら》って子、知らない?」

「どうだかな」

「東京のヤキトリ屋で知り合ったの」

「ふーん」

「その子、まだそこでバイトしてるよ」

「おう、中原って、目のつり上がった出っ歯じゃねえか」

「やだーっ、山屋くん、知ってる?」

「釣り道具屋の娘だろう」

「あ、そんなこと言ってた」

「洋介よう、一級下にそんなのがいたじゃねえか」

「そうだったかな」

「おまえが知ってる女はどうせ、丸山さん一人だけどよう」

山屋が爆笑し、可保里がひっそりと笑い、しばらく間をおいて、意味は分からないだろうに、亜矢も笑い転げる。会話に意味はなく、光はまぶしく、そんなことがぼくの鬱屈《うっくつ》をなぐさめる。

前菜が片づき、山屋が鍋を火からおろす。

可保里がバスタオルを肩にかけてタバコに火をつける。

「アヤちゃんよう、Tシャツを着ねえと日に灼けるぜ」

「だって私、灼きたいんだもん」

「一時間もそんな恰好でいたら火傷《やけど》しちまう。観光客なんか、それで診療所へ担ぎ込まれるんだ」

「ほーんと」

「嘘は言わねえ。最初のうちはちゃんとTシャツを着て泳ぐもんだぜ」

亜矢が素直にうなずき、頭からTシャツをかぶる。

「シュノーケルは持ってきたか」

「バッチリだよ」

「よーし、それじゃ小笠原の魚を見せてやらあ。ダイバーズショップの連中より、俺のほうがずっと詳しいからよう」

腰をあげて、山屋が手荷物からフィンと水中メガネを摑み出す。亜矢もバッグから同じものを出す。

「可保里は？」

「私は休んでる、まだ風邪ぎみだから」

「洋介は?」

「おれも今日はパスだ」

「だらしのねえやつら。東京もんは根性がなくていけねえよ」

へっと息を吐いて、山屋が半ズボンを脱ぎ捨てる。いくら小笠原が東京都内だと分かっていても、島の人間は習慣で本土を東京と呼んでしまう。

山屋がTシャツをシートに放って海へ向かい、亜矢が走って山屋を追いかける。

可保里がタバコを竃の火にはじき、フィルターが燃えて一瞬豆炭の火が青くなる。

「コウちゃんも若いわねえ」

「死ぬまで若いだろうな」

「ああ見えて、意外に繊細だし」

「東京にはいないタイプだろう」

「クジラやイルカみたいよね。コウちゃんを見ているだけで心が癒される」

くすっと笑って、呆れたように、可保里が切れ長の目を光らせる。仕事がなければ住み着けない島でも可保里なら方法はあるだろう。

「可保里さん、小笠原にはいつまで?」

「決めていない」

「漁師のおかみさんに納まったら」

「コウちゃんと?」

「心が癒されるぞ」

「無理よ」

「そうかな」

「私、もう二十七だもの」

可保里がビールを口に運びながら海に目を細め、その海に向かって、ほっと息を吹く。二十七歳といえば雪江よりもみっつも歳上で、ぼくは思わずその横顔を見つめてしまう。首筋の皮膚に年齢は見えず、目尻にも皺はない。手の甲もきれいに肌理《きめ》がそろい、日灼けした皮膚には染みも見られない。ぼくは可保里の年齢をせいぜい二十二、三歳だと思っていた。

「じろじろ見ないで」

「ごめん、浩司は歳《とし》のことを?」

「マスターから聞いているはずよ」

「ふーん、そうか、二十七か」

歳なんていくつでも構わないが、山屋との雰囲気にぎこちなさが感じられたのも、理由は歳の差か。

ぼくはクーラーボックスの蓋をあけ、缶ビールをとり出して咽に流す。ビールはすぐ汗になってぼくの胸を金色に輝かす。沖では山屋と亜矢のシュノーケルが光り、足のフィンが白く水を蹴る。

可保里がまたタバコに火をつけて、短く煙を吹く。

「でも洋介くん、コウちゃんに癒されたいのは私ではなくて、あなたでしょう」

「どうだかな」

「二年ぶりに帰ってきた理由は？」

「ただの夏休みさ」

「東京で何かあったくせに。それぐらいのこと、分からないと思う？」

切れ長の目でぼくの顔を見おろしながら可保里が両足を投げだし、踵《かかと》が砂に刺さって、足の指が蠱惑《こわく》的にうごめく。同年代だと思っていた可保里が急に大人の女になって、ふとぼくの気分が甘える。

「つき合っていた女が手首を切ったんだ」

「あら、痛そう」

「死ぬ気はなかったろうけどさ」

「死んだの」

「生きてる」

「可哀そうにね」

「考え方の問題だ」

「どうせ洋介くんが悪いんでしょう」

「彼女が手首を切ったのはただの嫌がらせだ。でも、言い訳はしない」

「コウちゃんには話した？」

「あいつは気が弱いからさ。無人島でも最初に泣きだした」

足の先で砂をまさぐり、細めたままの目で可保里が煙を吐きだす。年齢を知ったせいか、その雰囲気には大人の余裕が感じられる。

「それで、その彼女の問題は？」

「部屋を変えた。ケータイも捨ててメールアドレスも変えた。向こうの頭が治ってくれればそれで片づく」

「ストーキングされていたわけ？」

「彼女の親はおれの責任だという」

「男と女って、面倒ね」

「単純さ。面倒なのは遺伝子の一パーセントだけで、生物学的には人間もただの猿だから」

「可愛くない性格……」

可保里がビールをあおり、空き缶を砂に立ててそのなかにタバコを捨てる。沖の岩場で山屋が手をふり、ぼくが手をふり返す。

砂をつまんで、可保里がぼくの肩に投げる。

「洋介くん、人生に絶望してるんでしょう」

「べつに」

「丸山さんのことをコウちゃんから聞いたわ」

「漁師は無口がいいのにな」

「洋介くんの無茶が激しくなったのは彼女の病気が原因だって」

「浩司はロマンチストなんだ」

「自分だってロマンチストのくせに」

「マグロが捕れなければアジやサバを捕ってでも生きていく。それは当然で正しい。でもその正しさが悲しくなることもある」

ぼくはビールに口をつけ、缶をクーラーボックスの上におく。可保里の切れ長な視線が黙ってぼくの仕種《しぐさ》を追い、ぼくは息が詰まって、可保里の肩をひき寄せる。

可保里の口がぼくの口をふさぎ、ぼくは目の端で沖を見る。山屋と亜矢の姿はなく、青い空にカツオ鳥が飛んでいる。

可保里がぼくの唇を嚙んで、ふと躰を離す。

「二十歳で人生に絶望して、薄情でキスがうまくて、悪いやつね」

「歳上ぶる女は嫌いだ」

ぼくは頭のうしろに腕を組んで、砂に身を投げだす。砂粒が背中に食い込み、その熱がぼくの思考を侵食する。記憶のなかに初寝浦で砂遊びをする翔子があらわれ、その翔子の周囲だけ空気がオーロラ色に発光する。目を離せば翔子の存在自体が幻覚になってしまいそうな不安に、ぼくは息苦しい胸騒ぎを感じる。言葉もなく翔子の水着に見とれる山屋や藤井が中学生の顔でよみがえる。

可保里がタオルをぼくの胸に放り、くわえタバコで海へ向かう。日灼けした長い足がまぶしく、ぼくは目を閉じる。耳鳴りが潮騒のように押し寄せ、躰が軽くなる。そういえば蟬の声が聞こえないなと、意味もなく考える。帰省したころは喧《かしま》しかったオガサワラ蟬が八月になった今は声をひそめている。九月になればまた鳴きだすはずで、小笠原の八月は蟬にも暑すぎる。

意識がうすれていたのは十分か、二十分か。耳に砂を踏む音が伝わって、目をあける。可保里と山屋と亜矢が海から戻ってくる。

フィンと水中メガネが砂に投げ出され、山屋がどっかりと腰をおろす。山屋と亜矢の手にはそれぞれ二個のアワビがのっている。

「いい肴《さかな》があったぜ。ちゃんと俺、ワサビも持ってきたんだ」

段ボール箱から小型のナイフをとり出し、山屋がアワビの調理をはじめる。アワビなんか採取禁止に決まっているが、山屋は気にしない。島の悪ガキは誰も、そんなことは気にしないのだ。

生きているアワビをぶつ切りにし、貝の二つを火にかける。もう二つにはワサビと醬油が添えられる。Tシャツを金髪の頭に巻きながら、山屋が缶ビールのプルタブをあける。

「洋介、おまえも腹ごなしに泳げばいいのによう」

「まだビールがいいんだ」

「アヤちゃんなんか筋がよくてな、シュノーケルで三メートルも潜るんだぜ」

「私、小笠原に生まれればよかったわ。海はチョーきれいでアワビはただで、やっぱり島で暮らそうかなあ」

バッグから畳んだエアマットをとり出し、亜矢が足踏みポンプで空気を入れはじめる。可保里はぼくのとなりでタバコをくわえ、太陽は動かず、風はなく、波だけが金色や銀色に変化する。

エアマットに空気が入って亜矢がその上に寝そべる。焼けたアワビを可保里と亜矢がつつき、活けづくりをぼくと山屋がビールの肴にする。

「さーて、そろそろ今日の主役が出てくるぜ。洋介、火に豆炭を足してくれ」

山屋に言われ、ぼくが豆炭を足す。山屋が中華鍋をキッチンペーパーでぬぐい、油を敷いて火にかける。クーラーボックスからはビニール袋がとり出され、三人の目が山屋の手元を注視する。本土からとり寄せたステーキ肉か、小笠原名物の海ガメか、まさか野生のヤギではないだろう。

袋の封を切って山屋が中身を披露すると、ゴムサンダルほどの肉片が二切、ごってりとあらわれる。色や肉質からしてカメではないらしい。

山屋が肉を鍋に移し、目を細めて、へっと笑う。

「なんの肉だ」

「食えば分かるさ」

「コウちゃん、へんなものはいやよ」

「心配するなって、これを食えば風邪なんか一発で治るぜ」

「私、カメのお肉が食べたいなあ」

「アヤちゃんなあ、カメなんかいつでも食わせてやらあ。なあ洋介、カメなんか……そういえばおまえ、カメがどうとか言わなかったか。ほれ、一宮の葬式があった日よう」

「さあな」

「可保里にカメのことを聞いてみろとか」

「忘れた」

「それはねえぜ。俺の人生がどうとか、つべこべ言ったじゃねえか」

「浩司の勘違いだ。葬式の日なんてどうせみんなが勘違いをする」

「いいけどよ。それで可保里、おまえ、カメの肉は好きかよ」

「嫌い」

「なーんだ、嫌いか」

「可哀そうだもの」

「東京のやつはバカなことを言うぜ。豚だって牛だって、みんな同じ肉なのによう」

鍋の肉を裏返し、山屋がぱらぱらと塩をふる。漁師は船の上でも調理をするから山屋の手つきは慣れている。海に出て魚を捕って酒を飲んで恋をする。人生なんかそれだけでじゅうぶんなはずなのに、それだけでは済まないと、ぼくはいつから思い込んでいるのだろう。

鍋に肉汁が染みだし、山屋がナイフで肉を切り分ける。

「ゴタクはいいから、とにかくみんな食ってみろ。小笠原だからっていつでも食える肉じゃねえからよう」

ぼくが箸を使い、可保里と亜矢も箸をのばす。山屋はクーラーボックスから焼酎をとり出し、紙コップになみなみとつぐ。

「やだーっ、チョー美味《おい》しい」

「当然よう」

「海ガメではないみたいね」

「洋介はどうだ」

「美味《うま》いな」

「なんの肉か分かるか」

「クジラかな」

「おう、いい線ついてるけど、こいつはイルカだ」

「イルカ……」

亜矢と可保里が顔を見合わせ、その視線が山屋へ向かう。

「ハシナガイルカってやつだけどよ、そいつが昨日の流し網に引っかかりやがった」

「だってコウちゃん、イルカはいけないんでしょう」

「俺のせいじゃねえよ。こいつが勝手にかかってきて、網をあげたときは死んでたんだ。生きてりゃ海に戻してやったけど、死んじまったもんは仕方ねえ」

可保里が横目でぼくの顔をうかがい、ぼくは肩をすくめる。漁網にかかったイルカは空気呼吸ができず、こんなふうに、たまには溺死をする。

「ねえねえ、だけどさあ」

箸も休めず、口も休めず、亜矢が身をのり出す。

「イルカなんて食べていいわけ」

「今、食ってるじゃねえか」

「だけどさあ、食べちゃったりして、怒られない」

「バレりゃしねえよ。船の上で解体してみんな仲間で分けちまった。俺んちなんか昨夜はイルカのすき焼きだった」

鍋に箸をのばしながら亜矢が真顔でうなずき、可保里はひと切れ食べただけで箸をおく。家を出るとき雪江をこの初寝浦に誘ったが、昼寝をしているという雪江の判断は正解だった。

山屋がぐびりと焼酎を飲み、鍋に箸をのばす。肉の種類に興味はなく、ぼくはただ腹を満たす。ビールも適度に血管をめぐり、日の光がぼくの屈託を消していく。

陽射しがいくらかかたむき、ブルーグリーンの砂に青さが増してくる。欠伸が出るほど穏やかな海をカツオ鳥が欠伸のような声で飛んで行く。

「アヤちゃん、エアマットを貸してくれる？」

可保里が言い、亜矢がマットから転げ出る。そのマットを脇に抱えて可保里が海へ歩く。

「潮に流されるなよ」

「遠くへは行かないわ」

「あ、私も泳いでくる」

箸を放って亜矢が可保里につづく。亜矢の重心は可保里より十センチほど低く、骨盤も横に張っている。

エアマットを水に浮かべ、可保里が腹這いに凭《もた》れる。亜矢がマットに摑まって水しぶきをあげる。

焼酎の紙コップを口に運びながら、山屋が肘でぼくの脇腹をつく。

「洋介、知ってたか」

「なにを」

「さっきよう、俺、アヤちゃんとやっちまった」

缶ビールの縁から、ぼくは啞然と山屋の顔を見る。

山屋は眉尻をさげて額に皺を浮かべ、口をへの字に曲げている。日灼けした顔に丸い目が昔どおり悪戯《いたずら》っぽい。

「岩場の向こうに浜があるじゃねえか」

「うん」

「あそこでよう、やつのケツ見てたら、その気になっちまった」

「よかったな」

「最初は『やだ』とかゴネられて苦労したぜ」

「その割には早かった」

「つべこべ言ったくせに、始めたら好きでよう、ケツがでかくていい具合だった」

「おまえ、あのタイプにもてるものな」

「まあ、それでよう、アヤちゃんの声、聞こえなかったか」

「聞こえなかった」

「声がでかくて心配したんだ」

「岩場の向こうなら聞こえないさ」

「なあ、これが可保里に知れたらアウトだもんなあ」

山屋が白い歯を見せて笑い、紙コップに焼酎を足す。ぼくはアワビをつまんでビールを飲む。岩場の向こうでセックスをしてアワビまで採ってくるとは、山屋も勤勉すぎる。

「おう、そういや洋介」

舌を鳴らして焼酎をなめ、山屋が可保里たちのほうへ顎をつき出す。

「昨夜アヤちゃんがいるとき、店でひともめあってよう、俺なんか頭にきたぜ」

「可保里さんが?」

「そうじゃねえよ。真崎の野郎が飲みに来やがって、それでまた、一宮の親父まで来やがった」

ビールの缶からしたたった水滴が膝に落ち、ぼくはその水滴を指でぬぐう。

「真崎がまだ島にいるのか」

「だから飲みに来たんじゃねえか」

「うん、まあ」

「人間の面《つら》が紫色に変わるとこなんて、俺、初めて見たぜ」

顔が紫色になったのは真崎ではなく、一宮良雄のほうであることぐらい想像はつく。

「一宮の親父はよう、また夏希を探しに来たらしいんだけど、夏希はいなかった。そのかわり真崎がカウンターで飲んでたわけよ」

「まずいな」

「まったくよう、それでも一宮の親父は黙って帰りかけた。そうしたら真崎がなにか言いやがって、親父も切れちまった」

「この暑いのに」

「椅子は倒れるわ皿は割れるわ、えれえ騒ぎさ。マスターがとめなかったら、ありゃあ血を見たぜ」

「浩司はとめなかったのか」

「あんなやつら、知ったことじゃねえもの」

「真崎はなにを言った」

「ちょっとした皮肉よう。はっきりは聞こえなかったけど、娘を殺してよく酒が飲めるな、とか」

「ちょっとした皮肉、か」

「そのあとは店も白けちまって、昨夜はもう飲む気にならなかった」

くっと焼酎をあおり、眉をひそめながら、山屋が紙コップに焼酎を足す。冷静な顔で皮肉を吐き捨てる真崎と灰色の顔を紫色に変えていく前村長とが、ぼくの頭のなかで実感をもつ。しかし和希の葬式も終わり、警察の禁足も解けたろうに、真崎はなんの理由で島に残っているのだろう。

「自殺なら、自殺でいいのにな」

「なんだと?」

「一宮のことさ」

「ああ、そうか、そうだよなあ。最初は俺も頭に来たけど、考えてみりゃ一宮もまじめすぎた。東京で妊娠させられちゃ、死ぬしかなかったかなあ」

山屋の肩から力が抜け、陽射しはじりじりとかたむいて、磯付きの岩に波音がさらさらと押し寄せる。

海のなかで亜矢が歓声をあげ、へっと笑いながら、山屋が亜矢に手をふる。

「アヤちゃんみてえな女、丈夫なんだろうなあ」

「誰にでもとり柄はあるさ」

「だけどいい女はみんな早く死にやがる。一宮も丸山さんも……」

「丸山は死んでいない」

「そうだけどよう」

「可保里さんも死なないさ」

「分かってらあ。初寝浦へ来ると、どうも青春を思い出す。俺もいいかげん歳をとったぜ」

「いいじゃないか」

「なにがよ」

「可保里さんが二十七だって」

亜矢に手をふったまま、山屋が顔をぼくに向ける。丸い目が見開かれ、眉が山形にゆがむ。

「おいおいおい、なんの話だよ」

「聞いてないのか」

「可保里の歳が？」

「マスターから聞いたろう」

「よせやい、マスターは……」

山屋の口がひらき、ひらいたまま固まる。かたむきかけた陽射しが山屋の髪を染め、金髪が炎のように輝く。

「洋介、それ、本当の話かよ」

「本人が言った」

「いつのことだよ」

「さっき」

「冗談じゃねえぜ。マスターは俺に、同じぐれえと言ったんだぜ」

「ぐ、ぐらいなら、ぐらいだろう」

「二十歳と二十七が、か？」

「マスターからみれば同じぐらいさ」

「そりゃねえぜ。俺だってもしかしたらいっコか二コぐれえは上かと思ったけど、二十七なら七コも上じゃねえか」

「七歳上だと困るのか」

「だって洋介、俺、そんなこと……」

「女なんかいろいろさ」

「気楽に言うなよ」

「浩司の問題だ」

「ヤべえなあ。洋介、そいつはヤべえよ。そういやあいつ、どうも俺を子供扱いする気がした。そういうところに俺もまた、惚れたんだけどよう」

じっと紙コップを見つめ、顔をしかめて、山屋が焼酎をあおる。可保里が二十七歳であることがなぜヤバいのか、そんなことは山屋の問題で、考え方の問題だ。

山屋がズボンのポケットを探ってタバコをとり出し、なにか言いながら火をつける。どうせ誰も見ていないので、ぼくはその場で短パンを水着にはきかえる。七年後に二十七歳になる二十歳もあれば、七年たっても二十七歳にならない二十歳もある。

「言いたくねえけど、マスターも、ひでえよなあ」

「悪気はないさ」

「だけど東京で男を知ってきた女が、小笠原の田舎者なんか相手にするかよ」

「母島の民宿にはレースクイーンが嫁に来たろう」

「あの女がレースクイーンだったのは十五年も前の話だぜ」

「さすがに詳しい」

「洋介には分からねえさ。おまえなんか元々は東京者だ。考えたらマスターだって、元々は東京者なんだ」

「酔っぱらって海に入ると心臓がとまるぞ」

「大きなお世話だ。あのマスター、やっぱり可保里とできてやがる」

「心臓はとめたほうがいいな」

「冗談じゃねんだぜ。マスターの部屋に若え女《わけ》が通ってるって、漁師仲間じゃ評判よう」

「それが可保里さんか」

「そうよ、だから俺にデマを吹き込みやがった」

「おまえにデマを言ってなんの得がある」

「カムフラージュってやつよ」

「なんのために」

「五十と二十七じゃ恰好悪いからよ」

「うちの親父は気にしない」

「なんだと?」

「おれも旬子も、もしかしたら可保里さんも、歳なんか誰も気にしないさ。問題は浩司の愛だろう」

「愛かなあ。洋介、やっぱり愛か」

「うん、愛だ」

山屋が紙コップを構えたままぼくの顔を見つめ、その山屋の顔に汗はなく、舌がしきりに唇をなめる。太陽はじりじりした速度で西へ向かい、海ではまた亜矢が歓声をあげる。山屋に愛があってもなくても可保里のような女はふらりと東京からやって来て、またふらりと帰っていく。

「小笠原が暑いのも、東京から遠いのも、誰のせいでもないのにな」

ぼくは顔の汗をぬぐいながら腰をあげ、山屋を残して海へ歩く。ブルーグリーンの砂は目に涼しく、水面は岩場にだけ波頭を白くする。

海面が膝丈になるまで水際を進み、そこからダイブして、赤く浮かんだエアマットまでクロールで水を切る。汗は水に溶け、体温も六年間の記憶もさらさらと海にまぎれていく。

＊

ぼくをおろしたワゴン車がぎこちなく遠ざかる。亜矢の運転するクルマが本道に消え、ぼくはなんだか肩が凝ったような気分で家の門をくぐる。空はじゅうぶんに明るく、ブーゲンビリアの花からメジロが裏山へ飛んでいく。島にこれほど繁殖しているメジロも、元は人間が本土から持ち込んだものだという。

ココ椰子の葉陰にバイクをたしかめて玄関を入る。リビングに親父と雪江の姿はなく、ぼくはバスルームへ歩いてシャツとパンツを脱ぎ飛ばし、シャワーの栓をひねる。肩や背中が日灼けでほてって、湯の温度をさげる。ほとんど水になったシャワーで五分ほど皮膚を冷やし、それから髪と躰を洗って歯をみがき、親父の剃刀《かみそり》で髭をそる。いくらか酔いの残った気分に真水の肌触りが心地いい。

バスルームを出てタオルを腰に巻き、そのままリビングへ戻る。天井にファンは回っているが親父と雪江の姿はなく、ベランダを漁港側へまわる。アトリエの窓までくると雪江の寝顔が見えたが、やはり親父はいない。ポーズ用のソファで横たわっているだけなのに、雪江はただ寝ているだけで美しい。少しひらいた唇によだれがたまり、まくれたワンピースの裾に白い尻が見える。足も白くて脛《すね》が長く、右足のふくらはぎに一カ所だけ蚊に食われた赤いあとがある。ぼくが初寝浦でイルカを食べたことを話してやったら、雪江はどんな顔をするだろう。

雪江がうすく目をあけ、寝ぼけたように腕をのばしてくる。ぼくはアトリエに入っていってソファの端に腰をおろす。

「親父は?」

「出掛けたわ」

「バイクがあるけど」

「クルマよ」

親父がクルマで出掛けたというならどうせ帰りは夜中になる。女子大生でもナンパして小港あたりで遊んでくるのか。酔っぱらったときは車輪が二つしかないバイクより四輪車のほうが安全なのだという。地元の警察だって親父の飲酒運転ぐらい知っているだろうに、捕まらないのはなぜだろう。

「雪江さん、あれからずっと寝ていたの」

「お洗濯をしたわ」

「偉いな」

「今、なん時？」

「五時をすぎた」

「洗濯物をとり込まなくては」

「おれがやるさ」

「洋介くん、優しいから好き」

「飲んでるのか」

「ハルシオンをね。でも、もうすぐ無くなる。一度東京へ帰ってハルシオンとマリファナを買ってこようかな」

雪江が少し動いてぼくの膝に頭をのせ、ふんわりと欠伸をする。

ぼくは腰のタオルを外して枕をつくり、雪江の頭をぼくの膝から枕へ移してやる。雪江はうすく目をあけて、また欠伸をしながらすぐ目を閉じる。その雪江の美しさが意味もなく翔子の顔にかさなって、二の腕に鳥肌が浮く。

アトリエからベランダへ戻って下を見ると庭にシーツやらタオルやら驚くほどの洗濯物が干されていて、ぼくは全裸で庭へおりる。そこで腕いっぱいに洗濯物をとり込み、洗剤と太陽の匂いをリビングへ運ぶ。

電話がなって、受話器をとったぼくの耳に、女の声がざらざらと響いてくる。

「聞こえない、もう一度言ってくれ」

「あたしよ、一宮の夏希」

「ああ、おまえか」

「すぐ来て」

「この電話、ケータイか」

「そう」

「音が悪いな」

「どうでもいいから早く来てよ」

「どこへ」

「お墓」

「どうして」

「死んでるの」

「墓ではみんな死んでいる」

「ちがうの。本当に、死んでるの」

「だれが」
「この人、あの、たぶん、真崎だと思う」

頭を空白にしたままぼくはバイクを飛ばす。三叉路も埠頭前も小笠原銀座も一気に走り飛ばし、自衛隊基地の手前を右折してその先から山道へ入る。急勾配の道は三日月山への展望台に通じていて、その途中の細い道が大根崎《おおねざき》の墓地につきあたる。

道を墓地方向へ曲がり、銀ネムの林をつき抜ける。リュウゼツ蘭やフウセンカズラが生いしげった空き地に小型のスクーターがとまっている。少し先には大根崎の断崖があり、墓地はその手前の斜面にひらけている。

スクーターのとなりにバイクをとめ、ハイビスカスの小道に分け入る。十字架型の石碑や洋風の墓石が並び、その向こうの海に烏帽子《えぼし》岩が浮かんでいる。二見湾は日が陰って、烏帽子岩付近の海だけが夕日を受けている。小道にはクロガヤがはびこり、夏希はその草地にしゃがんでいる。

顔を向け、夏希がバッタのように腰をあげる。短パンにタンクトップにサンダルをはいて、相変わらず口の形が憎らしい。

「冗談だったら崖から突き落とすぞ」

動かない目で夏希がぼくの顔を見つめ、その日灼けしたむきだしの肩が大きく上下する。

「ほんとうに本当なのか」

夏希がうなずく。

「どこに」

夏希が顎を左へふる。

「あの墓石の向こうか」

「うん」

「警察へは」

「まだ」

「どうして」

「警察なんか嫌いだもの」

「警察もおまえなんか嫌いだ」

動かない夏希の目から、すーっと涙が落ちる。夏希の肩が波うって顔がゆがみ、体重がぼくの胸に倒れる。

一分ほど黙って夏希を支えてから、ぼくがその頭をぽんと叩く。

「最初から説明してみろ」

ぼくの胸に額を当てたまま、夏希がうなずく。

「あたし、お掃除に来たんだよ。明日は和希のお骨をお墓に納めるから、それでお掃除に来たの。草をむしろうと思ってあそこへ行ったら、あいつが、死んでたの」

「間違いなく死んでるのか」

「うん、たぶん」

「真崎に間違いないか」

「そんなこと、知らないよ」

「なぜおれのところへ電話をした」

「だって……」

「親父へか」

「ちがう」

「おれに知らせても仕方ないだろう」

「だって、そんなこと、あたし、自分でも分からないよ」

夏希が声を出して泣き、ぼくは夏希の背中をさすってその頭越しに日の陰った墓地を見る。数カ所にブロックの仕切りがあって、墓石はみんな後ろを向いている。その仕切りをまわり込めば人間の死体が転がっていることに、もう間違いはないだろう。

だがそこに真崎の死体があることは事実として、ぼくに何ができるのか。昨日も今日もスコールはないから足跡は残っているだろう。やたらに踏み込んでは警察の邪魔になるし、事情聴取をされたり容疑者扱いされたり、どうせ面倒も起こる。それに夏希がぼくのところへ電話してきた理由を警察やほかの人間に、どう説明するのか。

「まあ、いいか」

「なあに」

「独りごとだ。とにかく、確認してくる。おまえはここを動くな」

夏希をさがらせ、土の上は歩かずに踏み分け道を進む。風が出て銀ネムの葉がゆれ、烏帽子岩をめざしてアジサシが滑空する。墓場だから観光客は来ないが、父島では隠れた景勝地とされている。小笠原に空港ができればここもどうせリゾート業者に売りとばされる。

慎重に草地を歩いてブロックの仕切りを左に曲がる。十字架型の墓石と自然石の墓石が混在するなかに、黒御影石の「一宮家」があって、その前に男が倒れている。白いコットンパンツに半袖のポロシャツ、うつ伏せでも顔は右を向いて、右手はシダの葉を握っている。右の側頭部にはザクロを割ったような傷口があり、土に血だまりの染みがある。その血だまりと頭の傷口にハエがしつこく飛びまわる。

ひと目で真崎仁と分かり、ぼくはその死も確信する。倒れた墓石はなく、植え込みにも乱れはない。頭の傷さえなければ酔っぱらいか行き倒れのように見える。血は黒く固まっているからもうかなりの時間がたっている。死体とハエといやな臭気のなかに「一宮家」の墓に供えられた赤いカーネーションが瑞々《みずみず》しい。

五分ほど付近を観察して元の場所に戻る。

夏希が立ったままぼくを迎える。

「死んでるな」

「うん」

「真崎に間違いない」

「うん」

「警察に電話しろ」

「いやだ」

「それなら、勝手にしろ」

見開いた夏希の目からまた涙があふれる。

「あたし、どうしていいか、分からない」

「親父さんには？」

涙を流したまま、夏希が首を横にふる。

「おれもうちの親父もおまえとは他人だぞ」

「いやだ」

「どうせ最後まではつき合えない」

「いやだ」

「まあ、仕方ないか。ケータイを貸してみろ」

鼻水をすすりながら、夏希が尻ポケットから携帯電話を抜き出す。

「小笠原でケータイなんか持ってもかける相手がいないだろう」

「あんたのお父さんも持ってるよ」

「本当かよ」

「いつもケータイで話すもの」

「まったく、面倒な……」

こみ上げる怒りをおさえ、夏希の携帯電話で一一〇をプッシュする。風が騒いで銀ネムの枝がゆれ、目の前をアゲハ蝶が飛んでいく。

女の事務的な声に、ぼくの気分が落ち着く。

ぼくは息を吐いて、息を吸う。

「もしもし、人が死んでいます。ここは小笠原の……」

7

漁港側から境浦へのトンネルを抜けると眼下の海に鉄錆《てつさび》色の沈船が見えてくる。戦争中に撃沈された浜江丸《ひんこうまる》の残骸で、今は海鳥の休憩ポイントになっている。まだ日は高く、海にはウィンドサーフィンの帆が眺められる。

扇浦から道を左へ曲がり、バイクを山道に入れる。ここから夜明山までは旧日本軍の軍事施設が集中していた区域で、今でも人工衛星の追跡ステーションやNTTの通信施設がある。日が陰ったり視界がひらけたり、道は屈曲しながら中央山へのぼっていく。日向《ひなた》部分ではオオヒキガエルが累々《るいるい》と干からび、山腹の開墾地には四角豆やオクラの畑に花が咲いている。大滝《おおたき》を過ぎるこのあたりからは勾配が大きくなって、周囲の樹木も鬱蒼《うっそう》となる。

中央山の麓《ふもと》ちかくまで来てバイクをとめ、道端の笹藪に目をやる。直径二、三センチほどの斑点があって、それがキノコの形に変わる。通称をグリーンぺぺと呼ばれる夜光茸《やこうたけ》で夜には笠のゼラチン部分が青緑色に発光する。子供のころグリーンぺぺを食べて下痢をした気もするが、毒茸かどうかは分からない。そんな不気味に光るキノコなんか、もともと食べる人間はいない。

バイクをおり、五、六本のキノコをつんでシャツのポケットに押し込む。それからまた中央山の登り口までバイクを走らせて空き地にとめる。そこからは細い道が山の頂上までつづき、両側をウチワノキやヤシ科のオガサワラビロウがとり囲む。日は射さず、樹木の匂いが濃く、ジャングルのどこかでトラツグミが鳴いている。

標高三百十八メートルという山頂まで十分の山道を歩く。一気に視界がひらけ、ぼくを熱帯の陽光が包む。父島にはこの山頂より高い場所はなく、風景は三百六十度に広がっている。狭い台地にはシロテツやムニンノボタンの灌木《かんぼく》がしげり、砂地部分には高射砲の台座が残っている。一人で泣きたいときや思考を整理したいとき、ぼくは子供のころから中央山にのぼってきた。

高射砲の台座に腰をおろして、一昨日からの経緯を思い出す。大根崎の墓地へは島の警察が十分でやって来た。しかしそれはパトカーを乗り着けただけのことで、警官もただ茫然と現場に立ち尽くした。ぼくと夏希は警察署へ移され、それぞれ別室で事情聴取を受けた。「大根崎へは夏希に誘われて墓の掃除に行った」というぼくの説明を、島の警官は疑わなかった。それは夏希のほうも同様だったらしく、掃除に出向いた件は夏希の家族も証言した。そのころになって島の上空を水上飛行機やヘリコプターが飛びはじめ、夜の九時には本土から専門の捜査員が到着した。夜のあいだ現場でどんな捜査が行われたのか、ぼくは知らない。ただ捜査員に前夜十二時前後のアリバイを訊かれたから真崎の死亡推定時刻はそのころなのだろう。取調べ室に出入りする警官の会話から、逆にぼくのほうが情報をえた。真崎は前日の夕方からペンションに帰っておらず、警察へも届けは出されていた。釣りや海水浴でたまには観光客が溺れるから、警察はその方面に気を配った。けっきょく真崎は発見されたが、場所が大根崎だった。死因はスパナによる右後頭部への打撲、脳挫傷《のうざしょう》と頭蓋骨陥没が著しかったという。凶器のスパナは十メートルほど離れた草むらに投げ捨ててあった。現場に争ったあとはなく、財布も残っていた。警察の困惑はこれが明らかな殺人であることで、自殺で処理した和希の事件と無関係では済まされないという事実だった。

ぼくと夏希は夜中前に解放されたが、前回の事件と異なるのはマスコミの反応だった。和希の「自殺」も小さく報道されたが今回は疑いようもない殺人事件で、新聞社やテレビ局がヘリコプターを飛ばしてきた。ワイドショーも騒ぎはじめ、ぼくの家にも記者やレポーターが押しかけた。テレビのなかにはすでに和希の事件と関連付けて報道する局もあり、島はにわかに騒然となった。小笠原がこれほど世間の注目を集めるのは、将来のいつの日か島に空港が出来るときだけだろう。

目の前をシマアカネが飛んで、ぼくは思考を中断する。タオルで顔の汗をふき、持ってきたミネラルウォーターを咽《のど》に流す。ヘリコプターは小学校の庭にでも着陸するらしく、夕日のなかを大村の町へおりていく。

　真崎の死と和希の死に関連があるのかどうか、またあらためて考えはじめる。二つの死が無関係ならぼくや島の人間にも無関係で、真崎は東京でのトラブルかなにかで勝手に殺されたことになる。しかし和希へのストーキングやその後の行動を思えば、無関係と考えるのは無理すぎる。一番の疑問は和希の葬儀が済んでからも、真崎が島に残っていたことだ。和希の死が自殺と断定された以上は警察からの禁足はなく、真崎は当然東京へ帰るはずで、なんの理由があって島に残っていたのか。

　真崎の顔と同時に、ぼくは和希の父親を思い出す。トムズハウスへ夏希を探しに来たときの、あの抑制のない怒り。葬儀の場ではモアイ像のように動かなかったぶ厚くて灰色の顔。そしてその灰色の顔を、トムズハウスで真崎に出会ったときは紫色に変えたという。

　前村長がトムズハウスで真崎に怒りを爆発させた理由は、たんに「真崎がストーカーだったから」なのか。それとも真崎が言ったという、「娘を殺してよく酒が飲めるな」という皮肉に、皮肉以上の意味があったからなのか。テレビではすでに和希の事件を殺人と扱い、犯人は真崎だったともほのめかす。それなら真崎を殺した犯人は誰なのか、テレビでは言及されず、まだ新聞も届かない。小笠原では新聞ですら一週間遅れで本土からやって来る。

　欠伸《あくび》をしかけたぼくの頭に藤井の顔が浮かぶ。

　翔子の家の近くで暗闇にかがみ込んでいた藤井。トムズハウスへふらっとやって来て、真崎の釈放を告げていった藤井。ぼくを襲ったときの、青白く光っていた藤井の目。嘘か本当か、藤井は東京で、和希とも交際があったという。

グリーンペペシンを完成させるためには、CIAのスパイになった和希ぐらい殺すのではないか。翔子を邪悪な手から守るためにぼくを襲い、UFOからの指令を受けて真崎を殺した。こんな突飛なストーリーを、山屋でも旬子でも、警察でもマスコミでも、誰か信じるだろうか。真崎を殺害した凶器がスパナと聞いたときからぼくにはいやな予感がある。スパナはボルトを締める工具だろうが、そんなものはどこにでもあり、自動車の修理工場にはいくらでも転がっている。

思考がいきづまって、ぼくは草の上に横になる。夕焼け雲にシマアカネが飛び、子供のころの多摩川《たまがわ》を思い出す。父親と母親が離婚するまでぼくたちは多摩川沿いのペントハウスに住んでいた。

どうしたもんかなと、欠伸をしながら目を閉じる。藤井の妄想は藤井にしか意味はなく、そして藤井にとっては絶対の真実らしい。小笠原にはいまだにスパイが暗躍し、CIAはグリーンペペシンの抹殺を狙っている。藤井の妄想を傍観したら藤井はまたどこかで「敵」を襲わないか。山屋か旬子か可保里か、それから観光客の誰だって、藤井にはいつでも敵になる。

この可能性を誰に説明するのか。説明して、誰が信じるのか。かりに誰か信じる人間がいたとて、警察が藤井を容疑者と特定したら、どうなるのか。藤井の妄想は翔子への愛と翔子の発病がきっかけだ。そんなことは翔子だって知っていて、事件の経緯も翔子の耳に届いてしまう。もし藤井が犯人だとしたら、その事実に、翔子は耐えきれるか。

翔子に知らせず、藤井の問題を解決する方法はあるだろうか。それとも藤井の頭には妄想が存在するだけで、犯人は和希の父親か、それともぼくの知らない第三者なのか。思考は巡り、屈折し、最初に戻り、ぼくは疲れてしまう。

一度目をあけ、空の明るさを確認して、また目を閉じる。山の下でトラツグミが鳴き、頬をカヤツリ草の葉が撫でていく。

夏休みも始まったばかりと思っていたのに、気がついたら、もう半分がすぎている。

*

薄明かりを頼りに山をくだり、バイクを海へ向ける。大滝も長谷《ながたに》も農業センターも一気にすぎ、扇浦の海岸に出る。この辺りは開拓初期の小笠原の中心地で小笠原貞頼をまつった神社やホテルも点在する。

ひとつトンネルを抜け、境浦を走り、またトンネルを抜けて漁港側へ出る。桟橋を囲んで漁港の照明がまたたき、大村の繁華街も空を明るい色に染めている。

トムズハウスへ向かいかけ、思いなおしてバイクを旬子の家に向ける。たなはし荘の玄関にも電気がつき、食堂の明かりが縁台にこぼれている。少し離れた民家でもベンチを出し、中学生ほどの女子が元気よく喋っている。小笠原では一家庭に四人の子供がいるというから、それだけ島が平和なのだろう。

食堂の窓に旬子が顔を見せ、すぐに足音が玄関へまわってくる。Tシャツにジーンズというつもの衣装に、今日はアップリケのついたエプロンをかけている。

「どうしたのよ、怪我をしたって?」

「もう治った」

「野生のヤギなんて嘘でしょう」

「決まってるさ」

「そうよねえ、最近ヤギが町へおりてくるなんて、聞かないものねえ」

口をあけて派手に笑い、旬子が手招きをする。

「木村くん、夕飯は?」

「まだ」

「食べていきなさいよ、今日は港でカツオを仕入れたの。お祖父《じい》ちゃんも舟でトビウオを釣ってきたから」

「忙しそうだし……」

「オクラの天ぷらもあるわよ。ビールもサービスする。すぐ支度《したく》するからそこの縁台にかけてなさいよ」

旬子が顔をひっ込め、ぼくはバイクをとめて縁台に腰をおろす。海のほうから路地に風がわたり、隣家のブーゲンビリアが涼しくゆれ動く。食堂の窓には五、六人の客が見え、テレビが見えて壁の魚拓が見える。こんな場末の民宿でもバブルの時代は廊下にあふれるほどの客が来たという。

　旬子がステンレスの盆にビールとクサヤの炙りものをのせてくる。

「今、天ぷらを揚げてるわ」

「お客さん、いいのか」

「もう食事は出し終わったの。あとはお祖母《ばあ》ちゃんがやってくれる」

「おまえ、働き者だな」

　旬子がコップにビールをつぎ、笑いながら玄関へ戻る。ぼくはビールの冷たさを味わい、クサヤの干物をつまむ。中央山でのうたた寝が躰の水分を奪ったのか、思ったより咽が渇いている。

　ビールを飲むぼくの耳に、中学生のお喋りが聞こえてくる。女の子たちの話題は日本の景気に関するもので、今の政治では将来が不安なのだという。

　いくらも待たず、旬子が新しい盆を持ってくる。その盆を縁台におき、旬子も向こう側に座る。盆にはカツオの刺し身とトビウオのから揚げとオクラの天ぷらが盛られている。

「ご馳走だな」

「お客さんと同じものだよ」

「たなはし荘に泊まる客は幸せだ、看板娘も美人だし」

「よーく言うわ。私のことなんか、いつもシカトするくせに」

　旬子が頬をふくらませ、アカンベエをしながら空のコップをとりあげる。

「こんな時間に飲んでいいのか」

「いいのよ。私なんか休みもなく働いて、初寝浦へも行けないんだから」

「浩司に聞いたのか」

苦笑をこらえて、ぼくは旬子のコップにビールをつぐ。

「誘うぐらい誘えばいいのに」

「浩司に言ってくれ。おれは浩司に誘われただけだ」

「東京の女子大生と一緒にね」

「美容師の学校さ」

「似たようなもんじゃない。コウちゃんも木村くんも、イヤらしいんだから。民宿のオバサンなんか誘っても、どうせ面白くないだろうけど」

「ばかに僻《ひが》むじゃないか」

旬子がビールを口に運びながら、から揚げの皿をぼくにさし出す。ぼくはから揚げと刺し身と天ぷらに、つづけて箸をのばす。

「お見合いがね、来月の初めだって」

「決まったのか」

「九月になれば民宿も暇になるから」

「東京で?」

「こっち。向こうが来るって」

「島にいたら見物させてもらう」

「見せ物じゃないよ」

「旬子が幸せになれるかどうか、気になるんだ」

「木村くんなんか口ばっかり」

「まあ、そうだけどさ」

「考えたらさあ、私だってまだ二十歳なのよねえ。この島で暮らして、いいことでもあるのかなあ」

「ないさ」

「そう、やっぱり」

「そのかわり悪いこともない」

「人生って、そんなもの？」

「人生って平凡に生きるのが一番難しいと思わないか。一番難しいのに、平凡に生きる努力は評価されない」

旬子が息をとめてその息を吐き、肩でまた大きく息を吸う。いつかの小犬が縁台にやって来て、しばらくぼくの足にじゃれていく。

「ビール、もう一本飲む？」

「いいのか」

「なに言ってるの。高校のときからサービスしてるじゃない」

ぼくの膝を叩いて旬子が腰をあげ、屈託なく玄関へサンダルを鳴らしていく。ぼくはコップのビールを飲みほし、オクラの天ぷらを口に運ぶ。島オクラは長さが十五センチもあって、歯当たりが良くて臭みもない。オクラの原産地はアフリカだから、島の気候が栽培に合うのだろう。

すぐに戻ってきて、旬子が二つのコップにビールを足す。

「なあ旬子、藤井と一宮に、噂があったよな」

旬子の目が細くなって、その目がぼくの顔をのぞく。

「昔の話でしょう」

「おれが転校してきたころだ」

「今ごろどうしたのよ」

「思い出しただけさ」

「木村くんも暇ねえ。二人に噂があったのは小学校のときよ。あのころって誰と誰が灯台の裏でキスしてたとか、そんな噂、みんながしたじゃない」

「あの二人、キスしてたのか」

「知らないわよ。藤井くんは一番の優等生で一宮さんは女王様で、お似合いに見えたんじゃない？　私だってあのころ、ちょっとだけ藤井くんに憧れたもの」

「旬子もませてたな」

「普通だよ。コウちゃんなんかよく一宮さんちのお風呂場をのぞきにいって、お父さんに水をかけられたもの」

「三つ子の魂が怖い」

「だけどさあ、中学になって木村くんと丸山さんが転校してきて、みんな変わったのよね。木村くんたちのせいじゃないけど、でも藤井くんや一宮さんにはショックだったかも知れない」

ビールを口に含んで、ちょっと鼻を曲げ、旬子が浅く息をつく。日灼けした旬子の顔にほんのりと赤みが浮いてくる。

「男の子って勝手だよね。新しい女の子が来て、その子が可愛いと、前の子のことは簡単に忘れちゃう」

「ひどいよな」

「木村くんもだよ」

「うん」

「藤井くんなんてさあ、お医者なんか目指しちゃって、恰好よすぎたよね。恰好よすぎるのって、やっぱり、無理だよねえ」

食堂がざわめいて、旬子が中腰に首をのばす。客たちはテレビでナイターを見ているから、誰かがホームランでも打ったのだろう。

「木村くん、そんなことより……」

旬子の目が戻ってきて、頰がふくらみ、口が尖《とが》る。

「夏希ちゃんとお墓へ行ったって、あれ、どういうこと?」

「あれはそういうことさ」

「あのタイプまで趣味なわけ」

「たまたま会ったからつき合っただけ」

「信じられない」

「ナンパして墓へなんか行くか」

「そうか、行くとしたら初寝浦だよね」

「しつこいやつ」

「いいじゃない、私は死ぬまで島で平凡に暮らすんだから」

ビールに口をつけ、クサヤをつまんで、旬子がぼくに顔を近づける。

「ねえ、発見したときって、どんな感じだったの」

「ああ死んでるなって」

「それだけ?」

「すぐ真崎だと分かった。だから警察へ電話をした。警官が来て、おれたちは警察署へ連れていかれて、アリバイとかを訊かれた」

「アリバイ、あったの」

「なかった」

「警察は信じた?」

「どうだかな」

「ふつうは第一発見者が犯人でしょう」

「おれに真崎を殺す動機はないさ。夏希にもないだろうし、たとえ動機があってもまともな人間は人なんか殺さない」

真顔でうなずき、クサヤをかじりながら、旬子が肩をすくめる。まともな人間は人なんか殺さないはずなのに、しかし小笠原ではもう二人も殺されている。

「そうよねえ、動機があるだけで人を殺すなら、私だって木村くんを殺してるものね」

ぼくはカツオとオクラの天ぷらを平らげ、から揚げを箸でつまむ。向こうのベンチで女の子が騒ぎ、海岸通りから自転車が路地へ入ってくる。今日もまだスコールの気配はなく、南の空に上弦の月が浮かんでいる。

ベンチのほうに声がして、二人の女の子が自転車を押しはじめる。小犬がとことこと自転車についてくる。

旬子が女の子たちに声をかける。

「タマちゃん、塾？」

「大村へ行ってみるの。テレビの人とか来てて、賑やかみたい」

「お母さんは？」

「婦人会」

「うちにトビウオがたくさんあるから帰りに寄るといいよ」

「うん、ありがとう」

女の子はぼくにもお辞儀をし、くすくす笑いながら通りすぎる。そのうしろを小犬が海岸通りまで追いかける。

「だけどいやよねえ。テレビの人たち、ペンションやタクシーを借り切ったりして、偉そうなんだって」

「空港ができればそういう連中が腐るほど押しかける」

「今年の夏休み、どこか狂ってるみたい。みんな木村くんが島に帰ってきたせいね」

ビールを飲みほし、隣家のブーゲンビリアに目を向けたぼくの背中が、いやな感じに寒くなる。ぼくが島に帰ってきたのはただの夏休みで、それ以外に理由はない。「木村くんが島に帰ってきたせい」というのも旬子の皮肉だろうが、そうは思いながら、本当にそうだろうかと旬子の言葉を考える。

和希の死も真崎の死も、ぼくとは無関係に起きている。二つの事件とぼくの帰省に関連はないが、そんな常識が藤井に通用するだろうか。ぼくが帰省してもしなくても、藤井はグリーンペペシンの研究をつづけ、ＣＩＡと闘いつづけた。自分だけが翔子を救えると信じ、妄想のなかで自分の存在を正当化していた。翔子が藤井の生き甲斐で、翔子の白血病が藤井の存在理由だった。

それなら藤井の言った「東京で一宮さんとデートをした」という言葉に、矛盾はないのか。矛盾はあっても、中学時代の状況を考えれば、東京での二人に交際があった可能性はある。二人につき合いがあって、そしてぼくのときと同様、和希が藤井から離れていった可能性もある。

藤井の病気は受験のストレスに加え、和希への失恋が原因だった。島に帰ってきた和希をCIAのスパイと思い込んだのも、東京での交際と、失恋が理由だった。和希の妊娠にも藤井は関係し、真崎がストーカーである事実も知っていた。

しかしそれだけなら、混沌とした妄想と現実のなかで、藤井はグリーンペペシンの研究をつづけ、CIAと闘っていられた。藤井のそのバランスを崩したのがぼくの帰省ではなかったのか。ぼくが翔子の家に出入りし、藤井は存在理由の破綻を予感した。「丸山さんに近づくな」と警告し、警告だけでは納まらず、襲撃もした。藤井はぼくの出現で論理の危機を感じ、グリーンペペシンの完成を急いだ。CIAは妨害工作を強め、藤井はその妨害を排除した。和希の殺害も、真崎の殺害も、藤井にとっては自己を正当化するための、当然な行為だった。

「そうか、みんなおれが島に帰ってきたせいか」

「決まってるわ、みんな木村くんのせいよ」

「面倒な夏休みになったな」

「コウちゃんも様子がヘンだしね」

「浩司が?」

「昨日うちへ寄ってね、マスターと可保里さんのこと、あやしいとか言いだしたの」

「病気だな」

「マスターなんて五十だよ。ヤキモチを焼くほうがおかしいわ」

「浩司の病気はすぐ治る。あいつ、丈夫だから」

「木村くんには関係ないものね。夏休みが終われば、どうせ木村くん、東京へ帰ってしまう」

背伸びをし、足をふって、旬子が勢いよく腰をあげる。その髪にブーゲンビリアの花びらが飛んでくる。

「木村くん、ビールは？」

「もういい、ご馳走さま」

「トビウオ、持っていく？」

「食べたくなったら旬子の顔を見にくるさ」

旬子が盆に食器を片づけ、ぼくも腰をあげる。海岸通りから小犬だけがとことこと戻ってくる。

「今度初寝浦へ行くときは私も誘ってね」

「今度は無人島へでも行くか」

「あ、いいね。お祖父ちゃんに舟を出してもらうよ」

「浩司や藤井も誘ってな」

「うん、昔みたいにね」

「昔みたいに、な」

手をふって、ぼくはバイクのエンジンをかけ、アクセルを吹かして路地を抜ける。旬子と民宿の看板が簡単に遠ざかる。「昔みたいに」と言った旬子の言葉が、ぼくの頭に、刺《とげ》のようにひっかかる。

海岸通りを少し走ってバイクをトムズハウスの看板わきにとめる。道路灯に銀ネムの花が白く咲き、近くの運動公園からテニスのラケット音が聞こえてくる。盂蘭盆《うらぼん》が近く、島には帰省の顔ぶれも多くなっている。

銀ネムとハイビスカスの林を抜けて店の敷地を進む。テラスでは十人ほどの客が酒を飲んでいて、可保里がそのテラスから店内に姿を消す。可保里につづいて戸口をくぐるとカウンターには夏希がいて、調理場ではマスターが汗を拭いている。パスタにピラフにシーフードのシチューに、いつも二十品ほどのメニューをマスターは手際よく調理する。

「どうした不良、元気か」

夏希の顔を一瞥《いちべつ》して、となりに腰をおろす。ぼくに流し目を送りながら、夏希がふんと鼻を鳴らす。

カウンターを内にまわった可保里が目でぼくに合図する。

「木村くん、小笠原スペシャル？」

「うん、自分でつくる」

「助かるわ。今日はへんに混んでるの」

ラム酒とグラスと炭酸をカウンターにおき、可保里が唇を微笑ませる。

「浩司は？」

「あれから顔を見せない」

「あれから、か」

「コウちゃんも若いから、いろいろ悩むのよね」

パッションフルーツの輪切りと氷を差し出し、可保里がカウンターから外に出る。ぼくは自分でラムの炭酸割りをセットする。

またふんと鼻を鳴らし、夏希がぼくの肘をつく。

「なんだよ」

「あんた、冷たいじゃない」

「どこが」

「あたし、大変なんだから」

「なにが」

「親父には殴られるし、テレビには付きまとわれる」

「おまえの親父、サディストか」

「あんたとはつき合うなって」

「つき合っていないだろう」

「そんなこと、信じないもの」

「おまえが不良だからさ」

「親父ったらあたしのこと、なにも信じない。そのくせ和希の写真を見て今でも泣いてる」

父親の娘に対する心情として、そんなこともあるだろう。異常に執着したり異常に冷酷になったり、人間の内面なんて、どんな現象でも起こりうる。内面だけのことなら薬師如来だってフェリーに乗ってくる。

「姉さんの納骨は……」

グラスの氷を鳴らし、カウンターに両肘をかけて、ぼくが言う。

「当然、中止だよな」

「知らないよ」

「警察からはなにか?」

「警察へは親父が行ってる。あたしにはなにも話さない」

「おまえがどこで遊んでも構わないけど、人間関係なんか相対的なものだ。おまえが親父さんを嫌うかぎり、向こうもおまえを嫌いつづける。親子なんて好きでも嫌いでも、縁は切れない。死ぬまでつき合うなら仲良くしたほうがいい」

「あんたなんかに分からないよ。あたしのこと、誰も分かってくれない」

「おれが言ったのは一般論だ」

「一般論なんか嫌い」

「大根崎でも言った、おれはおまえの家族でもカレシでもない。おまえの人生には最後までつき合えない」

息を呑むように、口元をひきしめて、夏希が大きく瞬きをする。カウンターにはハイネケンの缶がおかれ、つまみには小エビのサラダが盛られている。

「ラム酒、あたしにも飲ませて」

「倒れるぞ」

「平気だよ。倒れたって、あたしのことなんか誰も気にしない」

マスターが調理場から移ってきて、ぼくの前につきだしの小鉢をおく。

「トビウオのマリネだけどね」

「今日はトビウオが大漁なのかな」

「洋介くん、嫌いだっけ」

「そんなこともないけど、マリネは思いつかなかった」

「臭味のない魚だから塩焼きではもったいないんだ」

口髭をこすって、ウィンクをし、マスターが煙草に火をつける。五十は過ぎているのだろうが独身ではあるし、マスターにだって彼女の一人や二人、いたっていいだろう。

「マスター、グラスをもうひとつ」

タバコの煙に顔をしかめながら、マスターがグラスをさし出し、そのグラスにぼくが超薄の小笠原スペシャルをつくる。夏希がふて腐れた顔でグラスを受けとる。

「お店、混んでますね」

「お盆が近いせいだろう、それとも事件のお陰かな」

「島全体がざわついています」

「空港ができればもっとざわつくよ。小笠原もいつかはいやな島になるね」

「マスターは反対ですか」

「どうかなあ。便利にはなるだろうけど、俺は便利さを求めて島に来たわけじゃないからなあ。まあ、ご時勢に文句は言わないけどね」

可保里が戸口からテラスのオーダーを伝え、マスターが調理場へ戻る。ぼくは店の壁を見まわし、マスターの風景画に目をとめる。赤灯台をバックにした漁船と桟橋の風景が淡色で穏やかに描かれている。

「あたし、もうウザッタイ」

茶髪に指をさし入れ、頭を掻きながら、夏希がグラスをかたむける。

「高校なんかやめて東京へ出ようかな」

「好きにするさ」

「でも、頭、悪いんだよね」

「おれのせいじゃない」

「フーゾクなら稼げるかなあ」

「おまえならすぐナンバーワンになれる」

「あたし、本気で考えるわ」

「それがいい。どんな問題でも本気で考えれば、いつかは結論が出る」

「あんたって……」

グラスに口をつけたまま、短パンの膝で、夏希がぼくの膝を打つ。

「あんたって、本当に、いやなやつ」

「相手に合わせるんだ」

「和希には優しかったくせに。つき合ってたことだって知ってるんだから」

咽を通っていたトビウオのマリネが、ぼくの胃で、ふと酸味を強くする。

「誰に聞いたんだ」

「和希」

「いつ」

「一年半ぐらい前」

「信じられないな」

「和希がちゃんと言ったよ。あたしが東京へ遊びにいったとき、自慢そうにさ」

「同級生だからデートぐらいしたさ」

「そういうのをつき合うっていうんじゃない」

「考え方の問題だ」

「和希なんてずるいよ。島ではいい子にしていて、それで東京ではあんたと内緒でつき合ってる。うちの親父、あんたやあんたのお父さんのこと、すごく嫌ってるんだよ。親父に可愛がられたくせに、和希は親父を裏切ったんだよ」

和希もまさか、ぼくとキスしたことまでは話さなかったろうが、東京での開放感もあり、相手が妹だという気安さもあったりしてデートの件ぐらいほのめかしたか。

「だけどおまえ、まさか」

「なによ」

「そのことを親父さんに告げ口したのか」

「してない」

「本当か」

「うん」

「嘘だったら殴るぞ」

「親父には言ってないよ。でもあんたと別れなかったら親父に言うって、和希を脅してやったよ。だって、和希なんか、ずるいんだもの。優等生のふりして、親父に可愛がられて、それで東京ではあんたとつき合ってる。そんなの不公平だよ。あたしは親父に嫌われて、いつも殴られて、なにをしてもあたしが悪いことにされる。姉妹なのに、そんなの、不公平じゃない」

「おまえのことなんか……」

言いかけて、言葉を呑み、ついでにラム酒の炭酸割りを飲む。和希が理由も言わずぼくから離れていった理由を、一年半後の今知ったところで、意味はない。

「あんたもあたしのこと、殴るの」

「殴らない。今のは言葉のはずみだ。あやまる」

「いいよ。どうせあたし、嫌われてるんだもの」

「嫌ってはいないさ」

「嫌ってるよ」

「ただの主義だ。昔から親父のカノジョには手を出さないことに決めてる」

「あたし、カノジョじゃないよ。まだ三回しか寝てないもの」

「よかったな」

「もう寝ないよ」

「おまえの勝手だ」

「あんたのお父さんとは寝なくて、それであたしが東京へ出たら、つき合ってくれる?」

「どうだかな」

「やっぱり嫌ってる?」

「おまえがちゃんと高校を出て、不良をやめたら考える」

「そう、それならあたしも、考えるよ」

グラスを口に運んで、肩を尖《とが》らせ、夏希が大きく息をつく。「親父のカノジョには手を出さない」と言った自分の言葉が耳に残り、ぼくは雪江の顔を思い出す。

「だからね、今度のことも、仕方ないんだよ」

「うん?」

「真崎のこと」

「真崎の、なに」

「和希があたしに何も言わなかったこと。和希はあんたの事があってから、あたしには何も言わなくなった」

「そうだろうな」

「聞いてれば、もしかしたら、死ななかったかも知れない」

「問題がちがう」

「分かってるけど、あたしだって、辛いよ」

「要するに親父さんが……」

一杯目のグラスを飲みほし、ぼくは時間をかけて、ラム酒の炭酸割りをつくり直す。

「おまえの親父さん、少し、限度を超えていないか」

「親父はあたしが悪いと思ってるんだよ」

「姉さんのことでか」

「お袋のこと。お袋ね、あたしが生まれたあと、ずっと病気だったの。妊娠中毒の後遺症とかで、三年も寝ていて、それで死んだの」

「おまえのせいではないだろう」

「でも親父はあたしのせいだと思ってる。お袋を殺したのはあたしだって、ずっとあたしのことを憎んでる」

「考えすぎだ」

「考えすぎじゃないよ。本当のことだよ。それで親父、酔っぱらうと、お袋を殺したのはあたしだって、いつもあたしのことを殴るんだよ」

氷をかきまわしていたぼくの手が、思わずふるえ、怒りが発酵して、耳たぶがじわりと熱くなる。

「仕方ないよね。我慢するしか、仕方ないものね」

「そうだな」

「でもあたし、平気だよ。頭が悪いから、難しいことは考えないんだよ」

怒りが指先から背筋に伝わり、夏希には見えない角度で、ぼくは唇を噛む。平和しかとり柄のないこんな島にも、理不尽な不幸は公平にやって来る。

可保里がテラスから戻ってきて、カウンターを内側へまわる。

「木村くん、食事は?」

「いらない」

「顔色が悪いみたい」

「べつに……なんとなく、店の雰囲気がちがう気がする」

「壁の絵が替わったせいかな。マスターには悪いけど、私にはみんな同じに見えるのよね」

調理場から首をのばしてマスターが咳払いをする。ぼくにもマスターの風景画はみんな同じに見えるが、言われてみれば前の絵に赤灯台はなかったか。

「あたし、トイレ」

夏希が丸椅子をおりて戸口へ向かったとき、カウンターの端で電話がなる。可保里が受話器をとり、短く話してから、受話器をぼくにさし出す。

「浩司か」

可保里が首を横にふる。

「旬子?」

可保里が首を横にふる。

「親父かな」

可保里が首を横にふる。

「それなら……」

いやな予感が、ぼくの頭から、血の気を奪う。

可保里の手から受話器を受けとる。

「もしもし、木村くん? ずいぶん探したのよ。どこかでそのお店の名前を聞いた気がして、それで、電話をしたの」

早苗のかすれた声が、ぼくの胃に、嘔吐感を押しあげる。

「もしもし、もしもし、木村くん?」

*

どうやってバイクに乗ってきたのか、よく覚えていない。小笠原高校の前を走りすぎ、枝道に入って隙間のあいた石塀を通りすぎて、門の内側にバイクを入れる。門灯も玄関灯も庭の照明もすべてが明るく、家内《いえうち》からもふんだんの照明がこぼれている。

インターホンを押さず、ドアをあける。

廊下にも照明があふれ、ひんやりした空気が白々と押し寄せる。案内を待たずに廊下を奥へ進む。居間に人の気配はなく、直接翔子の部屋へ向かう。翔子の部屋はドアがひらかれていて、その前に早苗が青い顔で立っている。早苗の青いワンピースがいっそう顔色を悪く見せ、縁無しのメガネが顔から表情を奪っている。

「まさか……」

口を固く結んだまま、早苗が首を横にふる。

「呼吸はあるの。でも意識は、ない」

早苗の肩ごしに部屋の内を見る。ベッドの翔子には酸素マスクがつけられ、腕には点滴のチューブがつながっている。窓は閉まり、椅子には看護師が座っている。

「いつから」

「夕方まではパソコンに向かっていたの。そのあとで様子を見に来たときは、もう意識がなかった」

「東京の家へは?」

「お知らせした。主治医と一緒にご両親がこちらへ向かっている」

「まだ時間はあったはずなのに」

「時間はあったのよ。ただその時間の長さが、誰にも、分からなかっただけ」

ぼくが足を前に出して早苗が肩をひき、早苗の横を通って部屋へ入る。看護師がぼくの顔を見たがぼくは看護師を無視して翔子の枕元に立つ。枯れ木のような翔子の腕に注射針が刺さり、半透明の薬液が単調に流れていく。顔の肉がうすいせいか、酸素マスクがやけに大きく見える。翔子の睫毛《まつげ》が動いて、立ったまま、ぼくは息を呑む。翔子の睫毛は夢でも見ているように、静かに震えつづける。

「丸山、おれの声、聞こえるか」

翔子の睫毛に反応はなく、呼吸の音すら聞こえず、シーツに包まれた胸も動かない。

早苗が歩いてきて、ぼくに並ぶ。ぼくは早苗と看護師の顔を見くらべる。

「意識が戻る可能性は……」

二人とも口をひらかず、しかしその目の表情が、ぼくに否定の意味を告げる。

視線を翔子の顔に戻し、額に手をおく。翔子の額は陶器のように冷たく、翔子に会うのは幾日ぶりだろうかと、額に手をおいたまま考える。顔の痣《あざ》を見せるわけにもいかず、そのあとは真崎の事件があって足を向けなかった。

目眩《めまい》がして耳鳴りがして、重心がかたむく。さっきまでトムズハウスで飲んでいた酒が今ごろになって血管をめぐる。時間はまだ九時にならず、窓の下には漁港が明々と灯をともしている。

「木村くん、居間で休んで」

「でも……」

「あなたに運命は変えられない。あなたにも誰にも、人の運命は変えられないの」

反発はあるが、反論はなく、ぼくは翔子の部屋を出る。尿意が思い出され、トイレを使う。それから居間へ歩いてソファに座り、欠伸をかみころす。無人の居間ではテレビがナイターを映している。テーブルには紅茶のカップがおかれ、その横に週刊誌が放ってある。

ぼくはソファの背もたれに頭をのせ、死を待つだけの時間を感動もなく傍観する。早苗に言われなくても自分に運命を変える力がないことぐらい、最初から分かっている。

まどろみかけたとき、外にクルマの音がする。早苗の足音が玄関へ向かう。玄関に人の気配が入ってくる。腰をあげてぼくも廊下に出る。立ち尽くすぼくの前を五人の人間が通りすぎる。高校時代に会ったことのある翔子の父親が目で会釈《えしゃく》する。ほかは医者と看護師と、翔子の母親だろう。翔子の母親は痩せて背が高く、こんな季節でも肩にショールを巻いている。

早苗が四人を案内して翔子の部屋に入る。ぼくは戸口の外に立つ。付添いの看護師が点滴の針を抜き、新しい看護師がシーツをはがす。医者が翔子の脈をとり、目蓋《まぶた》をひらかせ、聴診器をとり出して心音を聞く。それから看護師になにか言い、看護師が注射器をセットする。頭のはげた医者が自分で翔子の腕に針を射す。医者以外は全員がベッドのまわりに立ち、息を殺す。翔子の母親が目にハンカチを押し当てる。ぼくは一人、足音を忍ばせて居間へ戻る。ぼくに変えられない翔子の運命が、医者や看護師や両親に変えられるはずはない。

洋画に変わっているテレビの画面に、ぼくは視線を投げる。音は聴覚を素通りし、部屋の照明が飴《あめ》色に暗くなる。胃に嘔吐感が騒ぐのは、酒のせいではなく、貧血の前兆だろう。

居間に早苗と付添いの看護師が入ってきて、食堂の椅子を翔子の部屋へ運びはじめる。エアコンの冷気が息苦しく、ぼくはテラスに出る。裸足の足裏に板の感触が心地よく、星空に深呼吸をする。遠く港の外に小さい明かりが見えるのは兄島瀬戸《せと》へでも夜釣りに行く宿舟か。漁港の赤灯台は間欠的に光を飛ばし、自衛隊の基地にはふんだんの明かりが灯っている。

夜気のなかに薔薇《ばら》が匂った気がして、庭へおりる。芝生は露をふくみ、庭照明が夾竹桃《きょうちくとう》の花をピンク色に映し出す。薔薇の株をいくつか点検し、大株の前に足をとめる。腰の高さに一輪の黒薔薇が咲いている。「九月に」と翔子の言った黒薔薇が、赤ん坊のこぶしほどの大きさに、凜《りん》と花を咲かせている。

ぼくは腰をかがめ、薔薇の花に唇を合わせる。薔薇の花に翔子が匂う。薔薇のトゲがぼくの唇を刺す。唇に血がにじみ、その血を舌でなめる。八月には鳴かないはずのオガサワラ蟬が、こんな時間に、裏山でやかましく鳴きかける。

呼吸をととのえてテラスに戻る。居間へ入る気にはならず、翔子用の椅子に腰をおろす。自分の目に涙が浮かばない事実を、ぼくは茫然と見つめる。たった二十年しか生きていないのに、すべてが遅すぎる人生も、事実として存在する。

居間のドアがひらき、翔子の父親が顔を見せる。夏用の背広を着て無地のネクタイをしめ、グレーの髪をオールバックに流している。実業家というより学者にちかい風貌で、広い額に翔子の面影がある。

「君は、たしか、木村画伯の息子さんだったね」

「はい」

「早苗さんから聞いているよ。君が島へ帰ってから翔子にも元気が出ていたそうだ」

ぼくの顔を深く見つめ、翔子の父親がベンチに腰をのせる。以前に翔子から名前を聞いた気もするが、思い出せない。歳《とし》はぼくの親父と同じぐらいか。

居間のソファには医者の後頭部が見え、食堂の台所には早苗が立っている。二人の看護師と翔子の母親は翔子の部屋に残っているのだろう。

「覚悟はしていたんだが……」

ベンチの背もたれに片肘をかけ、肩の力を抜くように、父親が言う。

「実際にこの期《とき》が来るとやり切れない気持ちになる。翔子も親不孝な娘だね」

「はい」

「主治医の先生にも、もう打つ手はないそうだ」

「そうですか」

「飛行機も待たせてあるが、本土へ運んでも意味がないという」

「はい」

「しかしこれが翔子の希望だった。けっきょく彼女は、自分の我儘《わがまま》を通した」

「丸山には我儘を言う資格があります」

「うん、たぶん、そういうことだろうな」

「でもまだ、時間はあると思っていました」

「頑張ったほうかも知れないよ。医者からは春ごろから覚悟をするようにと言われていた」

「そのことを丸山は？」

「医者の仕事は患者に希望をもたせることだ」

「そうですね」

「しかし、頭のいい子だから、気づいてはいたろうな」

「はい」

「君には感謝している。翔子が頑張れたのも君のお陰だ」

「ぼくには、なにも、できなかった」

「君がいるだけで翔子には意味があった」

「それは丸山のほうです。丸山は、同級生のぼくたち全員に、意味がありました」

「私や家内や、翔子の兄弟にとっても意味はあった。そのことを彼女が理解してくれていたか、今となっては、それが私の心残りだ」

上着の胸ポケットからハンカチを抜き、目頭をおさえて、翔子の父親が息をつく。ハンカチからうすく白檀《びゃくだん》が匂う。

「木村くんは、翔子から聞いているかね」

「はい？」

「彼女は丸山の家を嫌っていた」

「さあ」

「丸山の家や一族のことを、翔子は犯罪者のように思っていたらしい。もちろん経済は一種の犯罪ではある。経済が貧困を演出し、経済が人間を不平等にする。しかしだからといって、回っている歯車を急に止めたら社会そのものが壊れてしまう。翔子はそのあたりの理屈を理解しなかった」

「あいつ、頑固だから」

「空港のことでも電話をしてきた」

「そうですか」

「小笠原に空港をつくらせるな、政治家を動かせと、彼女は本気だった」

「そこまで……」

「翔子の誤解なんだけどね。彼女は空港の問題で悪い金が動くと思っていた」

「動きませんか」

「建設時に多少の金は動くだろう。だがバブルの時代とちがって空港ぐらいで観光客は呼べないよ。飛行機に乗ってわざわざクジラを見に来るような余裕は、もう日本にはない。大手の不動産会社も小笠原で買い占めた土地を持て余している。翔子が心配したような乱開発は、やりたくてもやれない」

「それが現実ですか」

「それが日本経済の現実だよ。このテラスで海を見ていただけの翔子に理解しろというのも、無理ではあったろうがね」

ハンカチを口に当て、翔子の父親が、低く咳をする。

「いずれにしても翔子は……」

窓の内で、突然スリッパの音が高くなる。ドアがひらき、若い看護師が顔を出す。翔子の父親が静かに腰をあげる。

「お部屋へ」

父親の息を呑む音が、ぼくの耳に、奇妙な実感でひびく。父親はドアをまっすぐ進み、そのあとを看護師が追う。すでに医者の姿はなく、早苗が食堂から小走りに駆けていく。ぼくはドアの把手《とって》を握ったまま、テラスと居間の境に立ち尽くす。

早苗が足をとめ、部屋の奥からふり向く。

「木村くん?」

「いえ」

「早くして」

「いえ」

「どうしたの、早く来なさい」

足が進まず、ぼくは、ただ立ち尽くす。メガネの奥で早苗の目がつり上がる。早苗が黙ってぼくを見つめ、無表情に踵《きびす》を返す。廊下の奥から寒い圧迫が襲う。ぼくはテラスの椅子によろめく。あけたままのドアから冷気が流れ、充満する悲しみが庭へ流れ出す。ぼくの皮膚には鳥肌が浮き、咽が渇いて、唇が乾く。

椅子の肘掛けに両腕をのせ、ぼくは生欠伸をする。庭の照明灯に羽虫が飛び、その羽虫に肌色の蛾が蝟集《いしゅう》する。遠い漁港の船に船内灯の明かりが見える。港沿いにクルマのライトが移動する。山屋に連絡していなかったことを、ぼんやりと思い出す。やかましかったオガサワラ蟬が、不意に鳴きやむ。

シャツの胸ポケットが粘って、ぼくは中身をつまみ出す。指先にグリーンペペが匂い、そのグリーンペペを庭に捨てる。青緑色の夜光茸が人魂《ひとだま》のように光る。圧倒的な虚脱感がぼくを襲って、思考が分解する。怒りか悲しみか、感情の飽和が感情を奪う。世界が深々と鎮まり、ぼくはうっとりと眠くなる。そんなぼくの頭を、二十分の時間が、一瞬に通過する。

家の奥で女の嗚咽《おえつ》が起こる。エアコンの風に嗚咽の声が共鳴する。翔子の部屋から早苗があらわれ、電話へ歩く。電話をかけてから、早苗がソファに腰を落とす。無表情な早苗の顔が、無表情なまま涙を流す。

居間へ入りかけ、またぼくは足をとめる。医者と二人の看護師が居間に戻ってくる。看護師たちは食堂へ向かい、医者はソファに腰をおろす。誰も口をひらかず、誰も視線を合わせない。翔子の部屋からは嗚咽の声だけが低く聞こえてくる。

門の外にクルマがとまって、クラクションが鳴らされる。早苗がソファを立って玄関へ歩く。看護師たちが居間に戻り、一人が翔子の部屋へ向かいかける。照明が壁に屈折し、翔子の父親が影をつくる。父親は胸に白いなにかを抱えている。それがシーツに包まれた翔子だと理解できるまでに、十秒の時間がかかる。

翔子の父親が翔子を抱いたまま、玄関へ向かう。ぼくが少し距離をつめる。翔子の父親が足をとめ、ぼくをふり返る。

「痩せていたことは知っていたが、まさか、これほど軽いとは、思わなかった」

翔子の父親のうしろで、翔子の母親がショールに顔をうずめる。

頬をかすかに痙攣《けいれん》させて、翔子の父親が玄関へ歩く。医者と二人の看護師があとにつづく。ぼくもふらりと、足を動かす。古い木の床は硬く冷たく、磨き込まれた艶《つや》がかたくなに寒々しい。明かりは不必要に玄関を照らし、そのなかを全員が黙々と移動する。門の内にはブーゲンビリアがしげり、門の外にはマイクロバスがとまっている。早苗がマイクロバスのドアをあけ、医者と翔子の母親がステップをのぼっていく。

ステップに足をかけ、そこからふり向いて、バスの前から翔子の父親が戻ってくる。シーツは翔子の全身を包み、それは小さく軽く、父親の腕のなかで、縫いぐるみか洗濯物のように見える。シーツからはうっすらとローズオイルが匂う。

「木村くん、君には感謝している」

「はい」

「東京へ戻ったら連絡をくれたまえ」

「はい」

「長い間、翔子のことを、本当にありがとう」

二、三秒ぼくの顔を見つめ、翔子の父親が踵を返す。父親はステップに足をかけ、バスのなかに姿を消す。同じドアから若い看護師が乗り込み、外から早苗がドアを閉める。バスは小さくクラクションを鳴らし、呆気なく走り出す。早苗と付添いの看護師が残され、門の前にはぼくが残される。バスが枝道から消えてからも三人はしばらく同じ場所に立ちつづける。バスはこれから大村海岸へ向かい、翔子の遺体は小舟に乗って水上飛行機に乗って、二時間もあれば東京へついてしまう。

夏休みが終わったら東京へ連れて帰るつもりだったのに、今は翔子がぼくを残して、一人東京へ帰っていく。

看護師が首をふりながら門から玄関へ向かう。早苗も歩いてきてぼくのとなりで足をとめる。庭からこぼれた明かりがリュウキュウ松の枝を高く照らし、裏山でヤモリがちっちっと鳴いている。

「早苗さん、東京へは?」

「あと始末があるから」

「そうですか」

「お酒でも飲む?」

「いえ」

「食事は?」

「済ませました」

早苗が枝道をふり返り、メガネの位置を直しながら肩を玄関のほうへひく。

「人間なんて、海の泡と同じね。生まれては消えて、生まれては消えて、それで結局、それだけのことね」

表情のない早苗の目から、無表情に、涙が落ちる。叫びたい衝動を堪《こら》えて、ぼくはうなずく。

「私、まだ幾日か島にいるわ」

「はい」

「気が向いたら……」

言葉を途中で呑み、早苗が口の端を笑わせる。

「そうね、翔子さんのいないこの家に、もうあなたは来ないわね」

「はい」

「私も東京へ戻ったら島に来ることはないと思うわ」

「そうですか」

「木村くん」

「はい？」

「いろいろ、ありがとう」

相変わらず無表情なまま、背筋をのばして、早苗が玄関へ歩く。早苗の背中が玄関に消えるまで、ぼくは門の前にたたずむ。空からは星と月が消え、野羊山《やぎゅうさん》の向こうにスコールの気配が押し寄せる。飛行機が離水するまで天気が保《も》つだろうかと、ぼくは冷静に考える。リュウキュウ松の枝で風が鳴り、下の町から犬の声が聞こえてくる。

ぼくは空の色を確認してからバイクを門の外へ押し出す。エンジンはかけず、しばらく枝道を押す。道端でカヤツリ草がゆれ、轍《わだち》の溝をオオヒキガエルがもっそりと横断する。バイクを跨《また》ぎかけ、足をおろして、スタンドを立てる。それから道の真ん中にバイクをおいて銀ネムの林へ向かう。葉のしげみに隠れるように、人影が白く立っている。長身の髪が風になびき、タバコの火がホタルのように明滅する。

「やあ藤井、新薬の研究は捗《すす》んでいるか」

「それがさあ、仏奇石が届かなくて、完成しないんだよ」

「薬師如来に裏切られたかな」

「CIAも必死だからね。それに今度はローマ法王庁まで敵にまわった。つまりは、そういうことだよ」

「どういうことだ」

「だからさあ、現体制の維持で一番の得をするのは、キリスト教の坊さんたちなんだよね。結局あいつら、働かないで食ってるんだもの」

「そうか、頑張ってくれ」

「頑張るよ。仏奇石さえ届けば、グリーンペペシンはすぐ完成するんだ」

「丸山は死んだ」

「そうなの」

「たった今、な」

林から踏み出し、門のほうに背伸びをしながら藤井がタバコを道に捨てる。オオヒキガエルがもっそりと草むらに消えていく。

「そうなの、丸山さん、死んだの」

「見ていたろう」

「家は騒がしかったね」

「今のマイクロバスに遺体が乗っていた」

「丸山さんが、バスに……」

「おまえの薬が間に合わなかった」

「ああ、そうなの、丸山さん、死んだの」

動揺のない涼しい目で、藤井がにやっと笑う。藤井の指にまたタバコが挟まれる。

タバコに火をつけながら、藤井がぼくに肩を寄せる。

「木村くん、だから丸山さんに近づくなと言ったろう。木村くんが島に帰ってきたからCIAが急いだんだよ」

「悪かったな」

「でも木村くんの責任じゃないよ。みんな僕の責任だよ。CIAのスパイを見抜けなかった僕の責任さ。丸山さんは、そのスパイに殺されたんだ」

「藤井……」

「丸山さんが……」

「今やっと分かったよ。だから早苗という女は僕を丸山さんから遠ざけた。あの女がＣＩＡのスパイだった。あの女が丸山さんを殺したんだよ」

「藤井……」

「だから、木村くん、君に責任はないよ。丸山さんの死は、僕の責任なんだよ」

ぼくのアッパーカットが、きれいに藤井の顎をとらえる。藤井の躰が五メートルほどよろけ、草むらに倒れる。草むらからオオヒキガエルが這《は》い出してくる。

身を起こしかけ、しばらく這いつくばって、藤井がその場にうずくまる。藤井は自分の腕で両膝を抱え、顎を膝にのせる。藤井の指から落ちたタバコがぼくの足元で細く煙をのぼらせる。

「そうなの、丸山さんが、死んだの。あの丸山さんが、死んで、今のバスに、乗ってたの」

ぼくは拳の痛みを思い出し、目蓋の痙攣を我慢して、バイクへ戻る。スタンドを蹴ってバイクを押し、枝道の尽きるところまでバイクを押す。夜の空にも厚く雨雲が見え、海の側からスコールの匂いが押し寄せる。三日月山の上空に小さい光が飛んで行くのは、翔子を乗せた水上飛行機か。

ぼくは藤井をふり返らず、バイクを跨いでエンジンをかける。アクセルを吹かし、高校前の道を港へ向かう。

「浩司に知らせなくては……」

8

目の前に乳房が見える。乳房はうすく小さく、色の濃い乳輪から大豆粒ほどの乳首が尖《とが》っている。白い乳房をはさんで小麦色の日灼けが広がり、脇の下には脱毛あとの毛穴が陰をつくる。壁掛けの扇風機が窓の遮光カーテンを揺らし、外の光がちらちらと届いてくる。可保里の肩ごしに枕元の時計を見ると、もう十時をすぎている。狭いプレハブの部屋に可保里の体臭が充満し、ぼくの皮膚に可保里の皮膚がねっとりとからみつく。

時計を眺めながらぼくは頭痛の意味を考える。昨夜は大村のヤキトリ屋で山屋を見つけ、つついでに旬子も呼び出した。三人で顔を合わせても翔子の死は三人を無口にするだけだった。

ヤキトリ屋を出たあと、一人でトムズハウスへ戻ったことは覚えている。マスターと話をし、可保里と話したことも覚えている。ひたすら酒を飲んだことも可保里とセックスしたことも覚えている。風景はすべて覚えているのに、可保里の部屋へ来ることになった経緯に記憶がない。可保里の足がぼくの腰にからみ、カットされた可保里の陰毛がちくりとぼくの皮膚を刺す。

「今、なん時？」

「十時ちょっと過ぎ」

「私、もう少し眠りたいわ」

ぼくは欠伸《あくび》をし、頭痛を我慢して可保里の皮膚からすべり出る。カーテンの隙間から外をのぞき、ドアをあけて庭をたしかめる。タマナの高木から陽射しがこぼれ、熱風に似た空気が濃く押し寄せる。

ぼくは裸のままサンダル履きで庭へ出る。

マスターの部屋は厚くカーテンが閉まり、スレート屋根には雀が並んでいる。

庭を横切ってトイレへ歩き、用を済ませてから庭の水道で水をかぶる。汗が流れ、皮膚が冷え、倦怠《けんたい》した神経に少しだけ気力が蘇生する。

たっぷり水をかぶってから水を滴らせて部屋へ戻る。可保里は姿勢を変えず、尻を見せて横を向いている。脂肪のうすい皮膚に長い足、小麦色の肌にビキニの線が艶《なまめ》かしい。

可保里が顔だけ向きを変え、かすかに目をひらく。

「そこのタオル、使っていいわ」

ぼくはドアのフックからスポーツタオルをとり、腰に巻く。遮光カーテンは部屋を黄昏《たそがれ》色に染め、閉じ込められた空気がまた汗を予感させる。

「昨夜、誰かに見られたかな」

「だいじょうぶ、私はあなたほど酔っていなかったから」

「ここへ来たの、なん時ごろ」

「三時を過ぎていた」

「ごめん」

「どうして」

「なんとなく」

「誘ったのは私、覚えてないの」

「うん」

「飲んだものね」

「それは覚えてる」

「ラム酒を一本空にしたわ」

「二日酔いで頭が痛い」

「心は？」

「うん？」

「心の痛みは治った？」

「うん、ありがとう」

可保里が裸の腕を枕元にのばし、指先でタバコをつまむ。それからライターで火をつけ、灰皿を布団《ふとん》の横にひき寄せる。

シーツを可保里の腰にかけて、ぼくは小型の冷蔵庫をひらく。なかにはチョコレート菓子とミネラルウォーターと缶ビールと、タンポンのパックが入っている。

「水、いいかな」

「いいわよ」

ミネラルウォーターのボトルをとり出し、口をつける。可保里が顔を上向け、唇の形で水を求める。ぼくは水を口に含み、その水を可保里の口に移す。可保里の舌がぼくの舌に触れ、タバコの匂いが鼻粘膜をなでる。

「マスターに知られたらおれが自分で謝る」

「なんのこと？」

「だから、今度の、このこと」

可保里から離れ、ボトルをテーブルにおいて床のトランクスを拾う。それからタオルを外してトランクスとズボンをはく。

布団に可保里が上体を起こし、シーツを胸の上にかきあげる。

「帰っちゃうの」

「うん」

「セックスは？」

「今日は、もういい」

「マスターのことはどういう意味？」

「礼儀さ」

「私とマスターが？」

「噂があるらしい、漁師はみんな知ってるとか」

「コウちゃんも暇よねえ」

可保里の唇が笑ってタバコの煙が長く吹かれ、ひと重の切れ長の目に呆れたような光がゆれる。

「木村くん、私にオヤジ趣味はないわよ」

「よかった。浩司が安心する」

髪をふり払い、可保里がタバコを灰皿でつぶす。扇風機の風が可保里の髪をゆらし、シーツから乳首がこぼれる。

ぼくはシャツをかぶって乱れた髪をなでつける。

「オヤジに趣味があるのは別な子よ」

「可保里さんでなければ誰でもいいさ」

「そうよね、人にはそれぞれ、趣味があるものね」

「趣味も事情も、いろいろさ」

可保里が鼻で笑い、シーツを胸に巻いて布団に躰を投げ出す。

「バイクは高校への崖下に隠してあるわ」

うなずいて、ぼくはドアへ向かう。

「キーはズボンのポケットよ」

「うん」

「島であなたとつき合うのは不便ね」

「島の連中はみんな暇さ」

「どうして」

「顔が知られすぎている」

「せまい島だものな」

「島でなくても、あなたとつき合うのは、たぶん、不便でしょうけどね」

「昨夜はありがとう」

可保里が目で返事をし、ぼくは手をふって、部屋を出る。マスターが正午《ひる》すぎまで起きないことは分かっているが、一応庭をたしかめる。木漏れ日の上でヒヨドリが鳴き、それより上空をヘリコプターが飛んで行く。

ぼくはテラスの側へはまわらず、庭の右を抜けて海岸通りへ向かう。まだ頭痛はひどく、光がやけに眩しく感じられる。夏休みも半分終わったし、そろそろ東京へ帰る時期なのかも知れない。

*

バイクを自転車ほどの速度で走らせ、舗装路も枝道も抜けて清瀬の家に戻る。ブーゲンビリアの花からココ椰子《やし》のしげみへジャコウアゲハがふわりと飛んでいく。

ココ椰子の葉陰にバイクをとめ、不確かな重心を玄関へ運ぶ。リビングに親父と雪江の姿はなく、天井にファンがまわり、床にはポテトチップスの空き袋がちらばっている。

バスルームへ歩きかけたぼくの足が、階段の前でとまる。キッチンから女の素足があらわれ、ぼくの視界を占領する。ネイルアートのペディキュアに金のアンクレット、膝に凹凸はなく、右太ももの内側にうすい痣《あざ》が見える。

女が目を丸め、唇をすぼめてぼくの顔を見つめる。マネキン人形のような顔に短い髪、親父のTシャツを着て手にはキムチの皿を持っている。

少し唇をひらいただけで、女が黙って階段をのぼり始める。女の足が遠くなり、Tシャツの下に尻の割れ目がのぞく。階段の途中で一度だけふり返ったが、それでも口をひらかずに女が二階の廊下へ消える。

ぼくは欠伸をかみ殺し、リビングへ戻ってベランダを眺める。日陰の部分にデッキチェアが出されていて、雪江がポータブルテレビを見ている。床にはビールの缶がころがり、手にはロックグラスが握られている。

ベランダを途中まで歩いて声をかける。

「おはよう。台所に知らない女がいた」

「そう」

「だれ」

「知らないわ」

「幽霊かな」

「昨夜先生が連れてきたの。女子大生だとか」

「困ったもんだ」

「洋介くんも同じよ」

「まあ、そうだけどさ」

ちらっとぼくの顔を見ただけで眉をひそめ、欠伸をしながら雪江が視線をテレビに戻す。さっき玄関前を飛んでいたジャコウアゲハが今はひらひらとベランダを飛んでいく。

頭痛を思い出し、リビングに戻って薬を探す。サイドボードのひき出しに頭痛薬を見つけ、それを飲みながらバスルームへ歩く。そこで服を脱ぎとばし、シャワーの栓をひねって湯を熱めにセットする。タイルにうずくまると湯の熱さに倦怠と鬱屈《うっくつ》が流れだし、悲しみさえ流れだす。十分ほど、シャワーの下に、ぼくは胎児のようにうずくまる。

シャワーを出てバスタオルを腰に巻き、キッチンへ歩く。冷蔵庫から牛乳のパックをとり出し、リビングからベランダへ出る。雪江はデッキチェアに寝そべったままロックグラスをもてあそんでいる。背景が海だから観光ポスターにでも使えそうな構図で、雪江の横顔は困るほど美しい。

ぼくは椅子を手すりに寄せて漁港を眺めながら腰をおろす。凪《なぎ》の海に光が息苦しく反射し、遊覧船やプレジャーボートが平和に浮かんでいる。奇妙に風がなく、二階の部屋からは物音も聞こえない。

牛乳を飲み、パックを床において雪江の顔を見る。

「親父の仕事、始まらないの」

「知らないわ」

「退屈しないのか」

「退屈も馴れれば快適よ」

「そんなもんかな」

「でもやっぱり、一度東京へ帰ってくる。マリファナがあればこの島でも時間をつぶせるから」

「親父とは、まだ?」

「不思議なのよねえ、頭ではセックスぐらいしてもいいと思うのに、いざとなると躰がふるえるの。もしかしたら私、前世がカメだったのかも知れないわ」

雪江がグラスを口に運んで足首をくるっと回し、小さくため息をつく。踵《かかと》には靴擦れのたこがあり、膝にも古いすり傷がある。顔は石膏像のように美しく、口調は投げやりで愛想もない。前世はカメというより気まぐれな猫だろう。そんな雪江を観賞するように、ジャコウアゲハがひらひらと舞っていく。

「あら……」

足首を回しながら雪江が指で頰の髪をかきあげる。

「犯人が捕まったらしいわ」

「なんの」

「島で起きた事件、最近騒がしかったでしょう」

疲労していたぼくの神経が、ざわりと気力をとり戻す。雪江の視線はポータブルテレビに向かっていて、テレビでは昼のニュースが始まっている。

ぼくは椅子を立って雪江のとなりに場所を移し、テレビを見る。画面では若い女性記者が偉そうにマイクを握っている。背景に見えるのは小笠原警察署の正門らしい。

「逮捕された男は島内に在住する……」

記者のレポートは一分ほどつづき、ぼくは結論を理解する。レポートの内容は「今日の早朝、捜査本部のおかれている小笠原警察署に若い男が出頭した。男が真崎仁の殺害をほのめかしたことから、その場で緊急逮捕。容疑者は島内居住の藤井智之という無職の男で、取調べには素直に応じているものの、供述では意味不明の言葉も口走っている」という。

ニュースが天気予報にかわって、ぼくは椅子に戻り、牛乳を口に含む。冷えた牛乳が食道から胃へ、ざらざらと流れていく。

「終わったな」

「なあに？」

「事件のこと」

「犯人が捕まれば事件は終わりでしょう」

「うん、事件は、終わりだ」

下の港に漁船の影はなく、プレジャーボートだけが白い波をひいていく。冬になればカモメもやってくる漁港に、今はノスリが飛んでいる。

藤井が警察へ出頭し、事件は決着した。

供述では「意味不明」な言葉を口走っているらしいが、藤井が言う事の意味なんか藤井にしか分からない。今日以降、動機の解明や精神鑑定や裁判や、藤井にも世間にも、事件のあと始末は延々とつづいていく。しかし藤井の精神が破綻している以上、真崎の事件でも、和希の事件でも、藤井は責任能力を問われない。

それでいいんだよなと、ぼくは頭のなかで自答する。藤井の心が病んでいることは島の誰もが知っている。旬子の言うとおり、恰好よすぎた藤井の人生は藤井自身に負担だった。島の優等生も東京ではたかが知れている。受験に失敗し、和希に失恋し、藤井は精神の平衡を放棄した。和希を失恋相手と認識していたのかCIAのスパイと思い込んでいたのか。真崎をストーカーと分かっていたのか、和希の恋人と思い込んでいたのか。すべてを頭のなかに納めたまま藤井は優等生から解放され、「病気」の生活へ安住する。

それでいいんだよな、と思いながら、ぼくの頭には不愉快な推理が浮かぶ。こんな狭い島で殺人を犯せば、遅かれ早かれ、犯罪は暴かれる。その逮捕は必然であっても罪に問われない方法はある。藤井ならそれぐらい知っているはずだし、医学部を目指していた藤井には精神障害への知識もある。山屋たちにUFOの見物姿を見せつけ、境浦では裸で泳いでみせ、ぼくにグリーンペペシンやCIAの情報を吹き込む。ぼくを含めて、島民は誰でも藤井の異常を証言する。その結果「責任能力なし」として藤井は二つの殺人罪を免れる。

「そろそろ、おれ、東京へ帰ろうかな。島にも飽きた」

「それなら私も一緒に」

「雪江さんの家、どこ」

「弘前《ひろさき》」

「東京の人かと思った」

「大学で東京に出ただけ」

「そうか、弘前か」

「知ってる？」

「知らない」

「田舎よ」

「パチンコ屋は」

「あるけど人がみんな津軽《つがる》弁を喋るの。すごいでしょう」

「うん、すごいな」

「背伸びをするだけでもうロシアが見えるの」

足を組みかえながら雪江が鼻の先を笑わせる。雪江の白い肩に蝶がとまり、鎖骨のくぼみに影ができる。

「船のチケットを……」

リビングで電話がなり、ぼくはほっと息をつく。二階に電話の子機はなく、それに親父はなんの理由でかケータイを持っているという。

椅子を立ってリビングへ歩き、受話器から旬子の声を聞く。

「木村くん、テレビのニュースは見たでしょう」

「見た」

「大変よねえ」

「そうだな」

「信じられる?」

「なにが」

「藤井くんが真崎を殺したことよ」

「信じられるさ」

「どうして」

「藤井が自首したから」

「藤井くんは病気なのよ」

「病気だから真崎を殺した」

「ひどい言い方。それでも木村くん、同級生なの」

「おれにどうしろって」

「心配しなさいよ、島には藤井くんの家族もいるのよ。少しぐらい頭がおかしくたって、藤井くんが人を殺すはずないでしょう」

「おまえ、いいやつだな」

「寝ぼけないでよ」

「仕方ないことは仕方ない。藤井や藤井の家族が心配なら、静かに見守ってやれ」

「薄情男」

「前から知っていたろう」

「いいわよ。木村くんなんか、早く東京へ帰りなさいよ。丸山さんのいない島なんて、もう興味もないだろうしね」

旬子が電話を切り、ぼくの耳に耳鳴りが残り、効《き》き始めた頭痛薬と耳鳴りが頭のなかで混じり合う。

「薄情男、か」

ため息と一緒に独りごとを言い、濡れた髪をかきあげる。髪をかきあげながらリビングをよこぎり、階段に足をかける。躰はだるく、神経は茫洋として、気分は不安で鬱陶《うっとう》しい。子供のころに患った少年期軽鬱病の記憶が、うんざりとよみがえる。

階段をのぼりきり、二階の廊下を歩く。親父の部屋はドアがあいていて、床に胡座《あぐら》をかいた親父が見える。親父はパンツひとつで首にタオルをかけ、膝にウォッカのビンを抱えている。さっきの女も床に寝そべり、二人で洋画の衛星放送を眺めている。

「おう洋介、今日は朝帰りか」

「もう昼だけどね」

「女遊びはつつしめ」

「人のことは……」

「彼女なあ、東京の大学生で、ミナミくんというんだ」

「ああ、そう」

「しばらく家に泊まることになった」

ミナミという女が肩を起こし、目だけで会釈《えしやく》をする。床にはビールの空き缶やスナック菓子の袋がちらばり、パンティーやブラジャーもちらばっている。

「洋介、今日は町に出ないのか」

「どうして」

「出るなら船をキャンセルしてくれ」

「おがさわら丸の?」

「ミナミくんが明後日《あさって》の船を予約している。しかし彼女はもうしばらく島にいたいという」

「チケットは雪江さんが使うよ」

「ほーう」

「彼女、東京へ帰るって」

「島に飽きたのか」

「最初から飽きてるさ」

「なんだか知らんが、好きにしろと言ってくれ」

「自分で言いなよ」

「俺は忙しい。頭のなかでイメージが混乱して、脳が爆発するほど忙しいんだ」

「チケットがとれたらおれも次のフェリーで帰る」

「おまえも島に飽きたか」

「新しい部屋の片づけもあるしね」

「帰ったら景以子に、守銭奴とは別れろと言ってやれ」

口のなかで舌打ちをし、親父と女を見くらべてドアから離れる。

「洋介……」

廊下を歩きかけたぼくに、部屋の前まで立ってきて親父が声をかける。

「丸山の娘が死んだらしいな」

「知っていたの」

「昨夜港で聞いた」

「ふーん」

「だが無理に忘れる必要はないんだぞ。放っておいてもどうせ、時間がおまえから彼女を奪っていく」

「そうだろうね」

「なあ洋介、人生はおまえが思っているより、ずっと短い。小利口な人間に限ってその短い人生を後悔に使ってしまう」

ぼくの額をこつこつと叩き、ふんと鼻を鳴らして、親父がぶ厚く背中を向ける。頭のうしろで半白の髪がゆれ、パンツが腰骨の下までずり落ちる。親父の汗に匂うのはウォッカか、テレピン油か。

親父が部屋に入ってドアを閉め、ぼくも自分の部屋へ入る。天井を眺め、部屋の壁を眺め、窓の外に海を眺めて、ぼくはわざと「そうだろうね」と呟く。

五分で着替えを済ませて階下へ戻る。

雪江はキッチンに場所を移し、流し台の前で包丁を握っている。華奢《きゃしゃ》な腰がリズムをとって低い鼻唄が聞こえる。

「洋介くん、ハンバーグを食べる？」

「食欲がない」

「二日酔いでしょう。目が腫《は》れぼったいしテーブルには頭痛薬が出ていた」

「刑事みたいだな」

「私、ミステリーのファンよ。東京へ帰ったら推理小説も仕入れてくるわ」

同じような台詞《せりふ》をどこかで聞いた気がするが、そういえば翔子も探偵小説のファンとか言っていた。

「船のチケット……」

雪江のうしろへ歩き、タマネギを刻む手元をのぞきながら、ぼくが言う。

「雪江さんは明後日の便に乗れる。二階の彼女、しばらく泊まるらしいから」

「あら、そう」

「おれもこれから町へ行ってチケットを調べてくる」

雪江が包丁の手をとめ、爪先立ってぼくの顔に鼻を近づける。

「やっぱりお酒くさいわ」

「ラム酒を一本あけた」

「生意気ねえ」

「おれにも悩みはあるさ」

「それが生意気なの。学生でお金持ちの息子でハンサムで、悩みなんて贅沢よ」

雪江だってまだ二十四歳で、マリファナを吸ってカード破産をして小笠原まで流れてきた。そういう自分を反省しない雪江の性格も清々《すがすが》しい。

「ハンバーグ、本当にいらない？」

「散歩をしてくる。夕方になれば腹も減るさ」

雪江に手をふってキッチンから玄関へ向かい、サンダルをつっかけて外に出る。雪江が東京に帰ったままになるのか、また小笠原へ戻るのか、親父がいくら忙しくてもそれぐらいは雪江と二人で決めるだろう。

＊

バイクに乗る気にはならず、徒歩で家を出る。風はなく、空に雲もなく、気温も三十二度を超えている。めずらしく湿度も低く、日陰では汗も一気にひいていく。頭痛薬が苛立ちをしずめ、ハイビスカスの赤い花が鬱屈をなぐさめる。子供のころから亜熱帯の光がぼくにとっては鬱病の特効薬になっている。

清瀬からトンネルをくぐって大村の港側へ出る。道の向こうにガジュマルの大木が陰をつくり、お祭り広場には盆踊り用の櫓《やぐら》が組まれている。警察署にはマスコミが群がっているだろうに、港は気だるく眠っている。入港しているおがさわら丸が岸壁に悠然とそびえ立つ。

道をわたり、クジラのモニュメントを横目に船の待合所へ向かう。待合所のなかには発券所や予約窓口や観光案内所がある。

駐車場にとまっている乗用車から初老の男がおりてくる。グレーのズボンに白い半袖シャツを着て、黒い革靴をはいている。知っている顔ではあるが、とっさには分からない。

「やーあ、木村くん」

男に声をかけられ、その指に油汚れを認めて名前を思い出す。ツナギ以外の服を着た藤井の父親に会うのは、たぶん初めてだろう。

降りてきたクルマに背を向け、おがさわら丸とぼくの顔を見くらべながら藤井の父親がタバコに火をつける。クルマの後部座席には二つの人影が動いている。

「ひでえ事になりやがった。木村くん、知ってるかい」

「テレビで見ました」

「なにかの間違いだよねえ。智之は気のちっちぇえまじめな野郎だよ。言うことが不審《おか》しくなってるのは病気なんだよ」

「そうですね」

「智之が人を殺せる人間でねえことぐれえ、みんな知ってるよねえ。それを警察は、誰も信じないんだ。警官なんてどうせ本土の人間だもんねえ」

灼けたアスファルトに向かって短く煙を吐き、藤井の父親が肩を動かす。その方向にはクジラのモニュメントがあり、縁石の部分は日陰になっている。ぼくと藤井の父親はその日陰に場所を移す。

「ねえ、木村くん」

日陰の縁石に腰をおろして藤井の父親がタバコの煙を吹く。

「同級生のみんなで、一度、警察へ行ってくれないかね」

「はい？」

「俺が行ってもダメなんだ。警察は智之に会わせてくれないんだよ。あの野郎、今朝だって知らねえ間にいなくなって、そうしたら、警察から連絡が来やがった」

「弁護士はつけましたか」

「警察が手配するとかってなあ、素人《しろうと》の俺たちには分からねえもの」

「ぼくたちが行っても会えないと思います」

「それでもさあ、東京の刑事に言ってくれないかい、智之は人なんか殺さねえって」

気休めの返事は簡単だろうが、ぼくは素直にうなずけない。夜道でぼくまで襲撃した藤井は旬子や藤井の父親が思っている藤井とは、もう人間がちがっている。

藤井の父親と並んで腰をおろし、ぼくはハンカチで首の汗をふく。

「藤井は自白したんですよね」

「だからさあ、そりゃあ、智之の病気が言わせてるんだよ。薬師如来に命令されたなんて、正常《まとも》な人間の言うことじゃないだろう」

「薬師如来は船で来たんですか」

「はーあ？」

「いえ。それ以外に、藤井は？」

「ＣＩＡがどうとか、日本赤軍は永遠に不滅だとか、そんなことを言ってるらしいよ」

「それならだいじょうぶです」

「だいじょうぶって、なにがだね」

「責任能力がなければ無罪です」

「どういうことだい」

「藤井は、無罪です」

「分かってるんだよ。智之が人を殺すはずはねえもの。だけど警察やテレビがよってたかってあいつを犯人にしようとするんだ」

藤井の父親がタバコを足元に捨て、黒い革靴で、しつこく踏みつぶす。駐車場にとめられたクルマの窓に女の顔が動く。

「スパイだかなんだか……」

靴の先で吸殻を蹴飛ばし、新しいタバコに火をつけて、藤井の父親が空を見あげる。

「訳の分からねえことばっか喋って、智之にも困ったもんさね」

「藤井は警察でスパイのことを？」

「家へ来た刑事が言ってたよ。一宮の娘さんがどこやらのスパイで、それで殺したんだと。真崎という男もなにかのスパイで、味方を裏切ったとかね。警察は俺に心当たりがねえかって訊いたけど、そんなもの、あるはずないよねえ。それとも木村くん、智之からなにか聞いてたかい」

「いえ」

「そうだよなあ。そりゃたしかに、智之もちっと病気だけども、ありゃあ勉強のしすぎで疲れたんだよ。半年も休めば元気になって、それでまたコンピューターの学校へ行くつもりなんだ。なにしろ智之は子供のときから、まじめで勉強ができたからなあ」

「それで、警察は、ほかに？」

「工場から家んなかまで、好きなようにかき回してったよ。なんの意味か知らねえけど、智之の本やら帳面やら、ずいぶん持っていったねえ」

「スパナなんかも？」

「スパナ？」

「工場から押収されませんでしたか」

「どうだかなあ、そういや警察も、なにか言ってたねえ。だけど工場にスパナなんかないもの」

「工場にスパナが、ない？」

「自動車の整備にスパナは使わないよ」

「はあ？」

「素人じゃあるまいしさあ、スパナじゃボルトの山が崩れちまうよ。俺たちが使うのはメガネレンチとかソケットレンチとか、そういう専門の工具だよ」

「整備工場に、スパナはなかった？」

「少なくとも俺はもう二十年がとこ、スパナは使ってねえなあ」

「そうですか、二十年も」

駐車場のクルマからクラクションが聞こえ、藤井の父親が目を細める。熱気の充満するアスファルトにタバコの煙が長く吐き出される。

「そういうことでさあ、木村くん、一度警察へ行ってくれないかね。智之がまじめで勉強のできた子供だってことを、警察で話してもらいたいんだよ」

藤井の父親が腕時計をのぞいて駐車場をふり返り、クルマからは女が二人おりてくる。女たちはクジラのモニュメントには近寄らず、待合所の方向へ陽射しを避けていく。二人とも手には紙袋と大型のバッグをさげている。

縁石から腰をあげ、藤井の父親が日向《ひなた》に踏み出す。

「母島に親戚があってさあ、女房《かあ》ちゃんと娘をしばらく向こうへやるんだよ。なにしろテレビの連中がごっちゃり押しかける。あいつら、人んちの庭でも工場でも、クソ蠅みてえに入ってくるからなあ」

少し日向を歩いてから藤井の父親が足をとめ、タバコを遠くへはじいてぼくをふり返る。

「木村くん、ここだけの話だけどさあ」

「はい」

「実はなあ、智之のやつ、東京の病院に入院してたんだよ」

藤井の父親が油じみた右手の人さし指を自分の頭に押しあてる。

「こっちの病気でさあ。島じゃそんなこと言えねえだろう。それで内緒にしてたんだけど、でも木村くんなら分かってくれるよねえ」

「入院は、いつから」

「去年の秋からさ。だから今年は大学なんか受けてねえんだよ。でもこの島じゃよう、倅《せがれ》が頭の病気で入院したなんて、言えないんだよねえ」

「退院したのは？」

「春の、四月になってたかねえ。入院して、加減もよくなって、それで医者も退院を認めたんさあ。だからちっとは不審《おか》しい事も言うけど、智之は治りかけてたんだよ」

「治りかけて、ですか」

「それでちゃんと治ったら、またコンピューターの学校へね。なあ木村くん、一宮さんの娘が死んだり、なんとかかって奴が死んだり、そんなことが智之の病気にワルサしたんかねえ」

「そうかも知れませんね」

「なんの因果かねえ。俺たちはなにも悪いことはしてねえ。智之だってまじめに勉強してただけなのに、なんの因果か、ひでえ事になったもんだよ」

うつむいて、首をふりながら、藤井の父親が待合所のほうへ歩いていく。痩せた背中が待合所を迂回して建物の陰に消える。おがさわら丸の向こうには、ははじま丸の発着所があるから、藤井の家族はそのフェリーに乗るのだろう。

しばらく人けのない広場を眺めてから腰をあげ、ハンカチをポケットにしまう。

遠く三日月山の稜線は金色に輝き、なだらかな角度で海になだれ込む。突端から少し上が大根崎の墓地、墓地から稜線をさかのぼると三日月山の展望台がある。港に立って三日月山を眺めると、墓地と展望台がほんのわずかな距離に感じられる。

チケット売り場へ歩きかけ、足をとめて、ぼくはもう一度三日月山をふり返る。メロンパンに似た雲がひと切れ稜線にかかり、あとは自衛隊の基地にもお祭り広場にも八月の太陽が怨念のように降りそそぐ。墓地と展望台の距離を確認し、日陰に戻ってまた縁石に腰をおろす。藤井の無実を疑ってもいない父親の心情が、ぼくの頑さを羨《うらや》ましく浸食する。

スパナ、か。

自動車の整備にスパナが使われない事実を、どれほどの人間が知っているか。家の工具箱には大小二、三本のスパナがあって、親父がそのスパナでバイクを直したり壊したりする光景を、ぼくは子供のころから見ていた。そういう記憶を疑ってもみなかったが、専門の整備工場では事情がちがうという。「藤井自動車」の工場でスパナが使われないとしたら、藤井はどこからスパナを持ち出したのか。真崎仁を殺すために、わざわざ新しいスパナを調達したのか。

首筋に汗がにじみ、ぼくはズボンのポケットからまたハンカチをとり出す。

藤井の父親が言った「入院」がぼくを混乱させ、汗を熱くする。藤井と和希の交際をなかば信じていたが、藤井が去年の秋から入院していたのなら和希とはつき合えない。一、二度のデートは可能だとしても、妊娠をさせるのは無理だろう。それに胎児が四カ月だった事実も日数的に無理がある。「東京で二宮さんと会っていた」という藤井の言葉はぼくに対する虚勢か妄想だった。藤井はその妄想でぼくを襲い、殺人事件の渦中に飛び込んだ。CIAもグリーンペシンも藤井の頭には事実として存在した。藤井の狂気は計画的な演出ではなく、藤井の、正常な姿だった。それでも残る問題は「和希と真崎の殺害は否定されない」という現実だろう。

待合所の建物から若い女が出てきて、勢いよく自転車をこぎ始める。銀座通りへ向かいかけたその自転車がモニュメントのほうへ向きをかえる。

前カゴのついた婦人用自転車がぼくの前にとまる。

「木村さん、こんなところで、なにを?」

短い茶髪に長い顔、小さい目が真ん中に寄って、魚のウマヅラハギを思わせる。青灯台でバイトをしている榎本とかいう女だ。

「デートの待ち合わせ?」

「君が通るのを待っていた」

「あらーっ、あたし、ナンパされちゃう」

陽射しを気にする様子もなく、榎本が長い顔で笑う。ラインの入ったジョギングパンツにランニングシャツを着て、恰好だけなら今にも走り出しそうに見える。

榎本が自転車をおりて日陰に入ってくる。

「ねえねえ、木村さんも知ってるよねえ。あたしもう、イヤんなっちゃう」

「青灯台も災難だよな」

「ほーんと、バイトもやめたいんだけど、ほかに仕事もないしさあ。東京へ出るのもウザッタいし」

「盆でも過ぎれば落ちつくさ」

「そうしてもらいたいわ。今日だってお客に無理を言われて、頭にきちゃった」

「船のチケットか」

「そう、明後日の予約を来週に変更とかいうの。それをあたしにやらせるのよ。テレビ局の人たちって、偉そうよねえ」

榎本の小さい目が少し大きくなり、間延びした顔に憤懣《ふんまん》が浮かぶ。

「先週から満室でさあ。みんな下請けのくせに、威張ってるの。小笠原のことを田舎だと思ってるみたい」

「田舎だろう」

「そりゃあ、そうだけど」

すすめもしないのに、榎本がとなりに座り、サンダルの足を長く投げ出す。

「早く空港が欲しいわ。小笠原だって一応は東京の都内なんだから」

「テレビの連中、事件のことをなにか言ってるか」

「ただお酒を飲んで威張ってるだけよ。ほら、だから、船も来週にかえたわけ」

「藤井のことで、な」

「みんな慌ててるわ。一宮さんのときからひどい騒ぎよねえ」

「真崎の家族も島に来たか」

「ぜんぜん」

「青灯台に挨拶《あいさつ》もなし？」

「だってさあ、荷物は警察が持っていったし、ほら、遺体っていうの、あれだって飛行機で東京へ運んだから」

「それもそうだな」

「だけどあたし、見ちゃったのよねえ。真崎って人の布団のなかにバービー人形が入ってたの。あの人、ずっとあの人形と一緒に寝てたみたい」

「夢に見そうだ」

「あのお客もバカよねえ。あんな人形を持って、わざわざ殺されるために小笠原へ来たわけだから」

目の前の日盛りをシマアカネが飛び、停泊中のおがさわら丸から機械の整備音が建築現場のように聞こえてくる。

「君、藤井は知ってるよな」

「中学のときから優等生だったもの。藤井さんて、ちょっと恰好よかったじゃない。下級生で憧れてた子もけっこういたよ」

「君も、か」

「やだーっ、あたしは木村さんのファンだったよ」

「東京へ帰ったら絵葉書を送る」

「やだーっ、ほーんと、だけどさあ、そういえば丸山の翔子さん、死んじゃったって？」

「昨夜、な」

「可哀そうにねえ、奇麗な人だったのにねえ。家もお金持ちで、頭もよかったのにねえ」

「藤井は青灯台へ顔を出していたろう」

「なんのこと？」

「藤井のことさ」

「藤井さんがどうして青灯台へ」

「真崎と会うためにに。二人は知り合いだったはずだ」

「知らないなあ。藤井さん、うちのペンションへは来てないと思うよ」

観光桟橋から釣り舟がすべり出し、大根崎の方向へ舵をとる。父島の北側には兄島瀬戸という漁場があるから、舟はその釣り場へ向かうのだろう。

「ねえ、本当に藤井さんが、あのお客を殺したの？」

「おれに聞くな」

「いろんな噂があるし、テレビも騒ぐけど、あたし、信じられないなあ」

シマアカネがガジュマルのしげみへ飛び、ぼくは陽射しと榎本の顔を見くらべる。

「今度のこと、可保里さんに連絡しないのか」

「可保里さん？」

「トムズハウスの坂戸可保里。一宮が死んだときは君が可保里さんに連絡したろう」

「あたし、そんなこと、いちいち連絡しないよ」

青灯台へ向かう路地で可保里を見かけたのは、いつだったか。あのときの可保里はぼくに、「青灯台の友達から電話があった。青灯台のストーちゃんは有名で、警察が騒いだから関心をもった」と言ったはずだ。

「それならあのときは、可保里さんのほうから？」

「真崎の歳《とし》とか性格とか、興味をもってたみたい。見かけによらず可保里さんもヤジウマだなって、びっくりした」

本土の人間で、和希や真崎とは無関係なはずの可保里が、なぜあのとき、事件にそれほどの関心を持ったのだろう。

「ねえ木村さん、あたしでも東京へ出たら、暮らせるかなあ」

「人間はどこでも暮らせるし、どこでも死ねる」

「やだーっ。カッコよすぎる。やっぱり木村さん、東京の人だよねえ」

息苦しくなって腰をあげ、ぼくは光の反射に皮膚を晒《さら》す。もう頭痛はなく、咽《のど》だけが渇き、得体の知れない不安が胃壁の襞《ひだ》にわだかまる。

「可保里さんがペンションに泊まったときの宿帳は残っているよな」

「たぶんね」

「見せてくれるか」

「可保里さんに興味があるわけ」

「美人にはみんな興味がある」

「だけどあの人、結婚してるよ」

歩きかけたぼくの足が、灼けたアスファルトに、棒杭のようにつき刺さる。

「青灯台に泊まったときは旦那さんと一緒だった。旦那さんだけ東京へ帰って可保里さんは小笠原に残ったの」

榎本が自転車を押しはじめ、重い足でぼくもその横を歩く。陽射しのせいではない汗がじわりと首を流れる。お祭り広場では櫓を組む作業がつづき、銀座通りを水着にTシャツの女たちが闊歩《かっぽ》する。

「面倒なときに、なぜみんな、面倒なことをするんだろうな」

「そうだよねえ。結婚なんて、やっぱり面倒だよねえ」

「人によりけりだけどな。君なら性格もいいし、結婚すれば幸せになれる」

銀座通りを商店街側へわたり、ぼくは自転車のサドルに、ぽんと手をのせる。榎本の茶髪が金色に光り、ウマヅラハギのような顔がいっそう長くなる。

フェリーのチケットを手配しなかったことに、気分の片隅で、ぼくはちっと舌打ちをする。

＊

行事でもあるのか、正門を夏休みの高校生が頻繁に出入りする。その正門前をぼくは憂鬱に歩く。はびこった銀ネムが道端に白い花を咲かせ、カヤツリ草やリュウゼツ蘭が陽射しを熱くはね返す。

舗装路から枝道に入り、石塀沿いに進む。破れた塀の隙間から薔薇《ばら》の枝が見える。芝生には夾竹桃《きょうちくとう》のピンク色が涼しく、その夾竹桃とハイビスカスの枝をメジロが軽やかに行き来する。二度と踏むつもりのなかった飛び石を、ぼくは建物へ向かって踏んでいく。

庭を中央まで進んだとき、テラスに早苗が顔を出す。黒いワンピースに束ねた髪、縁無しのメガネが相変わらず堅苦しい。

「不思議な気分ね」

「そうですね」

「あなたが庭から入ってくるとまだ翔子さんが生きている気がするわ」

早苗がテラスの柱に肩を寄せてメガネを白く光らせる。居間の窓はあいているが、部屋からテレビの音は聞こえない。

「木村くん、昨夜はありがとう」

「いえ」

「お葬式は明後日《あさって》らしいわ」

「はい」

「あなたはいつ東京へ帰るの」

「近いうち」

「私は来週かな。翔子さんの形見分けをしたいから、山屋くんや棚橋さんにも伝えてくれる?」

ぼくの表情をうかがいながら早苗が腕を組み、ぼくはステップに足をかけてテラスにのぼる。

「昨日、丸山は、パソコンを使いましたか」

「椅子に座ったまま意識を失ったの」

「パソコンを使っていた最中に?」

「そうなるわね」

「スイッチは」

「私が切ったけど」

感情の見えない早苗の目が、メガネの奥で少し笑う。

「でも、データは消してないわよ」

「ありがとう」

「あなたたち、探偵ごっこをしていたのよね」

「終わったはずなのにまだ途中のようです」

「翔子さんも張り切っていた。亡くなった一宮さんは気の毒だけど、嫉妬も翔子さんには生きる気力だったから」

「丸山の嫉妬はゲームでした」

「木村くん、本気でそう思っていたの」

「はい」

「翔子さんも二十歳の女の子よ。初恋の男の子が同級生と親しくなれば心は痛むでしょう。特に一宮さん本人から、その事を聞かされれば」

ぼくの息がちょっと詰まり、早苗の横を歩いて翔子用の椅子に手をかける。背もたれの質感は固く冷たく、それが翔子の瘦せた肩を思わせる。翔子に和希とのデートを打ち明けたのは和希が死んだあとなのに、和希本人が翔子に告げたというのはどういう意味だろう。

「一宮が、この家に?」

「お見舞いに来てくれたの」

「いつのことですか」

「今年のお正月。彼女が帰ったあと翔子さんは怒っていたわよ。木村洋介を呪い殺すって」

早苗が口の端に陰をつくって、縁無しのメガネが無表情にぼくを見つめる。ぼくを非難しているのか、揶揄《からか》っているのか、表情からは分からない。和希だって同級生だから島へ帰れば見舞うぐらいのことはあったろう。そのとき和希は故意にぼくとの関係を翔子に聞かせたのか、それともお喋りのなかでの、偶然か。

「木村くんにはまだ女の怖さが分からないでしょう」

「はい、たぶん」

「女は非常識で冷酷な生き物なの。一宮という女の子も例外ではなかった」

「一宮が、わざと？」

「当然でしょう」

「一宮だって丸山の病気は知っていた」

「病気のことも、翔子さんの木村くんへの気持ちも、当然知っていたわね。だからこそわざと聞かせたの。女には誰にでもそういう残酷な部分があるの」

「でも……」

「なあに」

「丸山は例外だった」

「翔子さんはプライドが高かっただけ。それに病気が彼女を大人にしたの。もし病気がなければ翔子さんも高慢で我儘《わがまま》で、生意気な女の子だったわ」

反論はあったが、言葉には出さず、ぼくは椅子から離れる。翔子が高慢だろうが我儘だろうが、そんなことは翔子が生きていてこそ意味がある。

「丸山のパソコン、使えますか」

「探偵ごっこのつづき？」

「興信所に調べてもらいたいことがあります」

「スイッチを入れれば起動するわ、パスワードの設定はないはずだから」

早苗がドアをあけてぼくをうながし、ぼくは会釈をして居間に入る。テレビやソファの配置はかわらず、空気の匂いも変わらない。この家に翔子のいない事実が不思議な実感でぼくを責めてくる。

居間に看護師の姿はなく、早苗を残して翔子の部屋へ歩く。部屋のドアはあいていて、窓も外側にひらいている。ベッドはホテルのようにメイクされ、壁には点滴のスタンドと車椅子が並んでいる。

感情に蓋をして机に向かい、椅子に座ってパソコンのスイッチを入れる。回線はパソコン専用になっているらしく、画面にすぐメニューが表示される。受信用のメールボックスをクリックし、プールされているリストに送信者名を点検する。そのなかに「扶桑《ふそう》信用調査サービス」という送信者があり、ポインターを合わせる。「扶桑信用調査サービス」が翔子の使っていた興信所なら、返信メールで藤井の入院履歴や一宮良雄の身辺調査も依頼できる。

画面が受信メールにかわり、事件関連の文章があらわれる。報告されている内容は一宮和希が妊娠四カ月だったこと。その他は遺体の損傷程度や死亡推定時間などで翔子が話してくれた内容と変わらない。

マウスで次のメールをクリックすると、今度は真崎の素性や和希とコンサートで知り合った経緯、ストーキングの事実や南明歩という女子大生の証言など、やはり翔子から聞いた内容が示される。これらの部分に興味はなく、最後の項目にポインターを向ける。

そのあらわれた画面に、ぼくは一瞬息をつめる。メールの日付は昨日だから翔子もこのメールを見ながら意識を失ったことになる。内容は真崎仁が殺害された状況の報告で、遺体の発見者がぼくと夏希であることから始まる。死亡推定時刻が当日の午前0時前後、現場に争った形跡はないが、靴跡やクルマのタイヤ跡などは発見されている。凶器のスパナも付近の草むらで発見され、指紋は残されていないものの、出所を追跡中という。

そこまではいいとして、メールには、発見者である木村洋介の身辺調査まで報告されているのだ。ぼくが小笠原の親父に引き取られた経緯、中学から高校時代の行状《ぎょうじょう》、そして東京での交友関係や女が自殺未遂を図った事実まで、こまかく調べられている。同じ発見者の夏希に対する調査はないから、ぼくに関しては翔子の私的なリクエストだろう。

島から一歩も外に出ず、テラスに座ったまま、翔子は神のようにすべてを知っていた。翔子はぼくを赦《ゆる》していたのか、和希の冷酷さを赦していたのか。人間のすべてを承知で、すべてを赦して死んでいったのか。中学生のころ、初寝浦の岩陰で一度だけ触れた翔子の唇が、翔子の体温とともに、ぼくの唇によみがえる。

ドアに気配がして、背後に早苗が歩いてくる。早苗はぼくの肩に手をかけ、机にビールの缶をおく。

「冷えているわよ」

「ありがとう」

「食事は?」

「要りません」

「看護師さんは南島《みなみじま》へ観光に行ったし、私も食事をする気にはならない。この家の始末もしばらく手につかないと思うわ」

うなずいて、ぼくは缶ビールのプルタブをあけ、早苗がパソコンの画面をのぞく。

「扶桑信用調査サービスね、この会社も丸山財閥のグループよ」

「そうですか」

「翔子さんの調査依頼なら手抜きはしないわ。警察からの情報も詳しいはず」

「詳しすぎる部分もあります」

「どういうこと?」

「いえ」

自分の身辺調査部分をスクロールして、ぼくはビールを口に運ぶ。

「私信をのぞいてるわけだから本当は法律違反よね」

「そうですね」

「パソコンを翔子さんにすすめたのは私だけれど」

報告書が終わりに近づき、ぼくの手がとまって、ビールの缶も唇で停止する。ぼくの気管支に、とめた息がざらりと引っかかる。画面の文章が「DNA鑑定の結果、一宮和希が宿していた胎児の父親は九十八パーセント以上の確率で真崎仁と思われる」と結ばれているのだ。

画面を見つめたままぼくはビールを咽に流し、冷えたビールが食道を流れ、背筋もいやな感じに寒くなる。前回の報告では真崎と和希の関係をストーカーとその被害者と断定していて、南明歩という女も警察へ訴えている。「恋愛関係」を主張したのは真崎一人だけで、ぼくも信じたのは最初だけだ。状況的にも真崎のストーキングは確実なはずなのに、今回の「胎児の父親は真崎」という報告は、どういうことか。ＤＮＡ鑑定に二パーセントの誤差はあるにしても、そんなものは、限りなくゼロに近い。

椅子を立ち、ビールをあおって、ぼくはまた椅子に座る。和希と真崎がつづけて殺され、そして胎児が二人の子供だったとすると、事件の構図は、どうなるのか。二人が心中を図ったはずもなく、スパイ同士の抗争に巻き込まれたはずもない。藤井の狂気が二人を殺したと思い込んだのは、やはり先入観と、ぼくの単純さだったのか。

藤井の頭のなかで薬師如来やＣＩＡが活躍している事実は否定しない。藤井は翔子を白血病から救うため新薬の研究をつづけてきた。敵のスパイでも味方のスパイでも、邪魔者はすべて排除する。藤井を無視して翔子に近寄る無法者も、この世から抹殺する。藤井は和希を殺し、ぼくを襲い、真崎を抹殺した。ぼくは、藤井がぼくを襲ったからこそ、藤井の犯行を確信した。その先入観がぼくの視野を狭くしたのだが、それでは藤井はなぜ、ぼくを殺さなかったのか。

あのときぼくは藤井に突き飛ばされ、頭を打ち、意識を失った。意識のないぼくの首を絞めることも、道端の石で殴打することも容易だったはずだ。狂気や妄想にとり憑《つ》かれても、藤井の潜在的な人格は殺人を犯さなかった。藤井が病気であることと藤井が殺人者であることは、別の次元なのだ。

しかしそれなら、和希と真崎は、誰が殺したのか。和希が真崎の子供を宿していたとすれば、和希はやはり自殺だったのか。真崎が和希を自殺に追い込み、その事実を知った和希の父親が真崎に復讐した。一見不可解に思えた二つの事件も、構図は単純なものだったのか。

真崎殺しの犯人が和希の父親なら、それはそれで、仕方ない。ぼくもバービー人形を抱いて寝るような男に義理はないし、藤井の無実はいつか証明され、いつかは釈放される。ぼくはこれから港へ戻り、おがさわら丸を予約して、明後日には雪江と一緒に東京へ帰る。和希と真崎と翔子が死んで、ぼくの夏休みが少しだけ短くなったという、それだけのことなのだ。

だけど可保里はと、パソコンのスイッチを切りかけて手を戻す。可保里が結婚をしていて、そのことをぼくや山屋に告げなかったことに罪はない。しかし青灯台へ真崎の様子を探りにいったことも、一般的な好奇心の範囲なのだろうか。

早苗がドアへ歩きながら、咳払いをしてふり返る。

「木村くん、困っているみたいね」

「はい」

「翔子さんも困っていたわ」

「丸山が、なにを」

「犯人が分からないって。もちろん翔子さんの独りごとだったけれど」

「興信所へ調査を依頼します。メールの返事が来たら知らせてもらえますか」

「いいわよ。木村くんにもそれぐらいの権利はあるものね」

スリッパを鳴らして早苗がドアに姿を消し、ぼくはマウスで返信のメール作成をクリックする。

画面の文章作成スペースにキーボードで打ち込んだのは、まず真崎が殺されたときの、一宮良雄のアリバイ確認。坂戸可保里の身辺調査では青灯台で教えられた東京の住所、電話番号、保則《やすのり》という結婚相手の名前。それからちょっと考えて、トムズハウスの所在とマスターの名前をつけ加える。

最後にキーボードで「南明歩の……」と打ちかけ、ぼくは自分の指先と画面を見くらべる。南明歩は和希の親友だったというが、面識はなく、名前も聞いていない。知らない女であることは確実だが、どこかで、なにか、記憶の予感がある。

「まさか」

昨夜家に連れてきた女子大生を、親父はたしか、「ミナミくん」と呼ばなかったか。

＊

雑草のなかにマツバボタンの花が多く見えるのは、近くに都営住宅ができたせいだろう。日の陰りはじめた枝道を家へ向かっていたぼくの足が、藤井に襲われた辺りでとまる。もちろん格闘のあとはなく、道にはカヤツリ草やムカシヨモギがしげっている。奥へ向かって松の林が広がり、頭上からはツグミの声が聞こえてくる。九月になればまたオガサワラ蟬が鳴きはじめ、観光客がいなくなって海ではカツオやアジの漁が多くなる。

自分が倒れた辺りを見おろしながら、ぼくは頭のうしろに手をやる。もう瘤《こぶ》も痛みもなく、目のまわりから痣も消えている。気分が藤井の悲しみに同調し、罪の意識が、ざわざわとぼくの皮膚を騒がせる。

道の向こうに足音がして、雪江が妖精のようにあらわれる。袖無しのワンピースに赤いデッキシューズ、石膏像のような顔に髪がやわらかくまといつく。

足早に歩いてきて雪江が目の色を明るくする。

「洋介くん、すごくラッキーよ」

「雪江さんは存在そのものがラッキーだ」

「私ね、もう小笠原へ来なくていいの」

「親父が？」

「そう。それで白井画廊へも二作分の交渉をしてくれるの」

「それは、ラッキーだ」

「パチンコ台をつづけて打止めさせたときより、ずっと幸せ」

雪江がぼくの首に腕をまわして腹と唇を押しつける。親父も親父だが、モデルをクビになってこれほど喜ぶ雪江の性格も、素晴らしい。

肩で屈託なく笑い、爪先をターンさせて、雪江が肩の位置を入れかえる。

「洋介くんも船はとれた?」

「だめだった」

「それなら……」

「雪江さんが一人で帰ってくれ」

「退屈ねえ」

「おれも来週のフェリーで帰るけど」

「だから?」

「意味はない」

「生意気ねえ。いつかはセックスしたけど、あれは、あれだけのことなのに」
二、三歩うしろ向きに歩いてから、雪江が腕を組んで首をかしげる。
「ねえ、散歩につき合わない?」

「いやだ」

「怒ったの」

「怒った」

「私、意地悪な洋介くんは嫌いよ」

勝手に嫌え、と口のなかで呟《つぶや》き、雪江に背中を向ける。木漏れ日が雑草をまだらに照らし、カミキリ虫が林の暗みへ飛んでいく。

雪江のハミングが遠ざかって、ぼくは家へ向かう。門の内からブーゲンビリアの花がこぼれ、どこからやって来たのかぶち猫が塀の上でうずくまる。猫はぼくを見向きもせず、ぼくも猫を無視して玄関へ入る。雑然とした空気のなかにテレピン油かウォッカか、松脂《まつやに》の匂いが鼻をつく。

階段を見あげ、リビングを横切ってベランダをのぞく。デッキチェアにはミナミという女が寝そべり、となりの椅子では親父がウォッカのグラスを握っている。

ぼくは一度キッチンへ戻り、冷蔵庫から缶ビールとハンバーグの皿をとり出す。ハンバーグにはチーズがのっていて、大きさは食パンほどもある。そのハンバーグを電子レンジで温め、手づかみにしてベランダへ向かう。親父はパンツ一枚の裸だが女はTシャツの下にパンティーをはいている。

ハンバーグをかじり、ビールを流し込んで、近くの椅子に腰をおろす。

「父さん、雪江さんのこと、いいの？」

「聞いたのか」

「そこの道で会った」

「それなら、まあ、そういうことだ」

「絵は？」

「それが洋介、喜んでくれ。ミナミくんの顔を見て新しいイメージが閃《ひらめ》いた。けっきょく海は女で、女は海だからなあ」

「白井画廊に話はつけたの」

「ああ、いやあ、しかしあの画廊は、俺の条件を呑むに決まっている」

「父さんの責任だよ」

「言われなくても分かってる。だいたいおまえは性格がまじめすぎる」

「父さん以外の人からは不良だと言われるけどね」

「おまえが不良なら仏陀《ぶっだ》もキリストも暴力団だ」

「価値観の問題だな」

「それより洋介、おまえ、雪江と寝なかったか」

「一度だけだよ」

「寝たのか」

「一度だけ」

「この、不良め」

赤熊のような親父の顔が一瞬白くなり、胸毛の渦巻く胸から、むっと息がもれる。すべてはカメなんか食べる親父の責任で、ぼくが非難される覚えはない。

「まあ、そういうことで、なんだなあ、人生とはそれほど過酷で、それほど美しいということだ」

「父さんのお陰で勉強になる」

ぼくはハンバーグをかじって、ビールを飲んで、女に目をやる。

「君、南明歩さん?」

女がマネキン人形のように目を見開き、うなずきながら肩をすくめる。目ばかりが異様に大きく、顔全体の表情が分かりにくい。

「洋介、なぜ彼女の名前まで知ってる」

「超能力があるんだ」

「さすがは俺の倅だ」

「南さんは一宮和希の親友で、小笠原へは和希の家を訪ねて来た」

「ほーう、大したもんだ」

「うちの親父とはどこで知り合ったの」

南明歩がまばたきをし、親父とぼくの顔を見くらべる。

「私はスナックで飲んでいただけなの」

「そうだろうな」

「そのミナミくんを見て俺のインスピレーションが爆発したわけだ」

「父さん、少しだけ、彼女と話をさせてくれ」

親父が鼻を鳴らして胡座を組みかえ、グラスになみなみとウォッカをつぐ。南明歩は少し背中を起こし、顎の先をぼくに向ける。

「要するに君は、親父にナンパされたわけだ」

「モデルに誘われたの。私、前から木村先生のファンだし」

「木村輪一が小笠原に住んでることは一宮から聞いていた?」

「聞いていたわ」

「偶然だな。おれも君に会えて運がよかった」

こんな偶然も東京では起こらないが、小笠原なら必然の部類だろう。この島で女子大生が出入りするスナックは限られていて、親父はわざと、そういう店に通う。

「おれ、一宮と同級なんだ。クラスはひとつしかないから同学年はみんな同級になる」

ハンバーグを口に押し込み、飲みくだしながら、指をTシャツの裾でぬぐう。親父にナンパされたことまでは偶然にしても、以降の明歩はすべてを承知でこの家に来たことになる。女が見かけによらないのか、それとも明歩に関しては、見かけどおりなのか。

「親父のことはともかく、おれのことも一宮から？」

「聞いていたわよ、島で一番の不良だって」

「ほかには」

「以前につき合ったことも。悲劇のヒロインみたいに、ちょっと自己陶酔していたかな」

「悲劇のヒロインみたいに、か」

「和希のそういう無邪気なところ、可愛かったけど」

無邪気で可愛いというのも和希のイメージに合わないが、和希は夏希や翔子にまでぼくとの関係を話している。翔子の家で早苗に言われたとおり、ぼくにはまだ女の怖さが分かっていない。

「君、一宮の家へは？」

「お線香をあげてきたわ。お父様が可哀そう。私がお仏壇にお線香をあげたらそれだけで泣いてしまった」

親父が唸《うな》りながら腰をあげ、グラスをあおって、ぼくと明歩を見おろす。

「ミナミくんから聞いたんだが、洋介、一宮の娘も死んだそうだな」

「もうずっと前だよ」

「ずっと前って」

「おれが小笠原へ帰ってきた次の日ぐらい」

「なぜ言わなかった」

「興味はなかったろう」

「それはそうだが」

「死んだのは一宮和希。夏希の姉さんだよ」

「夏希というのは誰だ」

「父さんと……父さん、おれの話はすぐ終わるからさ」

「父親の目の前でオンナを口説くとは、おまえもいい度胸だ」

「血筋だよ」

「まあ、邪魔はせんけどなあ。どうだ洋介、今夜はカメ鍋でもするか」

「今夜はまだ雪江さんが……」

「冷凍物じゃないぞ。俺のファンだというカメセンターの女が横流しするやつだ」

「すごいね」

「ちょっと仕入れてくる。ついでにミナミくんのペンションへ寄って、荷物を持ってきてやろう」

親父がのっそりと離れていき、ぼくはビールを飲みほして空き缶を床におく。親父もずいぶんまめな性格だが、どうせ最初だけだろう。

「君、カメは食べられる?」

「おいしそうじゃない」

「そうか、よかった」

「でも洋介さん、意外にまじめな感じね」

「意外にまじめなんだ」

「和希が言ってた洋介さんとはちがう人みたい。最初に会ったとき、別な人かと思ったわ」

明歩がデッキチェアの背もたれをあげ、尻を隠すようにTシャツの裾をひっぱる。細いアンクレットが金色に光り、太ももの痣が蝶の模様に見える。

「だけど驚いたのよ。私がフェリーで小笠原へついたら、真崎という人が殺されてるんだもの。和希は自殺だと思っていたのに、あれもちがうんでしょう」

「たぶんな」

「和希の家でも挨拶の仕方が分からなかった。まさか和希が殺されて、真崎が殺されて、そうしたらさっきのテレビで犯人が捕まったとか……小笠原って、和希に聞いてたよりエキサイテイングな島ね」

「今年の夏だけ特別さ」

「犯人の藤井という人も知っているの？」

「あいつも中学の同級生」

「そうなの。和希のお友達って、みんな変わっているみたい」

またビールが飲みたくなったが、ため息をついて我慢する。

「君、真崎に、会ったことは？」

「和希から話を聞いただけよ。電話やメールやプレゼントがしつこくて、和希はノイローゼになっていた。だから今度も、夏休みが始まる前に小笠原へ帰ったの」

門の外でエンジンの音がし、親父のクルマがクラクションをならして遠ざかる。カメセンターは正式名を『小笠原海洋センター』という研究施設で、そんなところの女が、本当にカメ肉の横流しなんかをするものなのか。

「ストーカーのことは君が警察へ届けたんだよな」

「そう、それで電話は来なくなった。でも和希、尾行されたり見張られたり、いつも怖がっていた。私は気のせいだろうと言ってたけど、でもこうなってみると、やっぱり本当だったのね」

「一宮と真崎は、ただのストーカーと被害者だったのかな」

「どういうこと？」

「言葉どおりさ」

「本当は交際があったとか？」

「うん」

「それは無いわね。和希は本心から怖くて、だからノイローゼになったのよ」

なぜ和希の神経が不安定になったのか、真崎のストーカー行為によるものか、妊娠によるものか。いずれにしても胎児の父親は真崎、という事実がある。和希も明歩にその事情を打ち明けていないらしいが、打ち明けられなかった事情に想像はつく。

「君、ビールは？」

「いただくわ」

うなずいて、ぼくは椅子を立ち、ベランダを歩いてトイレに向かう。トイレで用を足してから冷えた缶ビールをもってベランダへ戻る。日の陰った港には漁船が帰港しはじめ、野羊山の山頂だけがかすかに陽射しを受けている。

缶ビールのプルタブをあけて一本を明歩に手渡し、ぼくは元の椅子に座る。

「一宮の親父さんと一宮の関係だけど……」

「干渉しすぎとか？　でもあれぐらい、普通だと思うけど」

「そうかなあ」

「私のお友達で、今でも門限が七時という子がいるわ」

「女子大生で？」

「お父さんとお風呂に入る子もいるし」

「ある意味で、偉いけど」

「毎日持ち物の検査をされたりね。たしかに和希のところもお父様は厳格だった。村長さんだったから陳情とか視察とか、そんなこともあって、よく東京にも見えていた。私も二、三度、和希と一緒に食事をご馳走になったわ」

「陳情は空港のことで？」

「詳しくは知らない。でも私が会ったときのお父様はご機嫌だった。村長の椅子は別の人に譲るけど、お金は自分に入るとか」

「それだけは予定通りらしい」

「もちろん和希にもプレッシャーはあったみたい。父親なんて、誰でもケムタいでしょう。だけど家庭の事情もあるし、そういうところは和希も素直だったから」

明歩がビールに口をつけ、小指の先で唇をぬぐう。その爪には熱帯魚のような模様がネイルアートされている。

「和希のお母様って、早くに亡くなったのよねえ」

「そうらしいな」

「写真を見せてもらった事があるわ、奇麗な方だったのに」

「一宮に似ていた、か」

「和希より奇麗だったかしら」

「それは、残念だ」

「欧米の血が混じっているみたいで、そのお母様が白いドレスを着てらして、胸にカーネーションの花束を持っているの。和希のお父様とは、正直に言って、合わない感じがしたわ」

「本当に残念だった」

「そのお母様に似ているから、お父様も和希を溺愛したんでしょうね」

明歩の両肩が背もたれにひかれ、腰の位置が少し動く。ブラジャーをつけていない乳首がシャツの胸を尖らせて、太ものの蝶がかすかに羽ばたく。

「洋介さん、知っていた？」

「なにを」

「結婚する前に、和希のお母様には恋人がいたこと」

「知るわけないさ」

「お父様には内緒で和希が話してくれたの。お母様も生まれたのは東京だけど、家はもともと小笠原ですって。その家同士の約束で、お父様との結婚が子供のころから決まっていたとか。戦争が終わってお父様の家は早くから小笠原へ戻られて、お母様の家は東京に残っていた。旧島民とか在来島民とかの事情は知らないけれど、とにかくお母様は島へ帰ってお父様と結婚することになった。でも東京にはつき合ってる恋人がいたの。恋をとるか家をとるか、お母様はしっかりロミオとジュリエットをされたみたい」

小笠原にはたしかに、戦争とか強制疎開とかアメリカ軍の占領とか、本土とは異なる歴史がある。記憶にないほど昔の歴史でも、歴史は勝手に今の現実をもてあそぶ。

「お母様とその恋人なんかね、心中まで考えたんですって」

「みんな歴史が悪い」

「でも結局、お母様は、お父様と小笠原を選ばれたの」

「親父に聞かせてやりたいような話だな」

「お気の毒でしょう。そういう事情があって、和希も言ってたわ。洋介さんとつき合っているとき、悪いことをしてるような、お父様を裏切ってるような、そんな気がしたって」

東の海に浮かんだ雲に夕日が茜色の光を投げかけ、港の外にアジサシが小さく飛んでいく。戦争があって、疎開があって殺人があって、それでも小笠原の風景は平和だけを強調する。

「君、一宮から、坂戸可保里という名前を聞いてないかな」

「坂戸可保里?」

「歳は二十七だという」

前髪に指をからめながら、大きい目をマネキン人形のように見開いて明歩が首を横にふる。

「坂戸保則は」

「知らないわ。そんなお友達、いなかったと思うけど」

「最近一宮とつき合ってた男は」

「セックスした相手、という意味かしら」

「端的すぎるけど」

「いたら私に話すわよ。和希ってお喋りな子ではなかったけど、私、相手に安らぎを与える夕イプだから」

「せっかく東京へ出たのに、一宮も不自由な性格だったよな」

ビールの缶をゆすりながら、ぼくは腰をあげ、下の庭をのぞく。物干し竿にはシーツやタオルが広がり、下着やシャツも干してある。もう日は陰っているが、湿度も低いし、洗濯物もよく乾いたろう。

「君、パチンコは？」

「なんの話かしら」

「聞いてみただけさ」

「ああいうオヤジ臭いゲームは嫌いよ」

「嫌いならよかった」

「でも実家は名古屋で、手広くパチンコのチェーン店を経営しているの」

ぼくはうんざりとビールを飲み、空き缶を手すりにおいて背伸びをする。「相手に安らぎを与えるタイプ」かどうかは知らないが、神経質な和希がこの明歩を親友に選んだ理由も、分かるといえば、分かる気もする。

「それで君、小笠原には、いつまで？」

「先生のお仕事次第ね」

「本気でモデルを？」

「木村輪一のファンですもの」

「大学があるだろう」

「先生のモデルになれるなら大学なんかやめても構わないの。有名な木村輪一に描かれたら、私、親戚中に自慢できるわ」

背伸びを途中でやめ、明歩のうしろをまわってベランダのステップへ歩く。明歩の顔を見て爆発したという親父のインスピレーションも、これまでの例からはどうせ二、三日で消えてしまう。

「さっきの話だけど……」

思い出して、ステップにおろしかけていた足をベランダへ戻す。

「一宮のお袋さんが東京でつき合っていた彼氏って、どんな人」

「そこまでは聞いていないわ。でも美術学校へ通っていた学生で、海の好きな人ですって」

「うちの親父みたいだ」

「そういえばそうね」

「親父だったら笑えるな」

「私はロマンチックだと思うわ。だって、素敵なお話ですもの」

ステップに足をおろし、庭の洗濯物を眺めながら肩で息をつく。黒いジャコウアゲハが白い洗濯物の上を、ひらひらと舞っていく。もう日は沈みきって雲にも陽射しの色はなく、外洋からは遊覧船が帰ってくる。

9

栈橋に小笠原太鼓がひびく。

待合所も混雑が終わり、見送りの人間は建物の外に散っている。週に一度入港するおがさわら丸は三、四日の停泊でまた東京へ帰っていく。栈橋は出港日のほうが賑わい、人出も多くなる。

ぼくは発券窓口で南明歩の予約券を乗船チケットにかえ、船室も二等から一等に変更する。料金は倍になるが親父も雪江に対してそれぐらいの愛はある。

チケットと上船票を受けとり、待合所を出る。外では雪江が足元にビニールバッグをおいてフェリーのほうへ目を細めている。タンクトップの肩にはトレーナーが巻かれ、チノパンツに野球帽をかぶった姿が可愛らしい。

客のほとんどは乗船し、小旗をふる見送り人が栈橋をとり囲む。小笠原太鼓が出港の活気をあおって薄日が船体を白く輝かす。

「乗ったほうがいい、あと十分だ」

チケットと上船票を雪江にわたし、船のデッキを眺める。栈橋側のデッキには客があふれ、手をふったり喚《わめ》いたり、出港の演出を楽しんでいる。

「洋介くん、この紙はなあに」

「東京から来るときも書いたろう」

「そうだったかしら」

上船票の用紙を睨《にら》むように雪江が口を尖《とが》らせ、鼻の先を曲げる。船内でのトラブルや事故に備えて上船票には住所氏名の記入が義務づけられる。

「私、小笠原へ来るとき東京の部屋はひき払ったのよね」

「適当でいいさ」

「面倒よねえ。洋介くんが一緒に帰れれば楽だったのに」

「一度セックスしただけの女にそこまではつき合えない」

雪江が形のいい眉をゆがめてにんまりと笑い、ぼくの胸を拳でつく。ぼくはズボンの尻ポケットから手帳をとり出し、ボールペンを雪江の手に握らせる。

「住所も電話番号も適当でいい。今の雪江さんはホームレスなんだから」

反論もせず、うなずいて、雪江が用紙に書き込みを始める。タンクトップのうなじにジンマシンのような日灼けが見えるのは、昨日親父とプレジャーボートに乗ったせいだろう。太鼓の調子が高くなり、船のデッキに歓声があがって、三日月山の上空には今日もヘリコプターが飛んでいる。

雪江のタンクトップに色のうすい乳首がのぞき、汗の匂いがぼくにため息をつかせる。

「東京へ帰って、どこに泊まるんだ」

「決めてないわ」

「ホテル?」

「泊めてくれるお友達を探すつもり」

「マリファナとハルシオンを仕入れて、クラブとパチンコ屋にかようか」

「洋介くんに関係ないでしょう」

「そうだな。とにかく、元気で帰ってくれ」

ポケットを探ってキーホルダーをとり出し、鍵をひとつ雪江にわたす。

「なあに」

「東京の、おれの部屋の鍵」

帽子の下で雪江の目が鍵とぼくの顔を見くらべ、ぼくは手帳をひらいてアパート名と住所を書く。

「引っ越したばかりで散らかってるけどさ」

手帳のページを切りとって雪江にわたし、雪江のほうはメモを見ずにぼくの顔をのぞく。ぼくは雪江のバッグをとりあげてうなずいてやり、雪江の背中を前に押す。おがさわら丸が汽笛を鳴らし、太鼓の調子が高くなる。

タラップの前でぼくが足をとめ、雪江も立ちどまる。若い女が二人、騒ぎながらタラップを駆けあがる。

「お盆だからな、雪江さんの友達が東京にいるとは限らない」

雪江のバッグをぼくが雪江の肩に移し、雪江の石膏像のような顔に不敵な笑みが浮かぶ。

「若いくせに、洋介くん、生意気ねえ」

「おれ、生意気なんだ」

「来週には?」

「帰る」

「私が部屋にいなかったら?」

「一人で引越しのあと片づけをする」

「生意気ねえ」

「見かけほどは人生にも絶望していないさ」

目で質問をつくり、しかし言葉は出さず、雪江がメモと鍵をポケットにしまう。汽笛がひびいてデッキと桟橋に人声が高くなる。

雪江がバッグを担ぎなおしてタラップをのぼる。野球帽にタンクトップにチノパンツに、そのうしろ姿だけなら女子高生のように見える。雪江は係員に上船票をわたし、ふり返らずに船内へ消えていく。おがさわら丸は午後二時に出港して、これから二十六時間かけて竹芝桟橋へ帰っていく。

踵《きびす》を返して待合所のほうへ歩くと、軒下では旬子がデッキに向かってたなはし荘の小旗をふっている。ぼくは旬子に気づいていたし、旬子のほうもどうせぼくに気づいている。

軒下に向かって歩きかけたぼくの足が桟橋の途中でとまる。待合所から短い金髪がぼくに手をふっているのだ。山屋は両肩に大きいバッグをかけ、右手にも大きいビニール袋をさげている。白いズボンに椰子《やし》柄のアロハシャツというファッションは、山屋なりに「よそ行き」のつもりらしい。

山屋の日灼けした顔が汗と一緒にぼくへ向かってくる。

「浩司、フェリーに乗るのか」

「ああ、それがよう、昨夜突然決まりやがって」

手の甲で汗をふき、山屋が待合所をふり返る。待合所からは可保里がチケットと上船票を手に涼しい顔であらわれる。手に荷物は持たず、ジーンズの腰にヒップバッグを巻いている。
二、三歩、可保里が小走りに駆け寄る。
可保里がぼくの視線を捕らえ、眉をひそめながら唇を笑わせる。

ぼくは可保里と山屋の顔を見くらべる。

「二人で、東京へ？」

可保里が山屋の前にまわって来て肩をすくめる。

「旦那がね、離婚届に判を押すと言うの」

「そうか、よかった」

山屋が可保里の肩ごしに首をのばす。

「だからよう、善は急げっていうから、この際きっぱりけりをつけるんだ」

「可保里さんが離婚すると、どうして浩司が東京へ行くんだ」

「そりゃあ洋介、小笠原漁師の心意気ってやつよ」

「ああ、そうか」

「盆のあいだは漁も休みだ。原宿《はらじゅく》とか六本木《ろっぽんぎ》とか、ついでに流してくるけどよう」

「コウちゃんが行くってきかないの」

「可保里の……可保里さんの旦那って、キレるやつらしくてよう、そんなやつに一人で会わせたら危ねえからよ」

「浩司が一緒のほうが危なくないか」

「そりゃあよう、だから、用心のためさ。俺だって二人で話してるところなんか邪魔はしねえよ」

「かえって面倒そうな気がするけど」

「いいのよ。東京へついたら、コウちゃんなんかどこかに捨ててやるから」

日陰で小旗をふっていた旬子が旗をふったまま山屋のうしろへ歩いてくる。旬子はわざとらしく、ぼくにはそっぽを向いている。

「おう旬子、相変わらず客の見送りか」

「コウちゃんこそその恰好、なによ」

「ちょっとヤボ用でなあ」

「東京へ行くの」

「そうよ、おまえにもみやげに、東京タワーの置物を買ってきてやる」

旬子が山屋の背中を叩き、山屋が旬子に向かってビニール袋をふりまわす。

可保里の肩がぼくの腕に触れ、山屋たちから見えない角度に小さく口が動く。

「木村くん、この前のこと、秘密よ」

「なにも覚えていない」

「薄情者ねえ」

「よく言われる」

「旦那が離婚にOKしたことは事実なの」

「よかった」

「会ってみないと、本当のことは分からないけどね」

「これから……」

「なにも決めてない」

「浩司のことは？」

「それも決めていない。でも逃げていく火の粉を追いかけるより、降りかかる火の粉を払うほうが楽でしょう」

「君のための愛が、どこかに、売ってるといいな」

可保里がひと重の切れ長の目を細めて、ふっと笑う。

三度目の汽笛が長くひびき、船体のエンジン音が高くなる。待合所から飛び出した客が急ぎ足でタラップを駆けあがる。

可保里が先に進み、小旗をふりながら旬子が可保里に並びかける。ぼくは立ったまま可保里を見送る。

「洋介よう、とにかくそういう事で、そういう事なんだ」

「そうか、そういう事か」

「考えたけどよう、可保里の歳《とし》が二十七なのも可保里に旦那がいたことも、可保里の責任じゃねえものなあ。俺も一発、意地を見せなきゃいけねえわけよ」

「頑張ってくれ」

「おう」

「帰りは来週か」

「そういう事よ。ところで洋介」

「なんだ」

「このシャツ、どうだ」

「似合う。小笠原漁師の心意気が、ひしひしと伝わる」

「そうだろう。問題はやっぱり、愛だからなあ」

タラップをのぼり切った可保里がチケットと上船票を山屋にふってみせる。山屋が「おう」と返事をし、ぼくに会釈《えしやく》をしてタラップをのぼっていく。客は山屋が最後らしく、タラップに係員が集まる。山屋と可保里が昇降口に消え、船腹のドアが閉まる。タラップが桟橋側にひかれ、おがさわら丸が身震いするように、ゆったりと岸壁から離れだす。汽笛がなり、太鼓の音が高くなり、日陰に集っていた見送り人が岸壁に押し寄せる。

ぼくは人の流れとは逆に進み、旬子も小旗をふりながらついて来る。

おがさわら丸が長く汽笛をならし、船首を外海側にとる。デッキの人声も大きくなり、見送りの何人かが岸壁を走る。動きはじめたフェリーは意外なほどの速度で港を離れていく。そのうち船影が船尾の形になり、見送り人が駐車場や待合所へ帰りはじめる。

「行っちゃったね」

小旗をおろし、旗の先を軸に巻きつけながら、旬子が頬をふくらます。おがさわら丸は週に一度出港し、来週にはまた新しい人間を島に運んでくる。

「なんとなく、コウちゃん、帰ってこない気がするな」

「東京タワーの置物を買ってくるさ」

「そうよねえ、帰ってくるよねえ」

「決まってるさ」

「可保里さんはどうなのかなあ」

「彼女も意外に、漁師の女房が似合ったりしてな」

「そうなったら楽しいよね」

「あとはおまえの見合いだ」

「私なんか……」

「おまえ、いいやつだしさ。美人で働き者で躰が丈夫で、相手の男が羨《うらや》ましい」

巻き終わった旗の棒をふりあげて、旬子がぼくをぶつ真似をする。口が尖って鼻の穴もふくらんでいるが、目に怒りはない。子供のころから、本気で怒った旬子を見たことはない。

観光案内所の職員が太鼓を片づけはじめ、旬子が背伸びをするように遠ざかるおがさわら丸へ首をのばす。

「ねえ、木村くんが見送っていた女の人、だあれ」

「うちに来ていた客」

「モデルみたいに奇麗な人ね」

「モデルさ。親父に労働意欲を起こさせたし、おれも感謝している」

「最後にデッキへ出ていたわよ」

「気づかなかった」

「薄情な男ねえ。感謝しているならちゃんと礼儀を払いなさいよ」

小旗の先で、旬子がぽんとぼくの肩を打つ。

「そうだな。昨夜は寝ていなくて、目がかすんでいる」

「木村くん、クルマ？」

「歩き」

「送ろうか」

「うん」

「今日は素直じゃない」

「疲れてるんだ。とにかく早く帰って、夕方まで眠りたい」

旬子が頬をふくらませ、ほっと息を吐いて、桟橋を駐車場のほうへ歩きだす。薄日でも陽射しは皮膚に過酷で、汗のなかに悪寒に似た疲労が混じってくる。

「木村くんさあ」

ぼくの先に立ち、つまずくようにスキップを踏んで旬子が言う。

「先日《こないだ》のこと、ごめんね」

「先日の、なんだっけ」

「私が電話で言ったこと」

「気にするな」

「丸山さんのことまで言ったのは悪かったわ」

「旬子が藤井を心配するのは当たり前だ」

「だけどさあ、本当は木村くんが正しいのよね。私や木村くんが心配しても、藤井くん、どう仕様もないものね」

「藤井のことはだいじょうぶだ」

「だいじょうぶって?」

「おまえの勘はなんでも当たる。見合いの相手も、きっといい男さ」

〈たなはし荘〉と文字の入ったワゴン車を薄日が銀色に輝かし、駐車場からはつづけてクルマが走り出して、三日月山の上空へはヘリコプターが飛んでいく。

ワゴン車のドアをあけ、あけたまま旬子がお祭り広場をふり返る。

「木村くん、今夜は盆踊りだよねえ」

「そうだな」

「昔は楽しかったよね。綿飴の屋台ってどこが出すんだろう」

「婦人会じゃないのか」

「金魚すくいは？」

「老人会」

「焼きイカは？」

「漁協かな」

「可笑しいよねえ。小笠原音頭って、私、今でも踊れないよ」

本土から一千キロも離れている小笠原にテキ屋は来ない。それでもみやげ物屋や町内会が模擬店を出し、子供には適当な娯楽になる。高校生のころはぼくも山屋や旬子と組んで焼きそばの屋台を出したことがある。

助手席側のドアをあけ、乗り込んで、ぼくは目を閉じる。お祭り広場で翔子の浴衣《ゆかた》姿を見られたのは転校してきた最初の年だけだった。

旬子がエンジンをかけ、クルマをバックで出す。

「旬子、おまえ、今夜も仕事か」

「どうして」

「盆踊りに来ないか」

「それ、誘ってるの」

「当たり前だ」

「来る来る、ぜったい来る」

「夕飯は食べるな。綿飴と焼きイカと焼きそばを奢《おご》ってやる」

「すっごーい、どうしたのよ木村くん」

「理由はないけどな。たぶん、旬子に惚れたんだろう」

旬子の手がハンドルからすべって、クルマが小さくノックする。駐車場が埃っぽく見えるのは薄日のせいか、スコールのないせいか。

「じゃあ、ええと、八時半には、来られるから」

「うん」

「そこのガジュマルの下で」

「うん。どうした、クルマの調子が悪いのか」

「そうなの。このクルマ、もう寿命なのかなあ。小笠原でもやっぱり、四輪駆動が必要だよねえ」

ギアがドライブに入ってワゴン車が駐車場を抜け、海岸通りに出る。ぼくを睡魔が襲い、視界から風景が消える。頭のなかでは小笠原音頭が呑気にひびき、記憶のスクリーンには中学生の翔子が、山屋が、旬子が、藤井が、櫓《やぐら》を囲んでヘタな盆踊りをくり返す。

港を出ていったおがさわら丸が、最後の汽笛を、茫々とひびかせる。

天井のどこかでヤモリが鳴いている。お祭り広場から小笠原音頭が聞こえてくるのは風向きのせいだろう。

＊

トムズハウスのテラスはタマナや南洋桜の林でおおわれ、街灯の光は届かない。おもての看板に電気はなく、店の照明もついていない。マスターの部屋にも明かりはないから今夜は休業か。空に星は見えないが、盆踊りが終わるまでスコールは来ないだろう。

二十分も待つうち、林のなかにバイクがとまって看板とテラスに照明がつく。野椰子で葺《ふ》いた天井をヤモリがかさかさと移動する。

「なーんだ、洋介くんか。俺はまた兵隊の幽霊でも出たのかと思ったよ」

マスターがスケッチブックと絵の具箱をベンチにおいて、店の鍵をあける。それから明かりをつけ、すぐにまた顔を出す。

「可保里くんがやめちゃってねえ。なんだか東京で急用ができたそうだ」

「そうですか」

「洋介くんには言わなかったけど、彼女にも事情があってさ。小笠原なんかへ流れてくる子にはみんな事情があるんだよ」

口髭をひとこすりして、戸口に立ったままマスターが首をかしげる。

「洋介くんは盆踊りへ行かないのかね」

「ひと休みしたら」

「そうだよね。盆踊りが終わるまで客もないと思って、俺も今日は店の仕込みをしてないんだ」

「ビールだけでいいです」

「うん、ビールなら冷えてる。どうせ客も来ないだろうから、俺もしばらくつき合おう」

マスターがうっそりと笑って背中を向け、ぼくはテーブルの灰皿を意味もなく遠ざける。マスターの言った「可保里の事情」が結婚相手とのトラブルであることは分かっているが、山屋が同行したからといって、そのトラブルが解消する保証はない。扶桑信用調査サービスからの報告によると、保則という可保里の亭主は酒で人格が変わり、可保里に対する執着に暴力も加わるという。

戸口が陰ってマスターがテラスに戻ってくる。ボトルクーラーには何本かの缶ビール、小鉢にはオクラの輪切りが盛られている。

クーラーと小鉢をテーブルにおいて、マスターが離れた椅子に腰をおろす。

「今日はジニービーチの先まで行ってみたよ。あの辺りから南島を望む風景も、なかなか絵になるんだ」

クーラーからハイネケンを抜き出し、プルタブをひいてから、マスターがタバコに火をつける。

　五十歳を過ぎていると思っていたマスターの歳も調査会社の報告ではまだ四十八歳だという。和希の母親と東京で交際のあった「美術学校の学生で、海の好きな男」が安西つとむである事実は、今日の昼前に翔子のパソコンに届いている。

「可保里さんがいなくなると、お店、大変ですね」

「そうでもないよ。もともと俺一人で間に合う店だしね。それに本土から流れてくる女の子はいくらでもいる」

「可保里さん、奇麗だったのに」

「洋介くんも気が多いなあ。東京ならあれぐらいの子、珍しくないだろうに」

「まあ、そうですね」

「でも山屋くんには困ったよ。俺も可保里くんの事情を知っていたから、彼にすすめるわけにもいかなくてね」

「本人たちの問題です」

「そうだけどなあ、可保里くんには……」

「旦那がいる」

「なーんだ、知ってたのか」

　ぷかりとタバコを吹かし、マスターが日灼けした目元をゆがめる。実際よりも老けて見えるのは半白の髪と口髭に混じる白髪のせいだろう。

「洋介くん、何かあったのかね」

「はい？」

「今夜は様子が不審《おか》しいよ」

「疲れてるだけです」

「そうか、そうだな。とにかく丸山翔子さんのことは、気の毒だった」

「丸山は死を覚悟していた。おれのほうは諦める勇気がなかった」

「諦めるのに勇気が必要というのも変わった意見だなあ」

「マスターにも諦める勇気はなかったでしょう」

「意味が分からないが」

「諦める勇気がなかったから、マスターは東京から恋人を追って小笠原まで来た」

マスターの目尻が一瞬ゆがんだが、それ以上の反応はなく、ぼくは缶ビールのプルタブをあける。

「その恋人がほかの男と結婚して、子供もできて、それでも彼女を思い切れなくて島に残った。本当は勇気をもって諦めるべきだった」

タバコの煙がゆれ、テーブルの上を羽虫が飛んで、マスターの目尻に皺が深くなる。大村のほうから風に乗って小笠原音頭がかすかに聞こえてくる。

「洋介くん、本当に君は、疲れてるようだな」

「一宮のお袋さんは結婚する前、上原幸代《うえはらさちよ》といったそうです」

「ほーう、そうかね」

「東京で生まれ、東京で育ち、東京に恋人もいた。でも上原幸代には小笠原に親の決めた婚約者がいた」

「昔は似たような話が……」

「ヘタな時代劇みたいな話だけど、小笠原には特殊な事情がある。上原の家は在来島民で、戦争中に強制疎開させられた島にどうしても戻りたかった。故郷の島に帰ることが上原家全員の願いだった。上原幸代の選択が笑えるか、笑えないか、おれには分からない。でも幸代さんは東京での恋を諦め、小笠原に帰島して一宮良雄と結婚した。それが二十二年前のことだったそうです」

マスターがゆっくりと腰をあげ、ビールの缶を持ったままテラスをおりる。おもての電気看板が消え、マスターもすぐ戻ってくる。

「どこで調べたのか知らんが、君も物好きだなあ」

ビールを飲みほし、マスターが新しい缶に手をのばす。

「それとも洋介くん、以前に和希から聞いていたのかね」

「いえ、今度の事件で偶然に知ったことです」

「今度の事件か、そういうことか」

「空港がどうとかスパイがどうとか、今度の事件には雑音が多すぎた。でも分かってみれば男と女のトラブルという、つまらない話でした」

「洋介くんにはつまらない話に思えるのか」

「おれ、ロマンチストじゃないから」

「生意気を言うな。君が愛だの恋だのというのは、十年早い」

マスターの目が暗く光り、缶ビールを握った手が、少し震える。店のなかで電話がなったが、マスターは腰をあげず、コールも七回で終わる。

「知っているようだから隠しはしない。たしかに東京で俺と幸代さんはつき合っていたよ。幸代さんを忘れられず、小笠原まで追いかけてきた。だがそれは、それだけのことだ。君にはヘタな時代劇みたいな話でも、俺は心から幸代さんを愛していた。彼女だって本心では俺を愛していた」

「二人が心中まで考えたことは知っています」

「和希から聞いていないのに、かね」

「カーネーションを持って幸代さんの墓参りをしていたのはマスターです。真崎の遺体を発見した日、一宮家の墓にカーネーションが供えてあった。そのときは夏希が供えたものと思って、気にしなかった。でもあとで考えると、不審《おか》しい。墓の前に真崎の死体があるのに、夏希が平気で花を供えるはずはない。確認したら、夏希はあの日、花なんか持っていかなかった。それなら誰が墓にカーネーションを供えたのか。和希の父親か、親戚か、島の同級生か。調べたかぎり花を供えた人間はいなかった。和希の遺骨は納骨前だから墓に参っても意味はない。つまりあのカーネーションは和希に供えたものではなく、ほかの人間に供えたものだった」

マスターの咽《のど》にビールの流れる音が、ごくりとひびく。ぼくも無理やり肩の力を抜き、咽にビールを流す。

「カーネーションなんてどこにでもあるけど、小笠原では事情がちがう。カーネーションも菊も薔薇《ばら》もみんな本土から船で運ばれる。ハイビスカスや野ボタンなら散歩の途中で誰かが供えた可能性もある。でもカーネーションをわざわざ墓に供えるのは、それだけで意味のある行為です。農協や商店をすべて調べました。この十四年間、毎月カーネーションを買う人間は、すぐに分かりました」

「もういい。君の言うことは分かった。だがそれが、どうしたね。俺と幸代さんに交際のあったことは認めた。彼女はカーネーションの好きな女性だった。その彼女のためにカーネーションを供えてどこが悪い」

「カーネーションだけなら悪いことはないし、問題もありません」

「その問題というのは、なんだね」

「分かりません」

「冗談はやめたまえ」

「個人的には、おれにとって、問題はありません」

「男と女の関係に善悪はないと、そういう意味だろう」

「そうですね」

「ただの恋愛が状況によって純愛になり、不倫になり、美談になり、犯罪になる。そうだろう」

「はい」

「分かってるじゃないか」

「不倫でも純愛でも、それはマスターと幸代さんの勝手です。でも二人の問題に和希を巻き込んだのは、ルール違反です」

マスターのビールがテーブルにおかれ、口にタバコがはさまれる。ライターの炎がマスターの額にねっとりと脂を光らせる。

「ひとつ聞かせてください。和希はマスターと幸代さんの子供ですか」

「相手が君でも侮辱は許さないぞ」

「DNA鑑定も今は一晩でできるそうです」

「だから?」

「調べれば分かります」

「やればいいさ。どうする、俺のタバコの吸殻でも持っていくかね」

「聞いてみただけです」

「君の邪推にも限度がある。俺はこの島で、幸代さんの人生を見守りたかった。彼女と同じ空気を吸い、同じ光を浴びるだけで幸せだった」

「見守りたければ勝手に、黙って見守ればよかった。マスターと母親の関係を誰が和希に話したのか。幸代さんは和希が六歳のときに死んでいる。男と女の微妙な問題を六歳以前の子供に告げるとは思えない。それなら父親が話したのか。あの前村長が幸代さんとマスターの関係を知っていて、娘に話したのか。それはないでしょう。知っていたら、殺されないまでも、マスターは島に住めなかった」

マスターの吹いたタバコの煙が顔にかかり、ぼくは顔をそむける。

「君は、困ったやつだ」

「はい」

「君は昔から困った少年だった」

「そうですね」

「君と和希が東京で交際のあったことは、和希から聞いた」

「そうですか」

「困ったやつと、困った事になったと思った。君とつき合ったら和希は幸せになれない。洋介くんには女性を幸せにする能力が欠けている。そうは思ったが、なぜか君のことを憎めなかった」

ぼくに意見はなく、飲みたくもないビールを、黙って咽に流す。

「しかし君のことは杞憂《きゆう》だった。夏希のお陰で和希も洋介くんのことは諦めた。和希も幸代さんと同様に愛より常識を選択したわけだ」

「マスターは、いつ、和希に？」

「彼女が高校生になったころだ。君の言うとおり、たしかにルール違反だった。しかし幸代さんに似てきた和希を見ているうちに、俺は、我慢できなくなった。和希に、俺と幸代さんの愛を、知ってもらいたかった」

「だからそれが……」

「分かっている。だが洋介くん、誓って言うが、俺は和希に指も触れていないよ。俺の幸代さんや和希に対する愛は、君が考えるものとは、まるで質がちがう」

マスターの手のなかでビールの缶がつぶれ、タバコの先に光が強くなる。野椰子の天井がかさかさ鳴るのはヤモリが蛾でも追いかける音だろう。

マスターが腰をあげ、タバコを手すりの外にはじいて、店内からウィスキーのビンとグラスを持ってくる。

元の椅子に座り、ウィスキーをグラスについで、マスターがひと息に飲みほす。

「あいつさえいなければ、あの男さえ、小笠原に来なければ……」

ぼくはビールを空け、少しためらってから二本目のハイネケンに手をのばす。

「和希を妊娠させたのが真崎であることは分かっています」

「どうやって、そこまで」

「丸山の嫉妬です。あいつも高慢で生意気な、我儘《わがまま》な二十歳の女だった」

「意味が……」

「真崎は正真正銘、和希のストーカーだった。そのことは和希の親友が証言している。でもストーカーの子供を身ごもっていることまでは、誰も知らなかった。知っていたのは和希本人と、和希に打ち明けられたマスターの二人だけです」

「洋介くん、ウィスキーは？」

「要りません」

「盆踊りの夜だというのに……」

「和希が妊娠した経緯に想像はつきます」

「その話はやめられないのかね」

「責任があります」

「君にどんな責任があるんだ」

「マスターのほうに、おれの話を聞く、責任があります」

マスターが口をひらきかけたが、言葉は出さず、グラスにウィスキーをつぐ。

「和希の妊娠は真崎から性的暴行を受けた結果でしょう。今の時代なら告訴もできたし、事件を公《おおやけ》にしてストーカーを逆に追い詰める女もいる。和希にそれができなかったのは父親と世間体を気にする、あいつの性格だった。親にも友達にも警察にも言えず、マスターにだけ打ち明けた。和希はマスターと相談するために小笠原へ帰ってきた」

マスターのグラスから飴色のウィスキーが、いやな早さで消えていく。

「でも意外なことに、真崎は小笠原まで和希を追いかけてきた。おれが不思議に思ったのは真崎のことをなぜ藤井が知っていたのか、ということです。藤井と真崎に接触はない。接触があったところで、自分がストーカーだなんて真崎が告げるはずはない。それでも藤井は真崎のストーカー行為を知っていて、そのことを言い触らした。藤井は真崎と和希がコンサートで知り合ったことまで知っていた。その情報は、誰かが、意図的に与えたものだった」

「いいよ、洋介くん、やめたまえ」

「藤井だって、好きで病気になったわけではありません」

「分かっている」

「藤井はおれと同じに、ただ丸山が好きだっただけです」

「みんな分かっているよ。洋介くん、俺にも悪気はなかった。俺は真崎をこの島から追い出したかった、それだけだ」

「小笠原は東京とはちがう。こんなせまい島でストーカーの噂が立てば、真崎はすぐに逃げ出すと」

「甘かった。あいつは人間じゃない。いくら噂を煽《あお》っても、あいつは、平気な顔で島を歩きまわる。ごていねいに、この店にまで飲みにきた」

ボトルに残っていたウィスキーを、乱れのない手つきでマスターがグラスに空ける。日灼けした顔からは血の気がひき、白目の部分だけがうっすらと赤くなる。

「悪気はなかったのに……」

グラスを左手でゆすったまま、口へは運ばず、マスターがタバコに火をつける。

「噂と、真崎のために、和希はいっそう混乱した。本当は俺がつき添って東京へ行くと決まっていた。気の毒なことではあったけど、子供は始末するしかない。和希もそれで納得していた」

「あの夜、三日月山の展望台へ行ったのは……」

「こんなせまい島で、昼間、どこで会うんだね。店では話もできず、どこへ行ってもみんなが顔見知りだ。和希とゆっくり会えるのは、夜中の、あの場所しかなかった」

和希がマスターの部屋を訪ねたこともあったろうが、それが漁師仲間で「若い女」の噂になって可保里にまで目撃された。可保里は和希の死後マスターと和希の関係が気になり、ストーカー事件の詳細を青灯台まで確かめに行った。こんなせまい島ではたしかに、二人が他人の目を気にせずに会えるのは三日月山の展望台ぐらいだったろう。

なにかが見えるわけでもないのに、マスターが闇のなかにじっと目を凝らし、その闇に向かって、ふっとタバコの煙を吹く。

「洋介くん、和希の死は事故だったと言ったら、君は信じるかね」

「信じます」

「変わった青年だなあ。君は小笠原へ来たときから、ずっと変わっていた」

「幸代さんの子供である和希をマスターが殺すはずはありません」

「洋介くん以外は誰も信じないだろう。俺にもよく分からないんだけどね、子供は始末すると決めていたはずなのに、急に和希は産むと言い出した。真崎が小笠原まで追いかけてきて混乱したのか、一時的な錯乱なのか。だけど俺は説得して、また和希の気持ちを変えさせた。やはり始末するしかない。将来のためにも、禍根《かこん》を残すべきではない。そういう結論を出したのに、また和希は産むと言いはじめ、そんなことをくり返しているうちに俺の手をふりほどいた和希がバランスを崩した。それで気がついたときには、もう下に落ちていた。俺も途中まで助けにいったが、夜中で、あの崖の高さで、なす術《すべ》がなかった」

マスターの口がゆがみ、口髭がゆがみ、咽仏が大きく上下する。グラスのなかにマスターの涙が音もたてずに落ちる。ぼくの目に崖を落ちていく和希や錯乱する和希、泣き崩れる和希や三日月山の展望台や星のない空が映像のように広がる。和希の錯乱はもちろん真崎の出現が理由だったとしても、いつか翔子が女性に関して言った「妊娠中だけは本能が母親になる」という言葉が、ふと思い出される。

ぼくは意識して目のなかの映像を追い払い、聞こえもしない小笠原音頭に耳を澄ます。

「マスター、クルマの修理に、専門家はスパナを使わないそうです」

マスターの肩が動き、涙をためたままの視線が下からぼくの顔をうかがう。

「一宮の死が事故であったことは信じますけど、スパナは、悪意が過ぎた」

「いや、あれは」

「真崎殺しにスパナを使えば藤井が疑われる。真崎なんか死んでも構わないけど、藤井に罪を着せるのはやり過ぎだ」

「まさか、藤井くんが自首をするとは、思わなかった」

「目立ちたかっただけです。藤井は中学時代のように、もう一度輝きたかった。丸山が死んで存在理由がなくなって、それで藤井はもう一度世間から注目されたかった」

「彼は狂ってるんだよ」

「その藤井の病気を利用したのはマスターでしょう。藤井が自首してもしなくても、藤井は警察に疑われる。島に帰ってきてからの藤井を見ていれば、誰でも怪しいと思う。そして警察に捕まれば、意味不明なことを口走る。連続殺人事件の犯人として藤井ほど都合のいいやつはいない」

「でも藤井くんなら、犯人にされても、罪にはならない」

「結果論です」

「藤井くんだって和希の周囲をうろついて、和希を苦しめた。藤井くんもずっと、島では和希をつけ回していた」

「病気のせいです」

「病気なら何をしてもいいのかね。頭が病気だというだけで、なぜ許される。正常な人間が病人から被害を受け、そして病人は病気だという理由で罪を許される。そんな社会や、法律は、そっちのほうが間違っている」

マスターの目から涙が消え、声に怒りの色が混じる。さっき涙の落ちたグラスがゆっくりと口に運ばれる。

「マスターが藤井に罪を着せた理由は、三日月山か大根崎で藤井に会ったからでしょう。藤井はＵＦＯと交信したり薬師如来からの命令を聞くために、よくあの辺をうろついていた。藤井に罪を着せておけば警察でなにを言っても、誰も信じない。マスターはそこまで計算した」

「洋介くん、君は俺が真崎を殺したように言うが、認めてはいないよ」

「真崎殺しに動機があるのは和希の父親とマスターだけです」

「それなら一宮良雄の可能性もある」

「和希の親父さんは、あの時点で妊娠の事実を知らなかった。和希のことも自殺だと諦めていた」

「根拠はそれだけかね」

「真崎が殺された夜、トムズハウスは早仕舞いをしている」

「俺にはアリバイがない、か」

「絵のこともあります」

「絵の……」

「真崎が死ぬ前まで店に飾られていた絵です。おれも、正確には覚えていなかった。でも思い出してみると、前は墓地を含めた大根崎の風景画だった気がする。マスターもまさか、真崎を殺した現場の絵を店には飾れなくなった」

一度光ったマスターの目が、すぐ暗くなり、固く結ばれた口にグラスがむっつりと運ばれる。

「真崎が島に残っていた理由も気になっていた。和希の事件はあのとき、自殺で処理されかけた。葬式も終わって警察の足止めも解けて、普通なら真崎も東京へ帰る」

「あいつは……」

「真崎という男は他人を苦しめて、相手が苦しむ姿を見て快感を得るサディストだった。和希のときも、和希の苦しむ姿が真崎に快感を与えた。その和希がいなくなったのになぜ真崎は島に残ったのか。それは真崎に快感を与える人間が、まだ島にいたからです」

「あいつは、人間ではない」

「真崎はずっと和希をつけ狙っていた。和希を監視していればどこかでマスターの存在に気づく。和希が死んで、その死にマスターが関係したことも、やはり気づいた」

「あそこまで邪悪な人間は、映画か小説のなかだけだと思っていたが」

「真崎がマスターに金を要求したとは思えない。真崎の目的は島に残って、マスターの周囲をうろつき、マスターを追い込んで、マスターを苦しめる。真崎はその快感を得るためだけに島に残っていた」

「そういう真崎のような男を、君は、許せるかね」

「すぐには答えられません」

「今の社会は、たぶん、許すだろう。真崎の生い立ちに問題があった、両親の仲が悪かった、子供のころ虐待された、学校では苛《いじ》めにあった……なにか理由を見つけて、世間は、真崎のようなやつを許そうとする」

「そうですね」

「しかし洋介くん、事故ではあっても、実質的に和希を殺したのは真崎なんだよ。あいつはレイプして和希を殺した。もう納骨されたから二人で墓参りに行こうと誘ったら、疑いもせずについてきた。墓へついてからもあいつは、まだ和希とは恋愛関係だったとかうそぶいていた」

マスターが描く風景画のように、目の前の闇をキャンバスにして、墓地での光景がくっきりと浮かびあがる。

「世間がどんな価値観をもとうと、それは世間の勝手だ。だけど俺は、あいつを許せなかった。

ただ、それだけのことだ」

グラスがテーブルに音をたて、マスターの肩が椅子の背にひかれて、風向きが変わったのかまたかすかに小笠原音頭が聞こえだす。林のなかでタマナの葉が落ち、海岸通りをバイクのエンジン音が遠ざかる。

ぼくは二本目のビールを飲みほし、小笠原音頭に耳を澄ましながら、空になったビールの缶をもてあそぶ。ぼくの鼓動に乱れはなく、胃の嘔吐感も消え、ただいやな汗だけが背中に粘りつく。

「洋介くんはこれから、警察へ行くのかね」

「いえ、盆踊りです」

「盆踊り?」

「おれ、真崎に、義理はないから」

「しかし……」

「警察にも義理はないし」

「しかし、洋介くんが気づいたことぐらい、いつかは警察も気づく」

「おれが話したのはただの寝言《ねごと》です。証拠なんか、どこにもない」

「そうは言うが」

「マスターはおれが相手だったので、幸代さんとの関係や藤井をあおったことを、うっかり認めてしまった。でも警察にまで認める必要はないでしょう」

「洋介くんはそれでいいのかね」

「いいですよ。探偵小説や二時間ミステリーは趣味じゃないけど、常識はあります。マスターだってスパナの入手経路はたどれないと確信があったから、わざと現場に遺棄してきた」

「それは、そうだ」

「物的証拠はなにもない。墓地まで真崎を乗せていったバイクだって離れた場所にとめたでしょう。そのときはいていた靴もどうせ処分している」

「俺は常識的な人間だからね」

「かりに警察がマスターと上原幸代さんの関係を知ったところで、ただの未練だと主張すればそれでいい。現村長も前村長も、経済的な損失を嫌って早くこの事件を終わらせようとする。警察だっていつまでも藤井を相手にしたくないから、早く本土へ帰りたがる。藤井の病気がどこまで本物なのか、本当はおれにも分からないけど、あいつも脚光を浴びて気が済んだはず。そのうち事件当夜のアリバイは出てくるだろうし、真崎のようなやつはどうせ、子供のころからトラブルを起こしている。警察は捜査を本土にシフトして、そうやって夏休みが終われば、何事もなかったように、また小笠原は静かな島になる」

　そんなに都合よく話が進むかどうか、しかしできれば、結末はぼくが描いたストーリーどおりになってほしい。もともと小笠原にストーカーや殺人など、そんな不愉快な事件は似合わないのだから。

「それに……」

空き缶をこつんとテーブルにおき、手をつけなかったオクラの輪切りに目をやって、ぼくは生欠伸《あくび》をかみ殺す。

「言っては失礼だけど、店に飾ってある絵が替わっていたとしても、前の絵とどこが違うのか、誰にも分かりません」

マスターが何秒かぼくの顔を見つめ、テーブルに片肘をつきながら口髭をさする。

「洋介くんは本当に、小笠原へ来たときから、困ったやつだったなあ」

腰をあげたぼくの重心が、動揺はないはずなのに、少しゆれる。

「今夜の勘定はマスターの奢りですね」

「うん、考えたら、洋介くんにはずいぶん奢らされた」

「おれも山屋も、ほかのみんなも、マスターが好きです」

「君たちに会えて、この島で暮らせて、俺は幸せだった」

ぼくはベンチを横に出てマスターのうしろをまわり、柱に手をかける。このテラスの修理を、高校時代、山屋もぼくも、たった一本のビールで手伝わされたのだ。

ステップに歩きかけ、思いなおして、テーブルに戻る。

「夏希は……」

「なんだね」

「和希がマスターの子供でないことは分かっています」

「それは、そうだ」

「でも、夏希は？」

「洋介くん、俺はともかく、それでは幸代さんに失礼だろう」

「そう思いますか」

「そう思うね」

「男と女の関係に善悪はないはずでしょう」

「しかし彼女は、そんな女性では、なかった」

「マスターには夏希を、あの親父さんから守る義務がある」

「洋介くん、それは、考えすぎだ」

「今はＤＮＡの鑑定も……」

　ぼくが灰皿に手をのばし、吸殻をつまんだそのぼくの手を、マスターが上からおさえる。マスターの目は動かず、しかし目には殺気に似た光が走って、呼吸音がざらざらと荒くなる。ヤモリが鳴いて、ぼくは吸殻を放し、しばらくしてマスターがぼくの手を放す。

「盆踊りが終わるまで、スコールが来ないといいがね」

「はい」

「夏希くんが高校を卒業するまでは、俺も島を離れられないかなあ」

「そうですね」

「だが洋介くん、君はなぜここまで、事件や俺の過去を調べたんだね」

「丸山の勘が正しかったことを証明したかった。それだけです」

「丸山翔子さんの？」

「あいつはおれに、諦める勇気を与えてくれた」

「君の言うことも、考えていることも、やはり俺には分からない」

「それでいいんです。なにしろ小笠原は、暑いから」

テーブルから離れ、足の向きをかえて、ぼくはテラスをおりる。空気に湿度が増し、葉緑素の臭気が背中をせき立てる。銀ネムとハイビスカスの林を抜けるとやっと呼吸が楽になり、ぼくは足をとめて深呼吸をする。

海岸通りから不意に人影があらわれ、五、六歩でぼくに向かい合う。

「なんだ、おまえか」

「どうしたのよ。お店、休み？」

「そうらしいな。おれも来てみたけど、マスターはいない」

夏希が舌打ちをして看板とぼくの顔を見くらべ、生意気そうに鼻を鳴らす。漁港の明かりが街灯に重なり、夏希のふて腐れた顔を白くする。

「おまえ、盆踊りへ行かないのか」

「あんなのダサいよ」

「おまえだって小笠原の田舎ギャルだ」

「なによ、自分だけ都会者ぶって」

敷地を海岸通りまで歩き、街灯の下に立っている夏希をふり返る。

「一緒に来い、綿飴を奢ってやる」

「子供じゃないよ」

「それなら、勝手にしろ」

夏希に背中を向け、面倒な思考は中断して大村の方向へ歩きだす。海に出て空がひらけたせいか、お祭り広場からの小笠原音頭が高くなる。

うしろから夏希が駆けてきて、ぼくの腕にぶらさがる。

「本当に綿飴、奢ってくれるの?」

「子供に嘘は言わない」

「あんたって見かけより優しいよね」

「くっつくな」

「誰も見てないよ」

「暑い」

「小笠原はいつだって暑いよ」

「暑いから、せめて頭ぐらい、冷やしておけ」

夏希の手をふりほどき、茶髪のその小さい頭に、こつんとゲンコツを入れてやる。夏希を連れていけばどうせ旬子がむくれるだろうが、旬子が本気で怒った顔は、中学のころから一度も見ていない。

星のない空に、盆踊りの音楽が、陽気にテンポを速くする。

「夏希、マスターの名前、なんだっけな」

「マスターはマスターだよ」

「マスターにも名前はあるだろう」

「そういえばそうだね」

「知らないのか」

「みんながマスターっていうから、あたし、ずっとマスターだと思ってたよ」

安西つとむというマスターの名前を、夏希はまだ知らない。このまま知らずに生きるのか、いつかは知ることになるのか。マスターは前村長の暴力から夏希を守れるのか、夏希の人生を最後まで守り切れるのか。それはマスターが決めることで、ぼくにできることはない。

星のない空を眺めながら、今日は翔子の葬式だったなと、声を出さずにぼくは独りごとを言う。

創元推理文庫版あとがき

この『海泡』はマイベストでも上位に入る作品です。ただ二〇〇一年の初版時には技量不足から難点が多くあり、いつか加筆修正したリニューアル版を出してもらえないかと。その思いを編集者たち何人かがいるときに話したら、手をあげてくれました東京創元社。まさに神のような出版社です。

本作は作家になって初めて（そしてたぶん最後の）取材旅行をさせてもらった作品でもあります。つまり小説を書くためだけに編集者（男性）と二人、出版社の費用で小笠原へ向かったわけです。気負いもあったし文体改革の最中だったこともあって、もうがちがち。なんとか三人称で書きあげ、編集者に見せたところ感想は「なんだかちょっと……」

ちょっと、なんだ。

なにが「ちょっと」なのかは分かりませんでしたが、とりあえず一人称で書き直してやっと出版にこぎつけた次第です。

三人称で書きあげた作品を一人称で書き直す。プロなら簡単だと思うでしょう？　私も当時は無我夢中だったのでがむしゃらに改稿し、「できた」と思っていたのですが、後年読み返してみると単語の選択も文章のリズムも不安定。当時はそれを修正させる技量がなかったんですね。
その部分を少し言い訳すると、ミステリというのは本質的に、一人称では成り立ちません。理屈で考えれば分かること、一人称視点では原則として描写のすべては主人公の知見《ちけん》だけでおこなわれますから、ある女性が主人公に「あなたが好きよ」と言ったところで、その言葉が嘘か本当かは分かりません。一人称では検証する術がないのです。その部分を主人公の観察眼、会話の内容や相手の表情や息遣いや状況などを書き込んで読者に「言葉の真偽」を伝えるのです。必然的に一人称ミステリでは「驚愕の結末」や「思いもよらぬ犯人」は難しくなります(奇策はありますが)。一般のトリックミステリがすべて三人称で書かれる理由は一人称のこの窮屈さにあります。

それならなぜ、そんなに窮屈な一人称でミステリを書くのか。窮屈ではありますが利点もあるからです。まず主人公の人間性や価値観や美意識や他者とのスタンスを、緻密《ちみつ》に、そして微妙に描写できること。相手の言葉に主人公がどう反応するか、動植物を見てどんな感想をもつのか。社会や人生をどうとらえているのか。それらを適切に表現できれば「作品の味わい」につながるのです。この作品も三人称で書いたときは味わいが欠如していて、たぶんそれが編集者の「ちょっと」だったのでしょう。

本作は大幅に加筆修正しましたが、それでも文章のゴツゴツした感じは残してあります。それが当時の、私の情熱のように思えるからです。

しかし死ぬまでに一度ぐらい、美人編集者同行の取材旅行をしたいものです。

解説

千街晶之

小笠原諸島で二番目に大きな島である父島は、行政上は東京都に属するけれども、本土の都民にとって「ちょっと行ってくる」と気軽には言いづらい場所だ。本土からの距離は約一〇〇〇キロメートルもあり、東京港の竹芝客船ターミナルと父島の二見港とを結ぶ、六日に一便の定期航路「おがさわら丸」で二十四時間かかる（二〇一八年現在）。平成に入って、高速船で本土と小笠原とを往還する「超高速貨客船テクノスーパーライナー」計画が旧運輸省を中心に進められていたが、原油価格の高騰のあおりを受け、採算の関係で計画は頓挫し、巨費をかけて建造された高速船は、二〇一一年の東日本大震災における被災者支援に活用されたりはしたものの、一度も定期航路に就かないまま二〇一七年に解体されてしまった。

樋口有介の長篇小説『海泡』（二〇〇一年六月、中央公論新社から書き下ろしで刊行。二〇〇四年二月、中公文庫版が刊行）は、そんな父島を舞台にした物語である。著者自身が、マイベストの中でも上位に入ると述べた会心の作だ。

著者の作品世界にはどこかしら夏が似合う。今年はちょうど著者のデビュー三十周年にあたるが、第六回サントリーミステリー大賞読者賞を受賞したデビュー長篇のタイトルからして『ぼくと、ぼくらの夏』（一九八八年）だったし、タイトルに夏が含まれる作品としては他に『夏の口紅』（一九九一年）や『金魚鉢の夏』（二〇一四年）がある。『林檎の木の道』（一九九六年）、『窓の外は向日葵の畑』（二〇一〇年）、『風景を見る犬』（二〇一三年）なども、夏を舞台にした印象的な作品だ。本作もまた、ひとりの青年が体験した一夏《ひと》の出来事を描いている。

高名な画家の息子である「ぼく」こと木村洋介は、中学生から高校生にかけての時期を父島で過ごした。東京で大学生となり、夏休みを利用して二年ぶりに父島に戻ってきた洋介は、当時の同級生たちと再会する。悪友の山屋浩司は今は漁師となり、洋介とともに中学の時から出入りしている「トムズハウス」で働きはじめた坂戸可保里に惚れている。民宿の娘の棚橋旬子は、父親が体調を崩しており、実家のあとを継ぐため見合いの予定があるらしい。クラス一の秀才だった藤井智之は医師を目指すも挫折し、心を病んで妄想に取り憑《つ》かれている。その藤井によれば、前村長の娘である一宮和希は、東京で知り合った男がストーカーと化したため悩んでいるという。彼女の妹で高校二年生の夏希は、奔放《ほんぽう》な素行で父親を激怒させている。そして、洋介たちが中学二年生の時に転校してきた美少女・丸山翔子は、その翌年に白血病を発症していたが、久しぶりに会った本人の口から余命あと僅《わず》かの状態にあると聞いて、洋介は衝撃を受ける。彼女は洋介の初恋の相手だった。

洋介が島に来て数日後、一宮和希が展望台から転落死する。事故か、自殺か、それとも他殺か。他殺だとすれば、東京から父島にやってきた彼女のストーカーだという男の仕業か、娘たちを異常なほど横暴な態度で支配する前村長に原因があるのか、空港建設をめぐる島内の政治的対立が遠因なのか。自殺という結論に収束させようとする空気の中、洋介は独自に真相を探りはじめるが、やがて第二の事件が起こる。

本作は中公文庫版と今回の創元推理文庫版で二種類のあとがきが書かれているが、それを読むと、この作品がさまざまな異例の事情を背後に秘めていることがわかる（今までで唯一、取材旅行をさせてもらった作品であることなど）。いや、そもそも創元推理文庫以外で、著者の作品にあとがきがつくこと自体が珍しいし、特に中公文庫版のあとがきは七ページにおよぶ長いものであり、著者の自叙伝めいた趣もある。

その中公文庫版のあとがきによると、著者が一週間しか滞在したことのない小笠原を舞台にした理由は、「まず地理的に孤立していること、それでいてド田舎ではなく、ちゃんと都会の文化が匂うこと。軽井沢《かるいざわ》や箱根《はこね》の別荘地でも同じではないか、と思われるでしょうが、クルマで二、三時間では条件が整わない。その点小笠原はフェリーボートで片道二十六時間、飛行場はなく、ちょっと行ってくる、というわけにはいかない場所にある」というものだった。その条件は、「住人の誰もが誰もを知っている、そして知っているはずなのに本当は誰も、相手のことを知らない。この家族関係を拡大させたようなスモールタウン、江戸時代の城下町ならともかく、今の日本に残っているのは小笠原ぐらいなもの」という考えから導き出されている。

この最適の場所を舞台にすることで、著者が若い頃からいつか書きたかったというスモールタウン小説が成立したのだ。

作中でも言及されているように、小笠原諸島は些《いささ》か複雑な歴史を背負っている。江戸時代後期に父島に初めて移住したのは欧米人と太平洋諸島民であり、日本の領有が確定し、日本人が移住したのは明治初期。第二次世界大戦後はアメリカ軍が統治し、本土復帰は一九六八年のことである。「もともと明治以降、小笠原に移住した人間の八割は八丈島の出身者だという。山屋の家も藤井智之の家も、元をたどればみんな八丈島に縁がある。そういう八丈島系統の住民を旧島民といい、それ以前の欧米系住民を在来島民、そしてぼくやマスターのような住民を新島民という。一宮和希の家は祖先に欧米の血が混じっているらしく、系統的には在来島民になる」と作中では説明されている。和希の父親のように、洋介やその父親たち新島民に排斥的な眼差しを向ける者もいる。

転校生という通りすがり的な立場ながら、最も多感な時期を父島で過ごした洋介は、島の人間関係とある程度の距離をおきつつ、和希の死の謎を探るため、その裏面に踏み込んでゆく。もともとの住人たちに本土から流れ着いた人々も加わって織り成すその人間模様は、閉鎖的なようでいて、すべてが筒抜けになるような開放的な面も持つ。洋介は著者の小説の主人公としてはかなり性的に奔放な部類だが、その設定もスモールタウン小説であることと無関係ではないだろう。地域の秩序を攪乱《かくらん》するものは性である。性行為には会話などのコミュニケーションがつきものである以上、同時にさまざまな情報も行き来する。洋介の「モテる」というキャラクター的特性は、スモールタウンが舞台であるからこそ探偵役としての強みともなっているのだ。

閉鎖性と開放性の両方が混淆し、明るく賑やかな夏の雰囲気とともに、不吉な死の翳りと喪失の予感がじわじわと空気を侵蝕してゆく……そんな矛盾した味わいが、この物語を印象深いものとしている。亜熱帯の動物や植物の色鮮やかなイメージもまた、本作に夢幻的な彩りを添える重要な要素であり、特にトムズハウスのシーンにしばしば登場するヤモリは、どことなく謎めいた存在感を放つ。

今回、創元推理文庫に収録されるにあたって、本作はあちこちに改稿が施された。エピソードに大きな変化はないが、文章は印象を異にしており、特に会話でも地の文でも読点が減らされているのに気づく。洋介の過去の女性遍歴が改変されていたり（原型では洋介と和希は東京で肉体関係を結んだことになっているが、改稿後はキス止まりの関係）、四章のラストにおける洋介と父親の絵のモデル・干川雪江の情事の描写があっさりしたものになっているほか、細かいところでは、坂戸可保里の年齢が改稿前より一歳年上の設定になっていたり（山屋浩司との年齢差の強調か）、洋介の母親の名が恵子から景以子に変更され、和希の母親の旧姓も異なっている（この二人は作中に直接登場しない人物なので変更しても大きな影響はないが、重要な役割の人物は名前を変えるとイメージまで異なってくる可能性があるので改変を控えたのかも知れない）。

最も大幅な改稿が施されているのは最終章の洋介と犯人の対話で、ほぼ全面的に加筆されていると言っていい。のみならず、犯人に対する洋介のサジェストも改稿前とは全く異なっているので、以前のヴァージョンで本作を既読の方も確認していただきたい。「おれが気づいた事ぐらい、いつかは警察も気づきます」という洋介の台詞《せりふ》がカットされ、犯人に逃げおおせる可能性が与えられたのは、洋介の事件に対する傍観者的な立場を強調することとなった。そもそも彼が謎を探ったのは、同様に事件に関心を示していた丸山翔子のためでもあった。この一夏の思い出とともに、洋介にとって最も大切なひとの記憶もいつかは薄れゆくのだろう。『海泡』というタイトルが象徴する、その儚《はかな》さ。夏の賑わいが過ぎ去った後の物寂しさに似たものが、本書の幕切れには漂っている。

冒頭に記した通り、本作が書かれてから十数年経った現在も、小笠原諸島に空港は存在しない。だが、本土復帰からちょうど五十周年にあたる二〇一八年一月、東京都は、平成三十年度予算案に小笠原諸島の航空路開設のための調査費を計上したことを明らかにした。航空路開設が地域に及ぼす影響の調査や、使用機材の選定などを実施するという。もちろん、実際に計画が具体化し、空港が完成するまでには相当な年月が必要になると予想されるけれども、その時には本書で描かれたような小笠原諸島の状況にも大きな変化が生じ、作品の内容もノスタルジックさを増すのかも知れない。その意味では、ひとつの時代の記録としての意義を本書に見出すことも可能だろう。

本書は二〇〇一年、中央公論新社より単行本で刊行され、〇四年に中公文庫に収録された作品を大幅に改稿したものです。

検印
廃止

著者紹介　1950年群馬県生まれ。國學院大學文学部中退後、劇団員、業界紙記者などの職業を経て、1988年『ぼくと、ぼくらの夏』でサントリーミステリー大賞読者賞を受賞しデビュー。1990年『風少女』で第103回直木賞候補となる。著作は他に『彼女はたぶん魔法を使う』『林檎の木の道』『ピース』など多数。

海泡

2018年6月15日　初版

著者　樋《ひ》口《ぐち》有《ゆう》介《すけ》

発行所　（株）東京創元社
代表者　長谷川晋一

162-0814/東京都新宿区新小川町1-5
電　話　03・3268・8231-営業部
　　　　03・3268・8204-編集部
URL　http://www.tsogen.co.jp
暁印刷・本間製本

乱丁・落丁本は、ご面倒ですが小社までご送付ください。送料小社負担にてお取替えいたします。

ISBN978-4-488-45916-1　C0193

樋口有介の作品

創元推理文庫

＊

出会う女性は美女ばかり
“永遠の38歳”の私立探偵を描く

柚木草平シリーズ

彼女はたぶん魔法を使う
初恋よ、さよならのキスをしよう
探偵は今夜も憂鬱
刺青《タトゥー》白書
夢の終わりとそのつづき
誰もわたしを愛さない
不良少女
プラスチック・ラブ
捨て猫という名前の猫
片思いレシピ

樋口有介の作品

創元推理文庫

＊

大切なあの人の死を知ったぼくは、
事件を追うことに決めた――。

青春ミステリシリーズ

風少女

林檎の木の道

魔　女